U0557554

清词研究新境域丛书
主编 张宏生

典范与路径：南宋雅词的清代接受史研究

黄浩然 著

南京大学出版社

本书为国家社会科学基金青年项目"南宋雅词在清代的经典化研究"（17CZW030）阶段性成果

《清词研究新境域丛书》总序

2008年，我主编了一套《清词研究丛书》，出版至今，已经整整十年。十年来，这个新的学科增长点显示出蓬勃的生命力，在不少方面，都有了新的发展。

首先，清词中的一些以往重视不够的领域，得到了关注。一些"亚文体"研究，如集句词、檃栝词、回文词等，都被放在一个很大的时空范围内，得到了讨论。还有某些题材，如祝寿词、咏物词、题画词、战乱词、民俗词、观剧词等，也都出现了新的研究成果。其次，一些老领域被赋予了新思考。如一直是清词研究重要关注点的清初词风，其演化的痕迹，得到了进一步梳理。而晚清以降，如四大家的词学理论、王国维的词学思想、由晚清延及民国的词学建构等，也都有了新的研究思路。第三，一些有意义的、值得进一步探讨的新问题被提出，如清词经典化研究、清词统序构建研究、清词中的自度曲研究、清代的唱和词研究、清词与宋词的传承新变研究、明清词曲之辨研究、选本批评与清代词选研究、经学与清词关系研究、填词图研究、近代报刊中的词体创作研究等。第四，过去一些较为薄弱的环节得到了弥补，如乾隆词坛的发展面貌、乾嘉词学的基本特征、道咸词坛的分化演绎等。清词研究长期形成的"两头大，中间小"的格局，逐渐得到了改变。第五，清词的地域性特征得到更广泛的体认，研究范围除以往着眼较多的江苏、浙江、广东、广西外，也延伸到云南、湖北、安徽、贵州、河南等地，甚至一些边疆地区。第六，视野更为开阔，不仅本土的著述得到重视,域外的词学也被包括进来,如关于日本《填词图谱》《词律大成》的研究,关于越南词学、韩国词学的研究等,也别开生面。至于《全清词》的陆续出版,给清词研究提供了新的文献资源,对清词研究产生了重要的推动作用,更是显而易见的。

十年来,清词的研究确实取得了很大的成绩,在中国学术史上,写下了浓墨重彩的一笔。不过,就一个新的学科增长点而言,清词研究要进一步发展,还有很长的路要走,还有很多的领域要加强。在这方面,或许有两点应该特别提出来。

文献是从事研究的基础。与宋词文献整理相比,清代词籍的文献尚未得到充分发掘。作为一代总集的《全清词》的编纂,固然要大力推进,而其他方面的文献整理,如年谱、提要、传记、序跋、评点、资料汇编等,也应该予以重视,全面展开。另外,以往的清词研究,涉及外部因素的较多,如历史传承、时代特征、地域因素、家族特色、政治内涵、学术互动等,但进入具体审美层面上的,如风格、意象、手法、体式、语言、句法等,尚有欠缺。无论是专人、专书还是专题,这一类的研究都应该更为加强。清词,说到底还是一种文学作品,如果说,清词的创作在文学史上确有其重要价值的话,最主要的标准之一,还是要看其在审美上提供了什么新的因素。

随着清词的价值和意义得到不断挖掘和认识,清词研究的总体趋势是向着更为广阔、更为深入的方向发展,清词研究的参与者也越来越多,特别是一批年轻学者,表现出旺盛的创造力。因此,我们有理由期待,在下一个十年,清词研究一定会取得新的、更大的成就。

张宏生

2018 年 3 月

目 录

绪　论 / 001

　　一、研究现状 / 002

　　二、研究思路 / 007

第一章　"豁词林之耳目"：南宋雅词与《词综》的编纂 / 011

　　一、南宋雅词的升沉起伏 / 012

　　二、资料搜辑与词选编纂 / 020

　　三、采精取粹与追源溯流 / 027

　　四、凝聚共识与"后补题"风潮 / 033

　　小结 / 041

第二章　"家白石而户玉田"：康熙年间姜张典范意义的确立 / 043

　　一、个人偏好与姜张并称 / 044

　　二、心摹手追与群像塑造 / 051

三、取途南北与词风嬗变 / 061

小结 / 070

第三章　词集重刊与词坛新貌：雍乾时期的"山中白云"风 / 072

一、《山中白云词》的重刊 / 073

二、张炎生平的深入研究 / 078

三、"山中白云"风的兴起 / 085

四、集山中白云词的出现 / 090

五、《南浦·春水》的衍生创作 / 094

小结 / 100

第四章　追步南宋与踵事增华：清代前中期的咏物雅词 / 102

一、清代词坛的咏物风尚 / 103

二、《熙朝咏物雅词》的成书与体例 / 108

三、传承典范与汰选词调 / 115

四、舍弃亵俗与谨择词题 / 120

五、词人选择与词史梳理 / 126

六、雅词评判标准的转变 / 132

小结 / 138

第五章　重读"南宋"与自辟町畦：常州词派的理论突破 / 139

一、张惠言：倡导意内言外与手批《山中白云》 / 140

二、董氏父子：论词主清与编选《续词选》 / 149

三、周济："南北分宗"与"江浙别派" / 157

小结 / 165

第六章　由南溯源：陈廷焯雅词观念的演进 / 167

一、《云韶集》：依准《词综》与宗尚雅正 / 168

二、《词则》：服膺《词选》与鼓吹沉郁 / 176

三、《白雨斋词话》：全面梳理与弥合浙常 / 186

小结 / 194

第七章　融通两宋：清末民初的宋四家典范 / 196

一、道光年间的典范调整 / 197

二、四家并称的内在理路 / 205

三、追和创作的推陈出新 / 214

小结 / 223

结　语 / 224

附　录　清代南宋雅词整理与刊刻年表 / 230

征引文献 / 245

后记 / 258

绪 论

词在其发展初期,普遍被称为"小道""艳科"。不过,随着越来越多的文人参与词的创作,其雅化倾向逐渐显现。北宋后期,"雅词"这一名称开始出现,万俟咏"初自集分两体:曰雅词,曰侧艳,目之曰《胜萱丽藻》"①。至南宋初年,词的雅化趋势日益明显,曾慥《乐府雅词》、张孝祥《紫微雅词》等以"雅词"命名的词选、词集相继问世。而在南宋中期以后,姜夔、吴文英等婉约词人以其高度典雅的创作成为词坛主流,"张炎、陆行直和沈义父全面地论述了雅词的美学规范并确立了以姜夔、吴文英、张炎为代表的雅词在南宋词的正宗地位"②。

清代康熙初年,"世人言词,必称北宋",以朱彝尊为首的浙西诸家继承并发展了张炎等人的词学论述,推尊以姜夔、张炎为代表的雅词词人群体,宣扬"词至南宋,始极其工,至宋季而始极其变"的理论主张。③ 随

---

① [宋]王灼著、岳珍校正《碧鸡漫志校正》,巴蜀书社,2000年,第35页。
② 参见谢桃坊《南宋雅词辨原》,《文学遗产》2000年第2期,第53页。
③ 朱彝尊《词综发凡》,[清]朱彝尊、汪森编《词综》,上海古籍出版社,2014年,第4页。

着浙西一派的不断壮大,南宋雅词的典范意义也因词坛的热烈讨论和争相效仿而得以确立。至嘉庆、道光年间,以张惠言、周济为代表的常州词派开始兴起。常州诸家虽然并不认同浙西词派的词学观念,但也并不轻忽南宋雅词在理论建构和创作实践中的重要价值。陈匪石《旧时月色斋词谭》云:"有清一代词学驾有明之上,且骎骎而入于宋。然究其指归,则'宋末'二字足以尽之。何则?清代之词派,浙西、常州而已。浙西倡自竹垞,实衍玉田之绪;常州起于茗柯,实宗碧山之作。迭相流衍,垂三百年。世之学者,非朱即张,实则玉田、碧山两家而已。"①这段话固然是陈先生的一家之言,但也从一个侧面表明,无论是浙西词派,还是常州词派,都与南宋雅词有着非常紧密的关联。因此,南宋雅词的清代接受史,既是宋代词学研究的重要组成部分,更是清代词学研究的题中应有之义。

一、研究现状

在宋代词学研究领域,南宋雅词一直受到学界的重视,相关的研究成果也颇为丰硕。

一些学者以历史分析的方法,对南宋雅词的发展过程、美学特质进行深入的探讨,比如刘少雄的《南宋姜吴典雅词派相关词学论题之探讨》、谢桃坊的《南宋雅词辨原》、吴蓓的《南宋雅词的特质与时代因素》等。刘少雄《南宋姜吴典雅词派相关词学论题之探讨》一书涉及"'南宋姜吴典雅词派'的历史形貌""清空与质实之争——论姜吴所代表的两种词笔势态""典雅派词情意内容寄托说评议——兼论典雅派'词情'之争"

---

① 陈匪石编著、钟振振校点《宋词举(外三种)》,江苏古籍出版社,2002年,第212页。

"词学南北宋之辨——论典雅派词所代表的时代风格特色及其评价"等四个主要方面。在梳理典雅词派历史形貌的过程中,刘少雄考察了浙派所建立的"姜派"词统、常派对姜吴体派特质的另一种诠释、晚清时期对南宋典雅派词的两种看法和近现代有关南宋姜吴典雅派词的讨论。① 谢桃坊《南宋雅词辨原》一文在全面考察宋代词坛"复雅"现象和"雅词"概念的基础上,梳理了南宋婉约词的发展历程和雅词词人群体的重要代表,进而揭示了南宋雅词对清代词学复兴的积极影响。谢氏虽然认为《南宋姜吴典雅词派相关词学论题之探讨》是"一部严谨而深刻的理论著作",不过他也从词社、理论、风格等角度进行了深入剖析,指出"南宋正宗雅词未形成词派",所谓"格律词派""风雅词派""骚雅词派""典雅词派"事实上是不存在的。② 吴蓓《南宋雅词的特质与时代因素》一文从知人论世的角度出发,在透析以姜夔、张炎为代表的南宋词家人品、艺术修养的同时,考察"骚雅""清空"词风所展现出来的对情的抑制和淡化以及与俗世、政治的疏离,进一步加深了学界对南宋雅词的理解。③

还有一些学者以个案研究的方式,对词人的生平经历、创作风貌、词史地位进行全面的考察,比如林顺夫的《中国抒情传统的转变——姜夔与南宋词》,田玉琪的《徘徊于七宝楼台——吴文英词研究》,王筱芸的《碧山词研究》,金启华、萧鹏的《周密及其词研究》,杨海明的《张炎词研究》等。林顺夫《中国抒情传统的转变——姜夔与南宋词》一书从创作背景与创作行为、情感的进程、对物的关注等三个不同层面呈现了姜夔词的艺术特色及其在中国抒情诗传统中的意义,是海外汉学研究中"较早

---

① 参见刘少雄《南宋姜吴典雅词派相关词学论题之探讨》,台湾大学出版委员会,1995年。
② 谢桃坊《南宋雅词辨原》,第53—61页。
③ 参见吴蓓《南宋雅词的特质与时代因素》,《浙江学刊》2003年第3期,第63页。

的一部对南宋词进行研究的专著"。① 田玉琪《徘徊于七宝楼台——吴文英词研究》一书在考察吴氏生平与创作的基础上,探究吴词的艺术风格、声律特征、地位和影响。其中,该书第四章"吴文英词的地位和影响"涉及吴词在清代初期、清代中期以及近代的流传情况、地位和影响。② 王筱芸《碧山词研究》一书由"王沂孙及其词研究"和"花外集笺注·笺注说明"两个部分组成。研究部分主要剖析了王沂孙词的意象形态特色和成因,进而揭示了其地位和影响。其中,该书第八章"王沂孙词的地位和影响"于清代部分着墨较多,探讨了王氏与清代词学的密切关系。③ 金启华、萧鹏《周密及其词研究》一书在全面考察周密的生活时代、家世、生平、思想、交游的基础上,深入探讨其雅词创作、词选编纂及其与宋末词论的关系。④ 杨海明《张炎词研究》一书在系统梳理张炎的家世、生平事迹、生活情趣和艺术趣味、词学渊源、创作阶段的基础上,依次考察其艳情词、西湖词、北行词、咏物词和节序词、隐逸词,进而探究张词的思想内容、艺术特色、词学理论、影响和评价。其中,该书第十四章"张炎词的影响和评价"涉及清代浙西、常州两派对于张词的不同态度。⑤

不过,由于研究重心不同,上述论著、论文主要聚焦于南宋雅词及其中的重要词人,对于南宋雅词的清代接受史只有相对零散的讨论。

在清代词学研究领域,对唐宋词的体认是清人进行理论建构和创作实践的重要前提,因而涉及南宋雅词的研究成果不断涌现。

---

① 参见[美]林顺夫著,张宏生译《中国抒情传统的转变——姜夔与南宋词》,上海古籍出版社,2005年。英文版由普林斯顿大学出版社于1978年出版。
② 参见田玉琪《徘徊于七宝楼台——吴文英词研究》,中华书局,2004年。
③ 参见王筱芸《碧山词研究》,南京出版社,1991年。
④ 参见金启华、萧鹏《周密及其词研究》,齐鲁书社,1993年。
⑤ 参见杨海明《张炎词研究》,齐鲁书社,1989年。

有的学者以词选为研究对象,谈论与南宋雅词有关的重要选本对于清代词学的影响,比如于翠玲的《朱彝尊〈词综〉研究》、张世斌的《朱彝尊酬唱〈乐府补题〉咏物词风格成因》等。于翠玲《朱彝尊〈词综〉研究》一书从文献学的角度出发,在梳理朱彝尊学术研究的成果和特点的基础上,探究了《词综》的编纂过程及文献价值、《词综》编纂和推出的词学环境、《词综》与浙西词派的形成及影响、《词综》与官方组织的词籍整理以及从《词综》到《词选》的演变,揭示了《词综》在清代词学发展史上的重要意义。① 张世斌《朱彝尊酬唱〈乐府补题〉咏物词风格成因》一文认为,朱彝尊论词虽强调真情与寄托,但其酬唱《乐府补题》却仅止于咏物,与其大改初志、转投清廷有关。②

有的学者以词派为考察对象,探究南宋雅词与清词重要流派之间的关系,比如罗仲鼎的《张炎与浙西词派》、刘少雄的《周济与南宋典雅词派》等。罗仲鼎《张炎与浙西词派》一文从社会政治、美学宗尚、艺术境界等角度出发,探究张炎为何成为浙西词派向往和模习的主要对象。③ 刘少雄《周济与南宋典雅词派》一文从南宋典雅词派诸家词的诠释历程出发,探索了周济的破浙派之姜张词统、两宋词风之辨和对白石词情梦窗词笔的体认,为学界研究常州词派提供了新的视角。④

有的学者从文学传播与接受的角度切入,探讨南宋雅词对清代词坛的影响,比如陈水云的《唐宋词在明末清初的传播与接受》、张宏生先生

---

① 参见于翠玲《朱彝尊〈词综〉研究》,中华书局,2005年。
② 参见张世斌《朱彝尊酬唱〈乐府补题〉咏物词风格成因》,《武汉大学学报(人文科学版)》2006年第3期,第316页。
③ 参见罗仲鼎《张炎与浙西词派》,《杭州师院学报(社会科学版)》1987年第3期,第79页。
④ 参见刘少雄《周济与南宋典雅词派》,《中国文哲研究集刊》第5期,1994年,第155页。

的《创作的厚度与时代的选择——王沂孙词的后世接受与评价思路》等。陈水云《唐宋词在明末清初的传播与接受》一书对于书名所示之问题进行了全面、深入的研究。该书上篇主要考察了唐宋词的探访和收藏、唐宋词籍在明末清初的刊布、唐宋词选在明末清初的重编、唐宋词集"副文本"及其传播指向,中篇主要讨论了关于唐宋词接受的理论论争、清初词坛的"尊柳"与"抑柳"、明末清初《漱玉词》接受述略、"稼轩风"在明末清初的回归,下篇主要探究了云间派接受唐宋词之进路、阳羡派接受唐宋词述论、浙西派接受唐宋词述论、纳兰性德文学接受述论,其中不少章节涉及南宋雅词在清初的传播与接受。① 张宏生先生《创作的厚度与时代的选择——王沂孙词的后世接受与评价思路》一文在梳理宋代以迄明代对于王沂孙的认识的基础上,指出其在清代词史地位的提高,进而比较朱彝尊和周济、陈廷焯之间的异同,并探究浙西后学的思路,为同类论文的撰写提供了可资参照的范例。②

有的学者从文学经典的生成与演变着手,考察南宋雅词经典在清代的发展轨迹,比如郁玉英、王兆鹏的《清人词学视野中的宋词经典》、曹明升的《论梅溪词在雍乾词坛的接受及其经典化过程》等。郁玉英、王兆鹏《清人词学视野中的宋词经典》一文在对清代词选、点评及唱和等相关数据进行统计的基础上,定量分析清人所认可的宋词经典名篇,进而揭示清人对宋词经典的择汰,这也为相关论题的深入探讨提供了可靠的数据支撑。③ 曹明升《论梅溪词在雍乾词坛的接受及其经典化过程》一文指

---

① 参见陈水云等《唐宋词在明末清初的传播与接受》,中国社会科学出版社,2010年。
② 参见张宏生师《创作的厚度与时代的选择——王沂孙词的后世接受与评价思路》,《词学》第23辑,2010年,第141页。
③ 参见郁玉英、王兆鹏《清人词学视野中的宋词经典》,《江海学刊》2009年第1期,第201页。

出,史达祖词在雍乾时期被树为经典是康熙词坛后期词风转变的必然结果,词坛权威对其创作成就的高度认可使得姜史并称频繁出现,而王昶等人对他的批评也折射出诗教观念对词体的渗入与清人尊体意识的深化,为相关问题的深入探究提供了新的思考角度。①

综上所述,学界对于南宋雅词的清代接受史这一课题尚未进行较为全面的研究,相关成果也主要集中在南宋雅词与浙西词派的关系上,对南宋雅词与常州词派的关系涉及较少。

二、研究思路

清人将南宋雅词不断经典化,目的是在复古的大旗下扭转词风走向、推动词史演进。从浙西词派到常州词派,词风、词派此消彼长的背后,往往意味着新旧词学典范、词学路径的更替或重塑。而清人对于典范与路径的体认,也通过词籍整理、词学批评、创作实践等诸多方面得以不断深入、补充和修正。纵观南宋雅词的清代接受史,以下七个专题值得深入探究。

第一,朱彝尊如何借助《词综》的编纂展示当时不受关注的南宋雅词。在宋末元初风靡一时的南宋雅词,因为明代《草堂诗馀》的盛行而在清初乏人问津。为扭转词坛风尚,朱彝尊广泛搜辑历代词学资料,邀请同道一起编纂《词综》。在精挑细选的基础上,编者通过按人编次的方式把展示南宋雅词与追溯词史源流融为一体。而在《词综》刊刻完成之前,朱彝尊又与陈维崧一起推动"后补题"唱和,将《乐府补题》这部重要选本

---

① 参见曹明升《论梅溪词在雍乾词坛的接受及其经典化过程》,《文学评论》2011年第4期,第47页。

呈现在清初词坛的中心位置。

第二，康熙年间姜夔、张炎的典范地位是如何逐步确立的。朱彝尊搜集姜夔词作、刊刻张炎词集、提出姜张并称，都与其个人偏好密切相关。因此，考察姜、张对于康熙词风的影响，要追溯到编纂《词综》、整理《山中白云词》的过程中。以浙西六家为代表的编纂者与整理者，在接触姜张词的最初阶段即以各种方式表达心摹手追的态度，并以各种手段实现群体面貌的塑造。而在《词综》《山中白云词》问世之后，浙西以外的其他词家根据自身的理论关切，以兼顾两宋的方式对姜张词进行体认，这也进一步巩固了姜张在康熙词坛的典范地位。

第三，雍乾之际张炎词集的多次重刊对当时的词坛风尚有着怎样的影响。《山中白云词》在从康熙六十一年（1722）到乾隆元年（1736）的十五年间重刊三次，不仅为张炎词坛影响力的扩大提供了文献基础，也促进了对张炎生平的深入研究。随着《山中白云词》的流传渐广，雍乾词坛对于张炎的关注逐步从《词综》转向《山中白云词》，集《山中白云词》也开始出现。至于张氏的名作《南浦·春水》，雍乾词人更是以各种衍生创作展现追慕之意。

第四，成于嘉庆十三年（1808）的《熙朝咏物雅词》，从哪些方面展现了清代前中期咏物词的创作风貌。经过朱彝尊、厉鹗等浙西诸家的努力，清代的咏物创作追步南宋、踵事增华。在咏物风尚盛行之际，冯金伯遵循《钦定国朝诗别裁集》和《钦定词谱》的体例编选《熙朝咏物雅词》。冯氏对于词调、词题的选择，体现了他对咏物词的挑选依据。而冯氏对于词人的选择，则体现了他对词史的梳理与把握。这部词选的编纂，从一个侧面折射出雅词评判标准从清代初年到清代中叶的转变。

第五，从张惠言到周济，常州诸家如何通过重读南宋雅词提出有别于浙西的词学论述。张惠言词论的核心观点"意内而言外谓之词"其实源于《说文解字》,他的手批《山中白云词》充分体现了与浙派迥异的词学旨趣。传承张氏词学的董士锡、董毅父子,虽然认可南宋雅词,但对浙西词派已经有所批评。为了实现词学风尚的南北转向和词学宗派的浙常代兴,周济重新建构了南宋雅词的谱系,对后世词坛有着深远的影响。

第六,在从浙西词派转向常州词派的过程中,陈廷焯的雅词观念发生了怎样的演进。陈氏编选的《云韶集》虽以《词综》为准,以雅正为宗,但不仅推尊南宋,而且崇尚北宋。后来,陈氏在编选《词则》时转而服膺《词选》,鼓吹"沉郁",从南宋雅词入手,一路追溯词体起源。尽管《白雨斋词话》的完成时间只比《词则》稍晚一年,但这部词话是陈氏对自身词学观点的全面梳理,其中的一些主张开始呈现出弥合浙西、常州两派的趋势。

第七,南宋的姜夔、吴文英与北宋的柳永、周邦彦在清末民初为何会被合而论之、奉为典范。道光年间,浙西、常州两派的代表人物对柳、周、姜、吴四家的词史地位进行了不同程度的调整,为其后的四家并称奠定了基础。清末民初之际,由于词体声律的严格讲求、雅词观念的显著变化、词史脉络的重新梳理,柳、周、姜、吴得到了更为广泛的认可,四家并称开始流行。而郑文焯、张祥龄等人对四家的追和,也在内容和形式层面呈现出新的时代风貌。

总体而言,本书的研究将力争做到两个兼顾。其一,浙西与常州兼顾。上文提到,过往的研究对南宋雅词与浙西词派的关系比较重视,对常州词派崛起后南宋雅词所扮演的角色不够重视。其实,常州词派并不忽视南宋雅词,即便是周济开示的词学门径,也与南宋雅词密切相关。只有在关注浙西词派的同时注意考察南宋雅词与常州词派之间的关系,才能使相关研究趋于全面、深入。其二,理论与创作兼顾。在相当长的一段时间内,清人的创作实践远比词学理论超前。因此,论析清人对于南宋雅词的体认,不仅需要借助其词学理论进行考察,而且需要通过其创作实践进行探寻。如果仅仅关注理论阐述而忽视创作实践,或者不能从创作实践中总结理论,最后得出的结论往往会失之偏颇,从而难以准确把握清代词史演进过程中的复杂现象。

第一章 "豁词林之耳目":南宋雅词与《词综》的编纂

清代初年,"世人言词,必称北宋",以姜夔、张炎为代表的南宋雅词很少受到词坛的关注。乾嘉年间的王初桐在论及张炎词集时指出:"张玉田《山中白云》,钱庸亭藏本,系陶南邨手抄,多至三百阕,视吴氏百家词中之本倍之。顾三百馀年之间,声销迹晦,无人齿及。自朱氏发其幽光,而一刻于武林,龚氏再刻于上洋曹氏,至今海内言词者,莫不俎豆之。朱氏之功伟矣。"①在他看来,张炎词的足本——《山中白云词》之所以能在沉寂三百多年后再次为人所知,端赖于朱彝尊找到钱中谐藏陶宗仪手书本。事实上,汪森等人原先找到的吴讷《唐宋名贤百家词》本《玉田词》是《词综》三十卷本的文献依据,朱彝尊后来发现的足本《山中白云词》则是《词综》增补部分的文献依据。②而包括张炎词在内的南宋雅词,在很大程度上都得益于《词综》的编纂,才能在北宋词风盛行之际重新进入学

---

① [清]王初桐《小嫏嬛词话》卷二,屈兴国编《词话丛编二编》,浙江古籍出版社,2013年,第1039—1040页。
② 朱彝尊《词综发凡》,朱彝尊、汪森编《词综》,第4页。

界的视野。

一、南宋雅词的升沉起伏

从南宋后期姜夔跻身名家行列,到清代初年朱彝尊编纂《词综》标举姜夔,数百年间词坛风尚几经变迁,南宋雅词的词史地位也随之不断变化,经历了复杂的升沉起伏过程。

南宋淳祐九年(1249),黄昇有感于"中兴以来,作者继出,及乎近世,人各有词,词各有体"[①],裒集数百家词为《中兴以来绝妙词选》十卷。这部"当代"词选对于南宋雅词诸家很是关注,卷六选录姜夔词34首、高观国词20首,卷七选录史达祖词17首,卷十选录吴文英词9首。除了所选四家词作之外,黄昇所撰四家小传也值得注意。

> 姜尧章,名夔,号白石道人。中兴诗家名流,词极精妙,不减清真乐府,其间高处有美成所不能及。
>
> 高宾王,名观国,号竹屋。词名《竹屋痴语》,陈造为序,称其与史邦卿皆秦、周之词,所作要是不经人道语,其妙处,少游、美成、若唐诸公亦未及也。
>
> 史邦卿,名达祖,号梅溪。有词百馀首,张功父、姜尧章为序,尧章称其词奇秀清逸,有李长吉之韵,盖能融情景于一家,会句意于两得。
>
> 吴君特,名文英,自号梦窗。四明人。从吴履斋诸公游,山

---

① 黄昇《绝妙词选序》,[南宋]黄昇选编,邓子勉校点《中兴以来绝妙词选》,上海古籍出版社编,唐圭璋、蒋哲伦、王兆鹏等校点《唐宋人选唐宋词》,上海古籍出版社,2004年,第685页。

阴尹焕叙其词,略曰:求词于吾宋者,前有清真,后有梦窗。此非焕之言,四海之公言也。①

通过比对不难发现,黄昇为姜、高、史、吴四家撰写小传时多将秦观和周邦彦,尤其是周邦彦作为参照的典范。四家小传中似乎只有史达祖小传没有直接提及周邦彦,不过高观国小传所引陈造序称高、史"皆秦、周之词"。这与当时的词坛风气有关,缪钺先生即指出:"南宋词坛,除去辛弃疾一派之外,大抵都是受周邦彦的影响。"②黄昇认为上述四家词不仅渊源美成,而且能够自成一家,其高妙之处甚至连美成也有所不及。

至宋元之际,张炎"嗟古音之寥寥,虑雅词之落落",在前人基础上提出了更为全面、系统的论述:

> 古之乐章、乐府、乐歌、乐曲,皆出于雅正。粤自隋、唐以来,声诗间为长短句。至唐人则有《尊前》《花间》集。迄于崇宁,立大晟府,命周美成诸人讨论古音,审定古调,沦落之后,少得存者。由此八十四调之声稍传。而美成诸人又复增演慢曲、引、近,或移宫换羽,为三犯、四犯之曲,按月律为之,其曲遂繁。美成负一代词名,所作之词,浑厚和雅,善于融化词句,而于音谱,且间有未谐,可见其难矣。作词者多效其体制,失之软媚,而无所取。此惟美成为然,不能学也。所可仿效之词,岂一美成而已。旧有刊本六十家词,可歌可诵者,指不多屈。中间如

---

① 黄昇选编,邓子勉校点《中兴以来绝妙词选》卷六、七、一〇,《唐宋人选唐宋词》,第776、784、788、835—836 页。
② 缪钺《续〈灵谿词说〉之一 论高观国词》,《四川大学学报(哲学社会科学版)》1987年第 4 期,第 41 页。

> 秦少游、高竹屋、姜白石、史邦卿、吴梦窗，此数家格调不侔，句法挺异，俱能特立清新之意，删削靡曼之词，自成一家，各名于世。①

张炎认为，举凡乐章、乐府、乐歌、乐曲，均应"出于雅正"。长短句源自声诗，亦当以"雅正"为准则。纵观两宋，张炎推尊周邦彦为雅正之词的代表：周氏曾提举大晟府，其词谐于音谱固不待言，更为重要的是，其词"浑厚和雅，善于融化词句"。由此可见，张炎念兹在兹的"雅词"有两大标准：其一，雅词应谐于音谱，即"可歌"；其二，雅词应浑厚和雅，即"可诵"。当然，张炎所赞赏的"可歌可诵者"除周邦彦之外，尚有秦观、高观国、姜夔、史达祖、吴文英等五家，他们构成了宋代雅正之词的发展脉络。其中，秦、周两家属北宋，高、姜、史、吴四家属南宋，张炎标举南宋雅词的用意不言自明。与此同时，张炎对于周邦彦也有所批评。词以雅而正为高，"志之所之，一为情所役，则失其雅正之音"，柳永、康与之"可不必论，虽美成亦有所不免。如'为伊泪落'，如'最苦梦魂，今宵不到伊行'，如'天便教人，霎时得见何妨'，如'又恐伊，寻消问息，瘦损容光'，如'许多烦恼，只为当时，一晌留情'，所谓淳厚日变成浇风也"。②另外，"词以意趣为主，要不蹈袭前人语意"③，周邦彦"采唐诗融化如自己者，乃其所长。惜乎意趣却不高远。所以出奇之语，以白石骚雅句法润色之，真天机云锦也"④。由此可知，张炎认为周邦彦在一些方面仍存在瑕疵，以"骚雅句法"著称的姜夔才是雅正之词的最高典范。其后，沈义父的《乐

---

① [宋]张炎《词源》卷下，唐圭璋编《词话丛编》，中华书局，2005年，第255页。
② 张炎《词源》卷下，《词话丛编》，第266页。
③ 张炎《词源》卷下，《词话丛编》，第260页。
④ 张炎《词源》卷下，《词话丛编》，第266页。

府指迷》和陆辅之的《词旨》继续从不同角度对雅词进行探讨,而他们的独到见解也为后来的浙西词派提供了理论来源。

南宋雅词受到追捧的趋势在明代初年发生变化,王昶指出:"明初词人,犹沿虞伯生、张仲举之旧,不乖于风雅。及永乐以后,南宋诸名家词皆不显于世,惟《花间》《草堂》诸集盛行。"① 由于成书时代的缘故,《草堂诗馀》极少涉及南宋雅词,明洪武本《草堂诗馀》于姜夔、高观国、史达祖、吴文英四家只选录史词 2 首②。其实,旧本《草堂诗馀》曾选录高观国《玉蝴蝶》一词,只是"书坊翻刻,欲省费,潜去之"③,故而洪武本无此词。后来,分调本《草堂诗馀》的出现开始扭转南宋雅词备受冷落的局面。嘉靖二十九年(1550),顾从敬的《类编草堂诗馀》仿照张綖《诗馀图谱》体例,按小令、中调、长调对分类本《草堂诗馀》进行了分调重编,高观国的《玉蝴蝶》也再次出现在《草堂诗馀》中。万历十一年(1583),陈耀文推出"由《花间》《草堂》而起"的分调本词选——《花草粹编》。在编选过程中,陈氏有意识地"上溯开、天,下讫宋末"④,关注南宋雅词因而成为题中应有之义。该选本收录姜夔(20 首)、高观国(74 首)、史达祖(71 首)、吴文英(9 首)、周密(2 首)、王沂孙(1 首)、蒋捷(26 首)、张炎(7 首)等词家⑤,对其后的《草堂诗馀》系列选本也有所影响。万历四十二年(1614),陈仁锡、钱允治推出《类选笺释草堂诗馀》与《类编笺释续选草堂诗馀》。前者与《类编草堂诗馀》基本相同,后者乃为续选,不仅增选高观国词 1 首,而

---

① 王昶《明词综序》,[清]王昶辑《明词综》,清嘉庆七年王氏三泖渔庄刻本。
② 据王兆鹏《唐宋词史论》第二章第一节"宋代词人历史地位的定量分析"表一,人民文学出版社,2000 年,第 84—91 页。
③ [明]杨慎《词品》卷四,《词话丛编》,第 492 页。
④ 陈耀文《花草粹编序》,[明]陈耀文辑,龙建国等点校《花草粹编》,河北大学出版社,2007 年,第 1 页。
⑤ 王兆鹏《唐宋词史论》,第 84—91 页。

且首次将姜夔(2首)、蒋捷(1首)两家纳入草堂系列选本。之后,沈际飞又推出《古香岑草堂诗馀四集》,包括《草堂诗馀正集》《草堂诗馀续集》《草堂诗馀别集》和《国朝诗馀新集》,其中正、续两集基本沿袭《类选笺释草堂诗馀》和《类编笺释续选草堂诗馀》。别集的订定者秦士奇在其《草堂诗馀序》中指出:

> 迄宋崇宁立大晟府,命周美成诸人讨论古音,少得存者。由此八十四调之声稍传,后增演慢曲、引、近为三犯、四犯,领乐创调之繁有六十家,辞至二百馀调。其间可歌可颂,如李、晏、柳五、秦七、"云破月来花弄影"郎中、"红杏枝头春意闹"尚书,闺彦若易安居士,词之正也。至温、韦艳而促,黄九精而刻,长公骚而壮,幼安辨而奇,又辞之变体也。至高竹屋、姜白石、史梅溪、吴梦窗诸人,格调迥出清新。故辞流于唐而盛于宋。①

就内容而言,包括这段文字在内的整篇秦序,很明显受到张炎《词源》的影响,南宋四家甚至连顺序都完全一致。不过,秦士奇眼中的"可歌可颂"者与张炎有很大不同:李白、晏殊、柳永、秦观、张先、宋祁、李清照属词之正体,温庭筠、韦庄、黄庭坚、苏轼、辛弃疾属词之变体,高观国、姜夔、史达祖、吴文英属格调清新者。由此可见,秦氏对于唐宋词史的梳理和评价,偏重北宋而不忽视南宋。在《草堂诗馀别集》中,他的主张表现为南宋雅词进一步的"回归",姜夔、高观国、史达祖、吴文英四家分别被增选7首、5首、9首和6首,而蒋捷则被增选40首。纵观别集,诸家

---

① 秦士奇《草堂诗馀序》,其中"柳五"当作"柳七"。[明]沈际飞编《古香岑草堂诗馀四集》,明末翁少麓刊本。

的入选词作虽涉及小令、中调、长调,但主要集中在长调部分。

及至清代初年,北宋词风仍占据主流,正所谓"世人言词,必称北宋"。宋徵璧的观点在当时颇具代表性,其论宋词云:

> 吾于宋词得七人焉:曰永叔,其词秀逸;曰子瞻,其词放诞;曰少游,其词清华;曰子野,其词娟洁;曰方回,其词新鲜;曰小山,其词聪俊;曰易安,其词妍婉。他若黄鲁直之苍老,而或伤于颣;王介甫之劗削,而或伤于拗;晁无咎之规检,而或伤于朴;辛稼轩之豪爽,而或伤于霸;陆务观之萧散,而或伤于疏。此皆所谓我辈之词也。苟举当家之词,如柳屯田哀感顽艳,而少寄托;周清真蜿蜒流美,而乏陡健;康伯可排叙整齐,而乏深邃。其外则谢无逸之能写景,僧仲殊之能言情,程正伯之能壮采,张安国之能用意,万俟雅言之能叶律,刘改之之能使气,曾纯甫之能书怀,吴梦窗之能叠字,姜白石之能琢句,蒋竹山之能作态,史邦卿之能刷色,黄花庵之能选格,亦其选也。词至南宋而繁,亦至南宋而敝,作者纷如,难以概述。①

宋氏将两宋词人分为四等:第一等包括欧阳修、苏轼、秦观、张先、贺铸、晏几道、李清照等大家,属词史典范;第二等包括黄庭坚、王安石、晁补之、辛弃疾、陆游等名家,虽各有所长,但又各有所伤,属"我辈之词";第三等包括柳永、周邦彦、康与之诸家,虽属"当家之词",但各有不足;第四等包括谢逸、僧仲殊、程垓、张孝祥、万俟咏、刘过、曾觌、吴文英、姜夔、蒋捷、史达祖、黄昇诸家,为一时之选,可聊备一格。在这份"等第表"中,宋

---

① [清]邹祗谟、王士禛辑《倚声初集》前编卷二,清初刻本。

徵璧重北宋轻南宋的倾向表露无遗。宋氏所尊尚的七位大家无一出自南宋,南宋雅词更是受到轻视,吴文英、姜夔、蒋捷、史达祖四家分别因叠字、琢句、作态、刷色而敬陪末座。宋徵璧的这番论述,既与其词学渊源有关,也与南宋词不为人熟知有关。一方面,宋氏属云间一派,词学倾向深受陈子龙、李雯的影响,"所标举的是南唐、北宋之旨意"①,论宋词时自然重北宋、轻南宋;另一方面,自明"永乐以后,南宋诸名家词皆不显于世",清代初年亦是如此,包括宋徵璧在内的词论家恐怕未必完全了解南宋诸名家的时代先后。在上述两种因素的交互影响下,宋徵璧对南宋词作出失之偏颇的笼统评价也就不难理解了。

主盟广陵的王士禛虽然也标举南唐、北宋,但他能够较为客观地看待南宋词在词史发展历程中的地位,其《倚声初集序》云:"语其正,则景、煜为之祖,至漱玉、淮海而极盛,高、史其大成也。语其变,则眉山导其源,至稼轩、放翁而尽变,陈、刘其馀波也。"②尽管这段表述后来被调整为"语其正,则南唐二主为之祖,至漱玉、淮海而极盛,高、史其嗣响也"③,但无论如何,王士禛视高观国、史达祖为南宋"词之正"的代表,无疑大大提升了南宋雅词在清初的地位。王氏为此也作了补充说明:"词以少游、易安为宗,固也。然竹屋、梅溪、白石诸公,极妍尽态处,反有秦、李未到者。譬如绝句,至刘宾客、杜京兆,时出青莲、龙标一头地。"④在他看来,宋词至秦观、李清照为极盛,但高观国、史达祖、姜夔等人集前人之大成,极秦、李未极之妍,尽秦、李不尽之态。这就好比唐人绝句固然

---

① 严迪昌《清词史》,江苏古籍出版社,1990年,第13页。
② 王士禛《倚声初集序》,邹祗谟、王士禛辑《倚声初集》卷首。
③ 王士禛《倚声集序》,[清]王士禛《带经堂集》卷四一,清康熙五十年程哲七略书堂刻本。
④ 邹祗谟、王士禛辑《倚声初集》卷二〇。

以李白、王昌龄为最高,但刘禹锡、杜牧仍能时出李、王一头地。在具体评价南宋词时,王士禛与《倚声初集》的另一位编者邹祗谟均更为看重南宋诸家在长调上的造诣。王士禛点评邹祗谟《绮罗香·广陵阮亭署中酬赵千门见赠原韵》云:"南宋诸名家才情蹀躞,以长调擅胜场。近惟程邨、文友翩翩竞爽,即如此阕,肯教竹山、白石独步耶?"①邹祗谟也在其《远志斋词衷》中指出:"长调惟南宋诸家才情蹀躞,尽态极妍。"②这些看法与自明代以来词选多按调编次有关,《草堂诗馀》系列选本所收南宋词多为长调,而清初词人所追和的南宋词亦多为长调。与此同时,邹祗谟还对南北宋诸名家的长调进行了一番比较:"清真、乐章,以短调行长调,故滔滔莽莽处,如唐初四杰,作七古嫌其不能尽变。至姜、史、高、吴,而融篇、炼句、琢字之法,无一不备。"③邹氏的这一观点不但颇有见地,而且不乏承上启下的意味。在此之前,黄昇称姜夔"高处有美成所不能及",高观国与史达祖"所作要是不经人道语",张炎欣赏诸家的"句法挺异",尤其是姜夔的"骚雅句法";在此之后,标举南宋雅词的朱彝尊提出"词至南宋,始极其工,至宋季而始极其变",汪森则宣扬姜夔的"句琢字炼,归于醇雅"。因此,对于浙西词派而言,王士禛、邹祗谟的相关论述在一定程度上起到了"导夫先路"的作用。

综上所述,从南宋后期到清代初年,南宋雅词的词史地位基本呈现出先升后降的走向。尽管宋元间以黄昇《中兴以来绝妙词选》为代表的词选和以张炎《词源》为代表的词话纷纷对南宋雅词给予好评,但明代《草堂诗馀》系列选本大多对南宋雅词不甚关注,姜夔等词家因此受到忽视。直至清代初年,王士禛等词论家才逐渐认识到南宋雅词的词史意

---

① 邹祗谟、王士禛辑《倚声初集》卷一八。
② 邹祗谟、王士禛辑《倚声初集》前编卷三。
③ 邹祗谟、王士禛辑《倚声初集》前编卷三。

义,由此也掀开了清初词风由北宋向南宋转变的序幕。

二、资料搜辑与词选编纂

虽然顺康之际的词坛已经开始关注南宋雅词,但是这种转变尚未形成气候。究其原因,或许正如汪森所言:"世之论词者,惟《草堂》是规,白石、梅溪诸家,或未窥其集,辄高自矜诩。"①有鉴于此,朱彝尊等人力图在全面搜辑相关资料的基础上编纂一部全新的词选来取代《草堂诗馀》系列选本。

朱彝尊本人对于南宋雅词的认识也存在一个不断深入的过程。其中,曹溶扮演了重要角色。"彝尊忆壮日从先生南游岭表,西北至云中,酒阑灯灺,往往以小令、慢词更迭倡和。有井水处,辄为银筝檀板所歌。念倚声虽小道,当其为之,必崇尔雅,斥淫哇,极其能事,则亦足以宣昭六义,鼓吹元音。往者明三百祀,词学失传,先生搜辑南宋遗集,尊曾表而出之。"②据这段追述可知,无论是小令慢词的创作,还是南宋遗集的搜辑,朱彝尊的词学活动在很大程度上受到曹溶的影响甚至指导。据杨谦《朱竹垞先生年谱》,顺治十三年(1656)夏,28岁的朱彝尊"游岭南",次年"留岭南,时同里曹公溶官广东左布政使",此所谓"壮日从先生南游岭表"者;康熙三年(1664)九月,朱彝尊"达云中","时曹侍郎官山西按察副使,治大同",其后三年朱氏随曹溶游历山西各地,此所谓"西北至云中"者。③仅就资料搜辑而言,曹、朱二人之间的交游为朱彝尊日后编纂《词

---

① 汪森《词综序》,朱彝尊、汪森编《词综》,第1页。
② 朱彝尊《静惕堂词序》,[清]曹溶《静惕堂词》,清康熙刻本。
③ 杨谦纂《朱竹垞先生年谱》,[清]朱彝尊著,王利民等校点《曝书亭全集》,吉林文史出版社,2009年,第1041—1044页。

综》助益良多。曹溶"好收宋元人文集",王士禛"尝见其《静惕堂书目》所载宋集,自柳开《河东集》已下凡一百八十家,元集自耶律楚材《湛然集》已下凡一百有五家,可谓富矣"。① 为数众多的宋元人文集,为搜辑工作奠定了坚实的文献基础。朱彝尊在《词综发凡》的开篇鸣谢了当时各地的藏书家,特别提到"里门则借之曹侍郎秋岳"②。随后,朱氏罗列"已经选辑者"若干家,其中包括文集附词的情况,比如汪藻《浮溪文粹》附词、陶宗仪《南村集》附词等。如果编者对宋元人文集没有充分的了解,恐怕就不会注意到诸文集附录之词。除此之外,朱彝尊还在跟随曹氏游历的过程中遇到了被学界忽视的词学文献:"向客太原,见晋祠石刻,多北宋人唱和词。而平遥县治西古寺庑下有金人所作小令,勒石嵌壁,令工人拓回。"不过甚为可惜的是,这些拓片后来"已为鼠啮尽",朱彝尊在编纂时"未克采入",只能寄希望学界同仁继续给予帮助:"计海内名山,苔龛石壁,宋、元人留题长短句尚多,好事君子,惠我片楮,无异双金也。"③

在初步梳理存世文献之后,朱彝尊开始推进《词综》的编纂工作。对于这部词选的编纂过程,汪森在其《词综序》中有着较为详细的记载:

> 友人朱子锡鬯,辑有唐以来迄于元人所为词,凡一十八卷,目曰《词综》,访予梧桐乡。予览而有契于心,请雕刻以行。朱子曰:"未也。宋元词集传于今者,计不下二百家。吾之所见,

---

① [清]王士禛撰,靳斯仁点校《池北偶谈》卷一六,中华书局,1982年,第386页。按,现存《观古堂书目丛刻》本《静惕堂书目》,"宋自徐铉《骑省集》以下凡一百九十六家,元自元好问《遗山集》以下凡一百三十九家,较文简所见,共多四十家"。(叶德辉《静惕堂书目序》,《观古堂书目丛刻》,清光绪刻本)
② 朱彝尊《词综发凡》,朱彝尊、汪森编《词综》,第1页。
③ 朱彝尊《词综发凡》,朱彝尊、汪森编《词综》,第5页。

仅及其半而已。子其博搜，以辅吾不足，然后可。"予曰："唯！唯！"锡鬯仍北游京师，南至于白下。逾三年归，广为二十六卷。予亦往来茗雪间，从故藏书家抄白诸集，相对参论，复益以四卷，凡三十卷。计览观宋、元词集一百七十家，传记、小说、地志共三百馀家，历岁八稔，然后成书，庶几可一洗《草堂》之陋，而倚声者知所宗矣。若其论世而叙次词人爵里，勘雠同异而辨其讹，则柯子寓匏、周子青士力也。时康熙戊午嘉平之朔，休阳汪森书于裘杼楼。①

"康熙戊午嘉平之朔"即康熙十七年（1678）腊月初一，有学者根据汪序中的"历岁八稔，然后成书"指出："可见康熙九年，朱彝尊编成《词综》十八卷后，曾经访问汪森。康熙十一年，朱彝尊'广为二十六卷'。至康熙十七年，汪森增编了四卷，共计三十卷。"②然而，这一推断恐怕不能成立。几乎全程参与《词综》编纂工作的柯崇朴在《词综后序》中指出："往岁壬子，锡鬯偕青士过余，商榷词选，稍引其端而未究其绪。既而青士去馆桐川，余与锡鬯奔走四方，碌碌无宁晷。越七年所，汪子晋贤增定《词综》告竣，复寓书于余，相参诠次之故。"③"壬子"即康熙十一年（1672），朱彝尊于是年四月"旋里"，与周篔一起造访柯崇朴，商榷编选事宜。朱彝尊《词综发凡》云："岁在癸丑，舍馆京师宣武门右，与葆酚舍人户庭相望。予辑是书，葆酚辑《词暝》，辨晰体制，以字数多寡为先后，最为精密，计一千调，编为三十卷。"④"癸丑"即康熙十二年（1673），朱彝尊自称是年正在

---

① 汪森《词综序》，朱彝尊、汪森编《词综》，第1—2页。
② 于翠玲《朱彝尊〈词综〉研究》，第40页。
③ 柯崇朴《词综后序》，朱彝尊、汪森编《词综》，第1页。
④ 朱彝尊《词综发凡》，朱彝尊、汪森编《词综》，第7页。

编辑《词综》。如果朱彝尊在康熙九年编成《词综》十八卷,又在康熙十一年将《词综》"广为二十六卷",那么柯崇朴为何还要称自己与朱、周二人在康熙十一年只是"稍引其端而未究其绪",而朱彝尊又为何还要在康熙十二年继续编辑《词综》,毕竟初刻本中的另外四卷乃是由汪森所增编的。因此,仅仅依据"历岁八稔,然后成书"来推算《词综》编纂工作的起始时间是不够周严的。

据柯崇朴《词综后序》追述,从康熙十一年朱、周、柯三家"商榷词选",到康熙十七年汪森"增定《词综》告竣",前后"越七年所"。此处的"所"当为不定数词,表示大概的数目。今人计算年岁多采用"实年法",即"不连本年计算的方法",那么从康熙十一年到康熙十七年是六年。而"古人计算年岁,通常采用的一般都是'虚岁法'"①,从康熙十一年到康熙十七年就是七年。汪森《词综序》中的"历岁八稔,然后成书",或许也可以从这一角度进行解读。康熙十七年,朱彝尊作《摸鱼子·同青士重访晋贤。时书楼落成,订〈词综〉付雕刻,有怀周士、季青在吴兴》;康熙十八年(1679)三月,朱彝尊"充《明史》纂修官",汪森作《摸鱼子·〈词综〉告竣,时锡鬯征授史馆,寄以此词》②。由此可知,《词综》于康熙十七年修订之后付诸剞劂,并于次年雕刻完毕。《词综序》作于康熙十七年腊月,汪森完全可以预计竣工时间。从康熙十一年"商榷词选"到康熙十八年"告竣",按"虚岁法"计年便是"历岁八稔"。

梳理《词综》的编纂过程,不仅需要参考汪森的《词综序》,同时也需要参照其他参与者的相关记载。康熙十一年,朱彝尊返乡后与柯崇朴、

---

① 参见武秀成师《〈汉书·百官公卿表〉史例发覆及史文订误》,《文史》2010年第4辑,第36页。
② 南京大学中国语言文学系全清词编纂研究室编《全清词·顺康卷》,中华书局,2002年,第5289、9260页。

周筼"商榷词选",初步商定了词选的编纂体例。康熙十二年,朱彝尊在京师编辑《词综》。同年秋,朱氏"客潞河龚佳事佳育幕中",与其子翔麟定交。① 李符《红藕庄词序》云:"词至晚宋,极变而工。一时名流,往往托迹西泠,篇章传播为最盛。数百年来,残谱零落,未有起而裒集之者。竹垞工长短句,始留意搜访,十得八九。当其客通潞时,蘅圃与之朝夕,悉取诸编而精研之。"②翔麟字天石,号蘅圃,仁和人,《词综发凡》所列"佐予讨论编纂者"就包括"钱塘龚主事天石"。至康熙十四年(1675)九月,朱彝尊"自潞河奔丧回里"③,携十八卷本《词综》造访汪森。汪氏本就对"世之论词者,惟《草堂》是规"的局面相当不满,看到朱氏《词综》便欲"雕刻以行"。不过,朱彝尊并未同意,因为他深知十八卷本在文献上有所欠缺:"宋、元词集传于今者,计不下二百家。吾之所见,仅及其半而已。"因此,他建议汪森一起继续博搜,以补十八卷之不足。其后,朱彝尊于康熙十五年(1676)"复客潞河",于康熙十六年(1677)跟随"擢江宁布政司"的龚佳育"至江宁"④,这与汪序中的"锡鬯仍北游京师,南至于白下"完全对应。康熙十七年春,朱彝尊偕周筼造访汪森,其《摸鱼子·同青士重访晋贤。时书楼落成,订〈词综〉付雕刻,有怀周土、季青在吴兴》上阕云:"小舟纡、梧桐乡里,重来花已三度。主人一笑还开径,树蕙滋兰无数。留客住。讶二仲、依然未改当年侣。别裁乐府。谱渔笛蘋洲,从今不按,旧日草堂句。"其中的"重来花已三度",与汪序中的"逾三年归"相符。经过数年间的不断努力,朱彝尊将《词综》从十八卷"广为二十六卷"。与此同时,汪森"亦往来苕霅间,从故藏书家抄白诸集,相对参论,

---

① 杨谦纂《朱竹垞先生年谱》,朱彝尊著,王利民等校点《曝书亭全集》,第1045页。
② [清]龚翔麟《红藕庄词》,《浙西六家词》本。
③ 杨谦纂《朱竹垞先生年谱》,朱彝尊著,王利民等校点《曝书亭全集》,第1046页。
④ 杨谦纂《朱竹垞先生年谱》,朱彝尊著,王利民等校点《曝书亭全集》,第1046页。

复益以四卷",从而构成了《词综》初刻本三十卷。

在《词综》初刻之际,朱彝尊罗列"已经选辑者"一百六十馀家,"虽已览观,未入选者"八家,"旧本散失、未经寓目,或诗集虽在,而词则阙如"者十九家,"只字未见"者二十一家,合计超两百家。其实,他在康熙十四年即称"宋、元词集传于今者,计不下二百家"。只不过当时所见"仅及其半",而此时仅"已经选辑者"就有一百六十馀家,足见朱氏目录功底之深和朱、汪两家搜辑之劬。然而,三十卷本也有令人遗憾之处,那就是南宋雅词的搜辑工作尚不够充分:"姜尧章氏最为杰出,惜乎《白石乐府》五卷,今仅存二十馀阕也。《东泽绮语》,传亦寥寥。至施乘之、孙季蕃,盛以词鸣,沈伯时《乐府指迷》亦为矜誉,今求其集,不可复睹。周公谨、陈君衡、王圣与,集虽抄传,公谨赋西湖十景,当日属和者甚众,而今集无之;《花草粹编》载有君衡二词,陆辅之《词旨》载有圣与《霜天晓角》等调中语,均今集所无。至张叔夏词集,晋贤所购,合之牧仲员外、雪客上舍所抄,暨常熟吴氏《百家词》本,较对无异,以为完书,顷吴门钱进士宫声相遇都亭,谓家有藏本,乃陶南村手书,多至三百阕,则予所见,犹未及半,漏万之讥,殆不免矣。"正因为如此,朱彝尊郑重表示:"此外轶者尚多,海内收藏之家,或有存本,倘许借观,愿仿曾氏《雅词》之例,别为拾遗,附于卷末。"①

由于《词综发凡》详细罗列了资料搜辑情况,汪森等人在初刻之后可以继续按图索骥,其《补遗后序》云:"《词综》之刻,成于戊午。会锡鬯以应荐入都,官翰林,嗣不省故集。继典试江南,事竣,会予与青士于故里,论及前刻,挂漏尚多,欲谋为定本而卒难刊改,思补辑以成完书。未几北去,间遗一二钞本前此所未经见者,然约而未广,不足以成卷。辛酉春,

---

① 朱彝尊《词综发凡》,朱彝尊、汪森编《词综》,第4页。

青士偕山子过舍,相与燕坐草堂,出其远近所搜辑,并锡鬯所遗,复从故集缮阅,汇为两卷,得词若干首,犹未备也。久之,各以事罢去。其后,从吴门藏书家得《梅苑》《翰墨全书》《铁网珊瑚》及宋、元小集二十馀种,青士又从魏塘柯南陔携草窗所辑《绝妙好辞》,偕山子相为讨论,目视手钞,日无宁晷,而郡城曹子民表亦时有缄寄,佐所不逮。"①据《朱竹垞先生年谱》,朱彝尊于康熙二十年(1681)七月"典江南乡试"②,因而"辛酉(康熙二十年)春,青士偕山子过舍"实际发生在朱氏"典试江南,事竣,会予与青士于故里"之前。此处叙事次序的颠倒,应该是为了突出朱彝尊在补遗工作中的主导性作用。康熙十八年,朱彝尊"得除翰林院检讨,充《明史》纂修官",已无暇承担"别为拾遗"的任务。康熙二十年,朱彝尊与汪森、周筼"论及前刻",认为"挂漏尚多","欲谋为定本而卒难刊改",故而"思补辑以成完书"。相关搜辑工作颇见成效,朱彝尊虽公务缠身,亦"间遗一二钞本前此所未经见者",汪森"从吴门藏书家得《梅苑》《翰墨全书》《铁网珊瑚》及宋、元小集二十馀种",周筼更是从柯煜处获得周密所辑《绝妙好辞》,弥补了朱彝尊未见"草窗周氏《选》"的遗憾。至康熙三十年(1691),汪森将诸家所"补人百二十有二,补词三百六十馀首"依先后厘为六卷,"附于初刻之末",是为《词综》三十六卷本。

在编纂词选的过程中,朱彝尊充分运用严谨的目录学操作手段,使资料搜辑工作取得了前所未有的成功,《四库全书总目》称《词综》"于专集及诸选本外,凡稗官、野纪中,有片词足录者,辄为采掇,故多他选未见之作"③。无怪乎参与编纂的柯崇朴在其《词综后序》中充满底气地宣

---

① 汪森《补遗后序》,朱彝尊、汪森编《词综》,第1页。
② 杨谦纂《朱竹垞先生年谱》,朱彝尊著,王利民等校点《曝书亭全集》,第1047页。
③ 四库全书研究所整理《钦定四库全书总目(整理本)》卷一九九,中华书局1997年版,第2806页。

称:"兹编搜罗既广,潜隐靡遗。"

三、采精取粹与追源溯流

在"世人言词,必称北宋"之时推出不为学界熟知的南宋雅词,朱彝尊、汪森需要找出一种水到渠成的介绍方式,这就牵涉到词选类型的选择。就时代而言,词选有通代和断代两种。较之包含南宋雅词的通代词选,仅仅选录南宋雅词的断代词选可能会面临诸多质疑,光是对其渊源的追问或许就将不绝于耳。就内容而言,词选大致可分为三类:其一是按人编次,比如后蜀赵崇祚的《花间集》、宋黄昇的《中兴以来绝妙词选》;其二是按类编次,比如宋何士信增修的《草堂诗馀》,"前集分春景、夏景、秋景、冬景四类,后集分节序、天文、地理、人物、人事、饮馔器用、花禽七类,每类下分若干子目,全书共六十六子目"[1];其三是按调编次,自嘉靖二十九年顾从敬分调重编《草堂诗馀》之后,词选多以小令、中调、长调编排。参与编纂的柯崇朴对后两种编选方式深恶痛绝:"所患向来选本,或以调分,或以时类,往往杂乱无稽,凡名姓、里居、爵仕,彼此错见,后先之序,几于倒置,况重有相沿日久,以讹继讹。"[2]其实,即便编选者妥善解决了上述问题,后两种编选方式也可能存在固有的不足之处:如果按类或调编选,所有词家的词作都会因类目或词调而分散至各处,那些大家、名家别具一格的创作风貌会因为遭到"稀释"而使读者难以全面把握。因此,《词综》"录唐、宋、金、元词",按人编次,把对南宋雅词的展示融入对词史源流的追溯之中。

---

[1] [宋]佚名原编、何士信增修,杨万里校点《草堂诗馀》,《唐宋人选唐宋词》,第491页。
[2] 柯崇朴《词综后序》,朱彝尊、汪森编《词综》,第1页。

在确立了《词综》的主要体例之后,朱彝尊、汪森需要从搜辑的各类文献中选取符合自身论词旨趣的词人、词作,其核心诉求就是"雅"。尽管历代词论家多以"雅"为尚,但朱彝尊、汪森对"雅"的理解与张炎一脉相承。张炎在《词源》中谈到"雅正""和雅""骚雅",极力推举姜夔,而朱彝尊在《词综发凡》中称"姜尧章氏最为杰出","填词最雅无过石帚",汪森在《词综序》中称"鄱阳姜夔出,句琢字炼,归于醇雅"。[①] 在选取"雅"词的同时,朱、汪二家也特别注意剔除与"雅"有违的"秽""俚""亢"。

关于"秽",朱彝尊有专门论述:"言情之作,易流于秽,此宋人选词,多以雅为目。法秀道人语涪翁曰'作艳词当堕犁舌地狱',正指涪翁一等体制而言耳。……是集于黄九之作,去取特严,不敢曲徇后山之说。"[②] "涪翁"即黄庭坚,其词在北宋词坛与秦观并称,陈师道即认为:"今代词手,惟秦七黄九尔,唐诸人不迨也。"[③]然而,黄庭坚词中多涉男女艳情,其在为晏几道所作《小山词序》中也不讳言:"余少时间作乐府,以使酒玩世。道人法秀独罪余'以笔墨劝淫,于我法中当下犁舌之狱'。"[④]正因为如此,朱彝尊自然"不敢曲徇后山之说",而是对黄九之词进行最为严格的筛选。《词综》虽仍将秦七、黄九并列于一卷之中,不过黄庭坚的4首远逊于秦观的19首。所选黄词包括《减字木兰花》(中秋无雨)、《丑奴儿令》(樱桃著子如红豆)、《念奴娇》(断虹霁雨)和《虞美人·宣州见梅作》,丝毫没有"以笔墨劝淫"的成分。

关于"俚",汪森在《词综序》中指出:"言情者或失之俚。"《词综》所选

---

① 朱彝尊《词综发凡》,朱彝尊、汪森编《词综》,第4、7页。汪森《词综序》,朱彝尊、汪森编《词综》,第1页。按,清人多以石帚为姜夔之别号。
② 朱彝尊《词综发凡》,朱彝尊、汪森编《词综》,第7页。
③ [宋]陈师道《后山诗话》,[清]何文焕辑《历代诗话》,中华书局,2004年,第309页。
④ [宋]黄庭坚《小山词序》,[宋]晏殊、晏几道著,张草纫笺注《二晏词笺注》,上海古籍出版社,2008年,第603页。

诸家之中,柳永词向来被认为存在这样的问题。卷五柳氏小传引黄昇评语云:"耆卿长于纤丽之词,然多近俚语。"杨慎曾在其《词品》中提出具体批评:"东坡云,人皆言柳耆卿词俗,如'霜风凄紧,关河冷落,残照当楼',唐人佳处不过如此。……盖《八声甘州》也。《草堂诗馀》不选此,而选其如'愿奶奶兰心蕙性'之鄙俗,及'以文会友''寡信轻诺'之酸文,不知何见也。"①其中,"愿奶奶兰心蕙性"见于《玉女摇仙佩》(飞琼伴侣),"以文会友"见于《女冠子》(淡烟飘薄),"寡信轻诺"见于《尾犯》(夜雨滴空阶)。朱彝尊深诋《草堂诗馀》,所收21首柳词有《八声甘州》而无上述三阕,充分显示雅、俚之别。

关于"伉",汪森在《词综序》中也指出:"使事者或失之伉。"所谓"使事",就是指创作中引用典故。在入选词人之中,辛弃疾、刘过诸家好用典故,易有此弊。《词综》卷一三选录辛词达35首,不过编者并未在词人小传中转引后世评价,而是将其置于具体词作之后,《摸鱼儿·淳熙己亥,自湖北漕移湖南,同官王正之置酒小山亭,赋》一词后附罗大经评语:"词意殊怨。使在汉、唐时,宁不贾种豆、种桃之祸?然闻寿皇见此词,颇不悦,终不加以罪,可谓盛德。"②《词综》卷一五录刘过词,其小传虽然引黄昇评语称刘氏为"稼轩之客,词多壮语,盖学稼轩者也",但编者所选9阕鲜有"壮语",以《沁园春·御阅还,上郭殿帅》《沁园春·张路分秋阅》《沁园春·寄辛稼轩》为代表的慷慨之作均不在其列。不过与此同时,编者对刘氏豪放词以外的创作颇为留意,其小传引陶宗仪评语,称"改之造语,赡逸有思致,《沁园春》二首,尤纤丽可爱"③,并选录《沁园春·美人足》和《沁园春·美人指甲》。其实,除了刘过的《沁园春》二首之外,《词

---

① [明]杨慎《词品》卷三,《词话丛编》,第474页。
② 朱彝尊、汪森编《词综》,第194页。
③ 朱彝尊、汪森编《词综》,第238页。

综》卷三〇还选录了元代邵亨贞的《沁园春·美人眉》《沁园春·目》和沈景高的《沁园春·和刘龙洲〈指甲〉》①。这些词体现了朱彝尊对此类题材的偏好,清初蒋景祁《瑶华集》收录朱氏本人的相关词作就达13首之多,包括指甲、额、鼻、耳、齿、胆、肠、肩、背、臂、掌、乳、膝。② 其后,以《沁园春》歌咏女性身体成为一时风潮,清代中叶朱昂的创作更是多至百首,朱彝尊对词坛风尚的引领作用亦可由此窥见一二。

由于词选是按人编次,一系列的"论世"工作就显得尤为重要。上文提到,柯崇朴主要承担这一重任,其《词综后序》详细叙述了操作流程:"今为博证史传,旁考稗乘,参以郡邑载志、诸家文集,汇而订之。姓氏之下著其地,爵仕之前序其世,赠谥、称号、撰述系之爵仕之后,无所依据者姑阙之。"③朱彝尊则盛赞其"论世之功":"是集考之正史,参以地志、传纪、小说,以集归人,以字归名,得十之八九。"④"由是先后之次可得而稽,词人之本末可得而尚论",宋徵璧提到的"作者纷如,难以概述"的问题就能得到很大程度的改善。

虽然卓有成效的"论世"工作可以为编纂词选奠定良好的基础,但相关的编纂工作绝非等同于按时代先后编排词人词作。从《词综》初刻本的三十卷来看,其中的卷次安排颇具深意。其中,卷一为唐词,卷二至卷三为五代十国词,卷四至卷二五为宋词,卷二六为金词,卷二八至卷三〇为元词,多达二十二卷的宋词占据全部篇幅的三分之二强,所占比重最高。宋代部分除释道、闺秀二卷外,北宋词七卷,南宋词十三卷,后者几乎倍于前者。在南宋部分,南宋初期二卷,中期四卷,后期七卷。宋季词

---

① 朱彝尊、汪森编《词综》,第 496、498 页。
② [清]蒋景祁《瑶华集》卷一七,清康熙二十五年刻本。
③ 柯崇朴《词综后序》,朱彝尊、汪森编《词综》,第 1 页。
④ 朱彝尊《词综发凡》,朱彝尊、汪森编《词综》,第 5 页。

与北宋词同为七卷,无疑是"词至南宋,始极其工,至宋季而始极其变"的最好注脚。

在具体编纂时,编者往往会把同一时代中的大家和部分名家集中在一起,部分名家和众多小家集中在一起。比如北宋初期,相关创作尚未兴盛,大家、名家屈指可数,尚不足以合并成卷,欧阳修(21首)这样的大家只能与其他二十八家合为卷四。再比如北宋中期,词人日益增多,大家、名家不断涌现,晏几道(22首)、张先(27首)、柳永(21首)合为卷五,苏轼(15首)、黄庭坚(4首)、秦观(19首)、晁补之(15首)、张耒(3首)、陈师道(2首)、李廌(2首)、李之仪(4首)合为卷六,而贺铸(9首)等十八家合为卷七。除了卷五、卷六之外,以大家、名家合为一卷的尚有卷九(周邦彦、晁端礼、田不伐、曹组、万俟雅言、徐伸)、卷一三(辛弃疾、范成大、黄公度、葛立方、张孝祥、姚宽、程垓)、卷一五(姜夔、陆游、陈亮、刘过、杨炎正、张辑)、卷一七(卢祖皋、高观国、史达祖)、卷一九(吴文英、蒋捷)、卷二〇(陈允平、周密)、卷二一(王沂孙、张炎)。在上述九卷之中,一卷仅选录两家的情况出现了三次,包括卷一九的吴文英(45首)、蒋捷(21首),卷二〇的陈允平(22首)、周密(54首),卷二一的王沂孙(31首)、张炎(38首);一卷仅选录三家的情况出现了两次,包括卷五的晏几道、张先、柳永,卷一七的卢祖皋(14首)、高观国(20首)、史达祖(26首)。在这五卷之中,南宋雅词诸家占据四卷,可谓备受尊崇。与此同时,辛派重要词人、"稼轩之客"刘过不仅与姜夔、张辑同处一卷,而且其名下多选"纤丽之作",此举在一定程度上减少了辛派在南宋词坛的存在感。

除了卷次安排以外,词人小传所附前人评语也有值得留意之处。汪森在《词综序》中建构了以姜夔为首的南宋雅词谱系:"鄱阳姜夔出,句琢字炼,归于醇雅。于是史达祖、高观国羽翼之,张辑、吴文英师之于前,赵以夫、蒋捷、周密、陈允衡、王沂孙、张炎、张翥效之于后,譬之于乐,舞《箾》至于九变,而词之能事毕矣。"①上述诸家的小传,与汪序遥相呼应。其中,卷一五姜夔小传所附评语云:

> 范石湖云:"白石有裁云缝月之妙手,敲金戛玉之奇声。"赵子固云:"白石,词家之申、韩也。"黄叔旸云:"白石词极精妙,不减清真,其高处,有美成所不能及。"沈伯时云:"白石清劲知音,亦未免有生硬处。"张叔夏云:"姜白石如野云孤飞,去留无迹。"又云:"白石词,不惟清虚,且又骚雅,读之使人神观飞越。"②

上述六条评语除沈义父之言稍存批评之意,其他五条均为赞赏之辞。黄昇称姜词"极精妙",范成大、赵孟坚、张炎三家的四条评语则分别从不同角度具体点出其精妙之处,而"其高处,有美成所不能及"。朱彝尊的《词综发凡》进一步发展了黄昇、张炎对周、姜二人的轩轾之分,提出了"姜尧章氏最为杰出""填词最雅无过石帚"等论断。③ 与此同时,其他诸家小传所附评语也和姜夔密切相关。卷一五张辑小传称"东泽得诗法于姜尧章,世谓谪仙复作,不知其又能词也",卷一七高观国小传称"竹屋、白石、邦卿、梦窗,格调不凡,句法挺异,俱能特立清新之意,删削靡曼之词,自成一家",同卷史达祖小传借姜夔语称史词"奇秀清逸,融情景于一家,会句意于两得",卷二一张炎小传称"叔夏词,意度超玄,律吕协洽,当与白石老仙相鼓吹"。④ 除上述评语外,卷二一还选录张炎《琐窗寒·

---

① 汪森《词综序》,朱彝尊、汪森编《词综》,第1页。
② 朱彝尊、汪森编《词综》,第227页。
③ 朱彝尊《词综发凡》,朱彝尊、汪森编《词综》,第4、7页。
④ 朱彝尊、汪森编《词综》,第241、265、270、345页。

王碧山又号中仙,越人也。其诗清峭,其词闲雅,有姜白石意趣,今绝响矣。余悼之》①,亦提及白石,可移作王沂孙小传。由此可见,朱彝尊、汪森等人在编纂过程中注意显示姜夔与诸家之间的关联,从而更好地呼应《词综发凡》《词综序》中的种种论断。

在充分搜辑各类文献的基础上,朱彝尊、汪森等人以"雅"为标准选取词人、词作,并通过按人编次的方式呈现其对词学发展源流的追溯。在编纂过程中,编者借助卷次安排、词人小传重点展示以姜夔为首的南宋雅词,不仅回应了宋徵璧"词至南宋而繁,亦至南宋而敝"的词史论断,而且实现了"豁词林之耳目,使不蔽于近"的编选目标。

四、凝聚共识与"后补题"风潮

康熙十七年夏,朱彝尊"自江宁应召入都"②,参加博学鸿词科。此时,三十卷本《词综》尚在刊刻之中,朱氏将编纂过程中发现的《乐府补题》带到京师。相比于《词综》,《乐府补题》反而更早地"豁词林之耳目",在康熙词坛引发强烈反响。

《乐府补题》是一部成书于元初的咏物词专集,收录王沂孙、周密、张炎等14位南宋遗民的37首词作。该书包括五调五题,依次为《天香·宛委山房拟赋龙涎香》(8首)、《水龙吟·浮翠山房拟赋白莲》(10首)、《摸鱼儿·紫云山房拟赋莼》(5首)、《齐天乐·馀闲书院拟赋蝉》(10首)、《桂枝香·天柱山房拟赋蟹》(4首)。③ 该书得以重新进入词坛的视

---

① 朱彝尊、汪森编《词综》,第352页。
② 杨谦纂《朱竹垞先生年谱》,朱彝尊著,王利民等校点《曝书亭全集》,第1046页。
③ [明]吴讷编《百家词》,天津市古籍书店据1940年商务印书馆排印本影印,1992年,第127页。

野,得益于汪森的"博搜"。朱彝尊《乐府补题序》云:"《乐府补题》一卷,常熟吴氏抄白本,休宁汪氏购之长兴藏书家。"①"常熟吴氏",即《词综发凡》提到的"常熟吴氏讷"。其所编《唐宋名贤百家词》,成于明英宗正统六年(1441),"其时去宋代未远,善本佳刻易见,故有许多善本赖此传世",其中包括《乐府补题》。② 康熙十四年以后,汪森"往来苕霅间,从故藏书家抄白诸集",《乐府补题》便是其湖州访书过程中的重要收获。尽管朱彝尊在《词综发凡》中只提及"凤林书院《元词乐府补题》",与现存书名稍有差异,但通过比对发现,"康熙十七年的三十卷本《词综》,已经收录了《乐府补题》中的 35 首词",这说明《乐府补题》确实是其编纂《词综》时的重要参考文献。③

朱彝尊第一次接触《乐府补题》,应该是在康熙十七年春与周筼重访汪森并与之修订《词综》时。朱氏自称"爱而亟录之,携至京师",同在京师的"宜兴蒋京少好倚声,为长短句,读之,赏激不已"。④ 蒋京少名景祁,当时亦举博学鸿词,有《东舍集》《梧月词》《罨画溪词》,又辑《瑶华集》。朱彝尊为其所作《蒋京少梧月词序》云:"比年客白下,思入茅山为道士,著书以老。愿未果,翻策柴车入京师。……吾友陈其年,偕里人蒋京少,访予僧舍。"⑤在抵达京师之后,朱彝尊"舍于三里河桥之南泉寺,与李征士良年同寓",至康熙十八年七月"移寓虎坊桥,与徐检讨釚僦舍同居"⑥,陈维崧与蒋景祁就是在这段时间访朱氏于僧舍并因此见到《乐

---

① 朱彝尊《乐府补题序》,朱彝尊著,王利民等校点《曝书亭全集》,第 421 页。
② 参见《百家词·出版说明》。
③ 于翠玲《〈词综〉与〈乐府补题〉的关系——兼论浙西词派咏物词的演变》,《西北大学学报(哲学社会科学版)》2005 年第 2 期,第 142 页。
④ 朱彝尊《乐府补题序》,朱彝尊著,王利民等校点《曝书亭全集》,第 421 页。
⑤ 朱彝尊《蒋京少梧月词序》,朱彝尊著,王利民等校点《曝书亭全集》,第 454 页。
⑥ 杨谦纂《朱竹垞先生年谱》,朱彝尊著,王利民等校点《曝书亭全集》,第 1046 页。

府补题》的。其后,对《乐府补题》"赏激不已"的蒋景祁将其"镂板以传",朱彝尊、陈维崧为之序。据蒋氏回忆,"得《乐府补题》而辇下诸公之词体一变。继此复拟作后补题,益见洞筋擢髓之力"。①

由于将《乐府补题》"镂板以传"的蒋景祁称"得《乐府补题》而辇下诸公之词体一变",一些学者往往因此认为,《乐府补题》的刊刻宣告了"后补题"唱和的开始。不过,有迹象表明,相关创作在朱彝尊入京之前就已经开始。刊行于康熙十八年的《浙西六家词》②收沈皞日《柘西精舍集》,卷首龚翔麟《柘西精舍集序》云:"吾友沈子融谷工于词久矣。戊午春,来游集庆,与予相遇秦淮之上。索其稿,则自逊为少作之未尽善,隐而不出。逮倡和累月,得数十调,予录而藏诸箧。未几别去,复游京师。越一载,更邮近制,愈多而愈工。因取前所存者,合为一卷。"③据龚氏所述,《柘西精舍集》包括两个阶段的创作,其一为康熙十七年戊午沈皞日游金陵所作之词,其二为沈氏嗣后游京师所作之词。在这一卷词中,《摸鱼子·立夏日有感》与《摸鱼子·锡鬯将行,寄同山夫子》④之间有《天香·龙涎香》和《摸鱼儿·莼》,《摸鱼子·九日武园招同左羽、岷培、义山登慈仁寺毗卢阁,归饮舟石寓》之后有《桂枝香·再赋蟹》《摸鱼子·再赋莼》。由此可以看出,沈氏在朱彝尊离开南京之前就有"后补题"词作,在自己

---

① 蒋景祁《刻瑶华集述》,蒋景祁辑《瑶华集》。
② 按,《浙西六家词》除龚翔麟《红藕庄词》卷三以外刻于康熙十八年。《红藕庄词》卷二最后一首为《消息·刻六家词竟,怀竹垞、柘西、南溆在日下,秋锦在濠上。效陈西麓叶平体》。邵瑸《红藕庄词跋》云:"《藕庄词》第三卷,乃续刻于日下者。"卷三末有丁丑夏五冷真题词,说明此卷可能刻于康熙三十六年(1697)。
③ [清]沈皞日《柘西精舍集》,《浙西六家词》本。
④ 《摸鱼子·锡鬯将行,寄同山夫子》一词上阕云:"少年时、胸中何等,愿同天子相见。玉墀珠箔明光里,真有布衣行遍。经别殿。最好是、红灯视草人归院。紫泥共羡。但旧巷清和,苔钱榆荚,冷却画梁燕。""愿同天子相见"等句表明沈氏此词是其送朱彝尊北上京师之作。

"复游京师"之后又有"后补题"词作,因而以"再"显示前后之别。①

沈皞日创作《天香·龙涎香》和《摸鱼儿·莼》之时,《词综》三十卷本已大致修订。在《乐府补题》所收 14 家词人中,"王沂孙、周密诸人的身份并不隐秘",即便其中有一些词人名不见经传,沈氏也可经由朱彝尊有所了解。因此,《乐府补题》中 37 首词作的内涵,沈氏"通过知人论世,进而以意逆志,当然也不难作一些合理推测"。② 尽管沈氏本人并没有撰文进行具体论述,但他借助"后补题"创作传递了自己的理解。《乐府补题》的开篇是王沂孙的《天香·龙涎香》,其词云:

> 孤峤蟠烟,层涛蜕月,骊宫夜采铅水。汛逝槎风,梦深薇露,化作断魂心字。红瓷候火,还乍识、冰环玉指。一缕萦帘翠影,依稀海山云气。　几回殢娇半醉。翦春灯、夜寒花碎。更好故溪飞雪,小窗深闭。荀令如今顿老。总忘却、尊前旧风味。谩惜馀薰,空篝素被。③

王沂孙以"铅水"比喻龙涎,借用的是李贺《金铜仙人辞汉歌》中的"忆君清泪如铅水",因而该词向来被认为有所寄托。陈廷焯《白雨斋词话》云:"碧山《天香·龙涎香》一阕,庄希祖云:'此词应为谢太后作。前半所指,

---

① 朱彝尊的《江湖载酒集》也存在类似的情况。其卷一收录《桂枝香·蟹》《齐天乐·蝉》《水龙吟·白莲》和《摸鱼子·莼》,卷三收录《天香·龙涎香》《桂枝香·再赋蟹》和《齐天乐·再咏蝉》。咏蟹、咏蝉之作均出现两次,卷一的两首或许也作于南京,而卷三的两首则可能作于京师。参见[清]朱彝尊《江湖载酒集》卷一,《浙西六家词》本。

② 参见张宏生师《清初"词史"观念的确立与建构》,《南京大学学报(哲学·人文科学·社会科学)》2008 年第 1 期,第 105 页。

③ [元]陈恕可编,姚道生校注《乐府补题校注》,凤凰出版社,2019 年,第 2—3 页。

多海外事。'此论正合余意。惟后叠云:'荀令如今渐老,总忘却尊前旧风味。'必有所兴。但不知其何所指。读者各以意会可也。"① 俞陛云虽未探究其词之所指,但给予高度评价:"咏物工细之作,唐五代以来绝少,南宋较多。此调前半体物浏亮,后半即物寓情,咏物之名作也。起笔切合而极凝炼,'蟠'字、'蜕'字尤工。'紫帘'二句既状香痕荡漾,而以海山云气关合本题,在离合之间。后四句藉香以寓身世今昔之感,开合有致。"②面对前人的杰作,沈皡日也写出了自己的《天香·龙涎香》,其词云:

> 雀尾无腥,紫茸馀沥,蛛丝画屏初暝。四角微温,八蚕小炷,纤甲轻分鸾饼。云槎寄去,还识得、蛟宫风韵。复帐徐开,缕缕菱花,半边旋晕。　月明露庭酒醒。剩熏炉、年时荀令。旧事秋奁零落,不堪重省。纵返芳魂一梦,奈十二、琼楼路犹迥。空袅馀烟,蓬山云影。③

沈氏此词,上片体物精细,下片借物抒情,很明显受到了前作的影响。全词从燃香起笔,以香痕串联时空、情感,娓娓道来,在咏物方面不可谓不"工细"。然而,与前作相比,沈词仍有所欠缺:王沂孙在词中寄寓了深沉的"身世今昔之感",读者或许未必能够言传,但基本可以意会;沈皡日虽然描绘了酒醒后沉思旧事的场景,但在情感抒发方面则相对而言稍显浮泛。因此可以说,沈皡日对于王沂孙词的体认和效仿,更多地着力于咏物的层面。

---

① [清]陈廷焯《白雨斋词话》卷二,《词话丛编》,第3809页。
② 俞陛云《唐五代两宋词选释》,上海古籍出版社,2011年,第416页。
③ 沈皡日《柘西精舍集》卷一。

朱彝尊的"后补题"创作同样存在这一倾向,严迪昌先生曾对其多首"后补题"唱和作过精到的点评。对于朱氏《江湖载酒集》中的《齐天乐·蝉》和《齐天乐·再咏蝉》,严先生认为,这两首词"较多以赋法铺叙,偏重于'蝉'之生命历程的'形'的状写","偏离《补题》神韵和志意,别谱其'空中传恨'之调,此中的'我'之怨,已属'不作游仙梦'之清高和'蛛网''筼筜'的震颤,而且是淡淡的,稍一着意就皇顾左右摇曳而去,至于舍'神'取'形'处充以腹笥,则是很明显的"。① 《江湖载酒集》另有《天香·龙涎香》一阕,严先生认为此词"纯粹赋物,丝毫没有触及最属敏感的故国之思的意蕴,是不免'方物略'之讥的"。②

沈、朱两家上述词作的创作时间、创作地点可能并不相同,不过他们的创作倾向却是大致相同的。作为清代最先接触《乐府补题》并进行追和的一批词人,以朱彝尊为首的浙西诸家虽然对 14 位词人的南宋遗民身份有所了解,但他们对 37 首词作的理解在很大程度上延续了其对南宋雅词的整体认知,因而对"句琢字炼,归于醇雅"的追慕也就超过了对"身世之感别有凄然言外者"的揣摩。正是基于这样的群体共识,浙西诸家接续了南宋咏物词的创作传统,更多地在"工细"程度上下功夫,这也使得他们与所谓的"骚人《橘颂》之遗音"③渐行渐远。谭献曾对此提出批评:"《乐府补题》,别有怀抱。后来巧构形似之言,渐忘古意,竹垞、樊

---

① 按,《清词史》中作《台城路·蝉》。《台城路》与《齐天乐》为同调异称。参见严迪昌《清词史》第 231—232 页。
② 严迪昌《清词史》第 232 页。按,所谓"'方物略'之讥",源自谢章铤《赌棋山庄词话》。其卷七云:"夫咏物南宋最盛,亦南宋最工。然傥无白石高致,梅溪绮思,第取《乐府补题》而尽和之,是方物略耳,是群芳谱耳,便谓超凡入圣,雄长词坛,其不然欤。"(《词话丛编》,第 3415 页)
③ 朱彝尊《乐府补题序》,朱彝尊著,王利民等校点《曝书亭全集》,第 421 页。

榭不得辞其过。"①

　　为《乐府补题》作序的陈维崧,同样也热衷于"后补题"创作。陈氏认为《乐府补题》乃是"临平故老,天水王孙"的"开元宫女之闲谈"和"才老梦华之轶事"②,因而在追和中多采用比兴寄托的手法。严迪昌先生在点评其《齐天乐·蝉》时指出:"迦陵词意继《补题》的传统脉络,逼近王沂孙一路而略见疏朗,但力度未减,句句紧扣宫闱哀思。'雁塞琵琶,凤城砧杵'句正与《序》中'汪水云之关塞含愁''王昭仪之琵琶写怨'血脉沟通,其感情流向极分明。"③由此可见,朱彝尊、陈维崧在追和《乐府补题》时所采取的创作手法有着很大的不同。

　　既然朱、陈两家的基本倾向存在相当程度的差异,那他们为何会一同推动《乐府补题》的刊刻与追和? 其中的首要原因当然是《乐府补题》本身具有很高的创作成就。无论是浙西诸家,还是阳羡诸家,不同流派的词人都可以从中找到令其"赏激不已"之处。不过与此同时,《乐府补题》所收诸词均为长调也是一个不容忽视的原因。

　　陈维崧在《任植斋词序》中自述其创作经历云:"忆在庚寅、辛卯间,与常州邹、董游也,文酒之暇,河倾月落,杯阑烛暗,两君则起而为小词。方是时,天下填词家尚少,而两君独矻矻为之,放笔不休,狼籍旗亭北里间。"④顺治七年(1650)、顺治八年(1651)间,陈维崧与邹祗谟、董以宁交游,开始填写"小词",所作多见于《倚声初集》。邹祗谟《远志斋词衷》亦云:"同里诸子,好工小词,如文友之儇艳,其年之矫丽,云孙之雅逸,初子

---

① 〔清〕谭献《复堂词话》,《词话丛编》,第 4008 页。
② 陈维崧《乐府补题序》,〔清〕陈维崧著,陈振鹏标点,李学颖校补《陈维崧集》,上海古籍出版社,2010 年,第 401 页。
③ 严迪昌《清词史》,第 231 页。
④ 陈维崧《任植斋词序》,《陈维崧集》,第 52—53 页。

之清扬,无不尽东南之瑰宝。"①比如,《倚声初集》卷六收陈氏《画堂春·护灯花》,其词云:"夜香时候绣屏高。水沉一缕微飘。银釭半盏绛花娇。照破幽宵。　漏永漫凭金剪,风轻小掩鲛绡。莫教红萼褪兰膏。好事明朝。"邹祗谟评曰:"此等题俱十年前会文附作,落纸争飞。当时推其年为绝唱,每一讽咏,辄有绮才艳骨之叹。"②然而,陈维崧后来对这类"刻于《倚声》者"甚为反感,"过辄弃去,间有人诵其逸句,至哕呕不欲听"。③究其原因,应该是陈维崧后来开始意识到这类创作存在的问题:"今之不屑为词者固亡论,其学为词者,又复极意《花间》,学步《兰畹》,矜香弱为当家,以清真为本色。神瞀审声,斥为郑卫。甚或爨弄俚词,闺襜冶习,音如湿鼓,色若死灰。"康熙九年(1670),陈维崧与吴逢原、吴本嵩、潘眉编纂《今词苑》④,转而推崇"东坡、稼轩诸长调",以为"骎骎乎如杜甫之歌行与西京之乐府也"。⑤不过,当时北宋词风盛行,词人之所作,"中小调独多,长调寥寥不概见"⑥,陈氏的主张也就未能引发热烈反响。

康熙十七年,舍于南泉寺的朱彝尊在与李良年论词时提出一个重要观点——"小令宜师北宋,慢词宜师南宋"⑦。当然,在此之前,邹祗谟已阐述过类似的见解:"余常与文友论词,谓小调不学《花间》,则当学欧、晏、秦、黄。《花间》绮琢处,于诗为靡,而于词则如古锦纹理,自有黯然

---

① 邹祗谟、王士禛辑《倚声初集》前编卷三。
② 邹祗谟、王士禛辑《倚声初集》卷六。
③ 蒋景祁《陈检讨词钞序》,《陈维崧集》,第1831页。
④ 闵丰《清初清词选本考论》,上海古籍出版社,2008年,第312页。
⑤ 陈维崧《词选序》,《陈维崧集》,第54页。
⑥ 彭孙遹《金粟词话》,邹祗谟、王士禛辑《倚声初集》前编卷二。
⑦ 朱彝尊《鱼计庄词序》云:"曩予与同里李十九武曾,论词于京师之南泉僧舍,谓小令宜师北宋,慢词宜师南宋。武曾深然予言。是时僧舍所作颇多,钱唐龚蘅圃遂以吾两人所著,刻入《浙西六家词》。"朱彝尊著,王利民等校点《曝书亭全集》,第455页。

异色。欧、晏蕴藉,秦、黄生动,一唱三叹,总以不尽为佳。清真、乐章,以短调行长调,故滔滔莽莽处,如唐初四杰,作七古嫌其不能尽变。至姜、史、高、吴,而融篇炼句琢字之法,无一不备。"①朱彝尊将邹氏的见解和自己的主张进行融合,提出了能够为当时词坛普遍接受的"小令宜师北宋,慢词宜师南宋"。当陈维崧偕蒋景祁造访朱彝尊时,《乐府补题》中的37首长调顺理成章地成为他们凝聚共识的基础。尽管两家的"后补题"唱和存在手法上的差异,但他们的创作冲击了原先以小令为主的创作格局,这就是蒋景祁所说的"得《乐府补题》而辇下诸公之词体一变"。毛奇龄也在其《鸡园词序》中指出:"往予与华亭蒋生搜讨唐词,谓小词者,实词所自始。而或曰:'否。夫词以具体,第曰词,则曼体不可少也夫,是故,《花间》《草堂》各不相掩。'其后迦陵陈君偏欲取南渡以后、元明以前,与竹垞朱君作《乐府补遗》诸倡和,而词体遂变。"②

在发现《乐府补题》之后,浙西诸家很快就展开"后补题"唱和。他们立足于对南宋雅词的整体认知,接续了南宋"咏物工细"的创作传统,呈现出较为一致的创作倾向。在将《乐府补题》"携至京师"之后,朱彝尊与陈维崧在有关长调的问题上达成共识,一同推动了《乐府补题》的刊刻与追和。随之兴起的"后补题"风潮,标志着南宋雅词"豁词林之耳目"的真正开始。

小　结

由于明代《草堂诗馀》系列选本盛行,宋末元初风靡一时的南宋雅词

---

① 邹祗谟、王士禛辑《倚声初集》前编卷三。
② [清]毛奇龄《西河集》,卷三八,文渊阁四库全书本。

几乎乏人问津。为了改变明清之际北宋词风盛行的局面,朱彝尊运用目录学的操作手段广泛地搜辑历代词学资料,继而与汪森一道编纂《词综》,通过按人编次的方式把对南宋雅词的展示融入对词史源流的追溯之中。在《词综》问世之前,朱彝尊与陈维崧一同借助《乐府补题》的刊刻掀起"后补题"唱和风潮,不仅大大冲击了过往以小令为主的创作格局,而且开始将南宋雅词推向清代词坛的中心位置。

第二章 "家白石而户玉田":康熙年间姜张典范意义的确立

浙西词派的领袖朱彝尊在为曹溶《静惕堂词》作序时指出:"彝尊忆壮日从先生南游岭表,西北至云中,酒阑灯炧,往往以小令、慢词更迭倡和。有井水处,辄为银筝檀板所歌。念倚声虽小道,当其为之,必崇尔雅,斥淫哇,极其能事,则亦足以宣昭六义,鼓吹元音。往者明三百祀,词学失传,先生搜辑南宋遗集,尊曾表而出之。数十年来,浙西填词者,家白石而户玉田。春容大雅,风气之变,实由先生。"①朱彝尊撰写这段文字,既是为了突出曹溶作为其词学"启导者"的角色,也是为了突出曹溶作为浙西词风"启变者"的角色。② 而后人则更为关注朱氏提出的"家白石而户玉田"之说,并将其作为浙派宗风遍及词坛的标志:"自小长芦朱竹垞以姜、张为宗主,海内翕然从之,几于家白石而户玉田矣。"③ 从朱彝尊"以姜、张为宗主",到"海内翕然从之",姜夔、张炎的典范意义如何在

---

① 朱彝尊《静惕堂词序》,曹溶《静惕堂词》。
② 严迪昌《清词史》,第 234—237 页。
③ 王初桐《西濠渔笛谱序》,[清]徐乔林《西濠渔笛谱》,清嘉庆刻本。

康熙年间逐步确立,无疑是值得探究的重要问题。

一、个人偏好与姜张并称

在《词综序》中,汪森勾勒了以姜夔为首的南宋雅词发展脉络:"鄱阳姜夔出,句琢字炼,归于醇雅。于是史达祖、高观国羽翼之,张辑、吴文英师之于前,赵以夫、蒋捷、周密、陈允衡、王沂孙、张炎、张翥效之于后,譬之于乐,舞《箾》至于九变,而词之能事毕矣。"①对于其中最为关键的核心人物——姜夔,朱彝尊在不同场合始终给予高度评价。比如,朱氏《词综发凡》云:"词至南宋,始极其工,至宋季而始极其变,姜尧章氏最为杰出。"②又比如,朱氏《黑蝶斋词序》云:"词莫善于姜夔。宗之者,张辑、卢祖皋、史达祖、吴文英、蒋捷、王沂孙、张炎、周密、陈允平、张翥、杨基,皆具夔之一体。"③不过,由于明代《草堂诗馀》系列选本盛行,姜夔词作在清代的流传情况并不理想。朱彝尊、汪森等人虽然费尽心力,但并未找到姜夔的词集,"惜乎《白石乐府》五卷,今仅存二十馀阕也"。④ 值得注意的是,这里提到的词作数量存在一些疑问。朱彝尊在编纂《词综》时参考了黄昇的《中兴以来绝妙词选》,而黄选收录姜词达34首。对于两者之间的矛盾,张宏生先生曾进行考辨:"'二十馀阕'也可能是朱彝尊的笔误,实际上也许是'三十馀阕',因为《词综》所选的姜夔词二十二首,除了见于《古今词统》的十首之外,其他均见于《中兴以来绝妙词选》,包括后来汪森补的一首,说明朱彝尊对《中兴以来绝妙词选》确实

---

① 汪森《词综序》,朱彝尊、汪森编《词综》,第1页。
② 朱彝尊《词综发凡》,朱彝尊、汪森编《词综》,第4页。
③ 朱彝尊《黑蝶斋词序》,[清]沈岸登《黑蝶斋词》,《浙西六家词》本。
④ 朱彝尊《词综发凡》,朱彝尊、汪森编《词综》,第4页。

是熟悉的。"①但无论基于何种缘故,《词综》只收录了 23 首姜夔词作,包括卷一五的 22 首和卷三五补录的 1 首。因此,康熙词坛对于姜夔词的体认,只能依赖《中兴以来绝妙词选》和《词综》收录的二三十首词作。直至乾隆八年(1743)《白石道人歌曲》刊行于世②,清人对于姜夔词的了解才趋于全面。

相比于姜夔词集的湮没无闻,张炎词集在清初的流传要稍广一些,《词综发凡》云:"至张叔夏词集,晋贤所购,合之牧仲员外、雪客上舍所抄,暨常熟吴氏《百家词》本,较对无异,以为完书。"③"晋贤所购",即汪森"购诸吴兴藏书家"之张炎词集。"牧仲员外、雪客上舍"即宋荦、周在浚,朱彝尊称《词综》所据"半属抄本,白门则借之周上舍雪客","京师则借之宋员外牧仲",两家均藏有张炎词集。④ 对于宋荦所藏,李符有着更明确的记载:"予囊客都亭,从宋员外牧仲借钞《玉田词》,仅一百五十三阕。"⑤"常熟吴氏《百家词》本"即《唐宋名贤百家词》所收张炎《玉田词》二卷,存词亦为 153 首。⑥ 既然四种抄本之间"较对无异",那么汪森所购、宋荦和周在浚所抄的"张叔夏词集"与《百家词》本《玉田词》应该系出同源。⑦

---

① 参见张宏生师《统序观与明清词学的递嬗——从〈古今词统〉到〈词综〉》,《文学遗产》2010 年第 1 期,第 91 页。
② 夏承焘《版本考》,夏承焘笺校《姜白石词编年笺校》,上海古籍出版社,1981 年,第 161 页。
③ 朱彝尊《词综发凡》,朱彝尊、汪森编《词综》,第 4 页。
④ 朱彝尊《词综发凡》,朱彝尊、汪森编《词综》,第 1 页。
⑤ 李符《龚刻山中白云词序》。[南宋]张炎撰,吴则虞校辑《山中白云词》,中华书局,1983 年,第 167 页。
⑥ 参见吴讷编《百家词》,第 1409—1443 页。
⑦ 除此之外,《玉田词》尚有其他传本。其一为明水竹居钞本《玉田词》二卷,卷上为 69 首,卷下为 80 首,计 149 首。其二为王鹏运《四印斋所刻词》本《山中白云词》二卷补二卷续补一卷,正编部分卷上为 69 首,卷下为 80 首,与前者一致。经过比对,四印斋本的 149 首全部见诸《百家词》本,这表明两者可归入同一版本系统。参见拙文《张炎〈玉田词〉版本与成书考》,《古籍整理研究学刊》2014 年第 6 期,第 16—17 页。

由于《玉田词》卷上既有《声声慢·余与王碧山泛舟鉴曲,王戢隐吹箫,余倚歌而和,天阔秋高,光景奇绝,与姜白石垂虹夜游同一清致也》记录与王沂孙的交游,又有《琐窗寒·王碧山又号中仙,越人也。其诗清峭,其词闲雅,有姜白石意趣,今绝响矣。余悼之玉笥山,所谓长歌之哀,甚于哀恸》表达对已逝斯人的深切哀悼①,因此,编者将王沂孙、张炎两家合为一卷,《词综》卷二一收录王词31首、张词38首。

在《词综》三十卷本编成之后,朱彝尊获知《玉田词》远非张炎词的全貌:"顷吴门钱进士宫声相遇都亭,谓家有藏本,乃陶南村手书,多至三百阕,则予所见,犹未及半。漏万之讥,殆不免矣。"其实,包括姜夔、张炎在内,宋季诸家词集的流传情况大多不尽如人意:"《东泽绮语》,传亦寥寥。至施乘之、孙季蕃,盛以词鸣,沈伯时《乐府指迷》亦为矜誉,今求其集,不可复睹。周公谨、陈君衡、王圣与,集虽抄传,公谨赋西湖十景,当日属和者甚众,而今集无之;《花草粹编》载有君衡二词,陆辅之《词旨》载有圣与《霜天晓角》等调中语,均今集所无。"②正因为如此,钱中谐所藏陶宗仪手书本《山中白云词》的出现令朱彝尊喜出望外。在过录钱氏藏本后,朱彝尊便广邀同人进行整理,李符《龚刻山中白云词序》记载了该书的问世过程:"累楮百翻,多至三百首,始识向购特半豹耳。参殷孝思璧全一语,更阅陆辅之《词旨》载乐笑翁警句奇对,无有出于是编之外者,知为完书无疑。竹垞厘卷为八,与诸同志辨正鱼鲁,缄寄白门,予复与龚主事蘅圃取他本较对,或字句互异,题目迥别,则增入两存之,锓枣以传,可称善本。继又从戴帅初、袁清容集内得送赠序疏与诗,因附刻于后,而其生平约略可见。"③后来,汪森对《词综》三十卷本进行补遗,卷三六增选张炎词10首。

---

① 吴讷编《百家词》,第1416、1423页。
② 朱彝尊《词综发凡》,朱彝尊、汪森编《词综》,第4页。
③ 张炎撰,吴则虞校辑《山中白云词》,第167页。

当然，姜夔、张炎两家入选词作的数量和《山中白云词》的刊刻，在很大程度上受到各种客观条件的制约。如果确实如朱彝尊所言，编纂《词综》时只能看到"二十馀阕"姜夔词，那么姜词就近乎悉数入选，其所受到的重视程度也就远超其他所有词人。而如果朱彝尊、汪森等人在搜辑资料的过程中意外发现姜夔的《白石道人歌曲》，那么几乎可以肯定的是，他们会将这位旗帜性人物的词集刊行于世。因此，在探讨朱彝尊本人对于姜夔、张炎的偏好时，词作的入选数量和词集的刊刻情况固然可以说明问题，但全面考察姜、张两家之于朱氏词作的影响或许更能说明问题。

自宋代以来，词人往往通过对词坛典范的追和表达推崇之意，其中最为人熟知的当数方千里的《和清真词》，《四库全书总目》云："邦彦妙解声律，为词家之冠，所制诸调，不独音之平仄宜遵，即仄字中上、去、入三音亦不容相混，所谓分刌节度，深契微芒。故千里和词，字字奉为标准。"① 不过，朱彝尊本人可能对于这种亦步亦趋的创作方式持相对保留的态度。《曝书亭词》里的和词大多是朱彝尊在朋辈酬唱时所作，比如他写给纳兰性德的《临江仙·和成容若见寄秋夜词》②，几乎不涉及以次韵的方式追和前代典范。在《浙西六家词》中，沈皞日、李符、龚翔麟等人均有追和张炎之作，但朱彝尊似乎并未参与。当然，他也以自己的方式表达对姜、张两家的希慕，那就是使用姜夔所创的词调、化用张炎所作的词句。

姜夔精通音律，"颇喜自制曲"③，因此，《词综》收录的23首姜夔词中有相当一部分词调属于其"自制"。朱彝尊对这类词调颇感兴趣，在创作中也不时使用，包括《疏影》（4首）、《八归》（仄韵体）、《暗香》（2首），以及《翠楼吟》《惜红衣》《琵琶仙》《长亭怨慢》《探春慢》《清波引》。除了《词

---

① 《钦定四库全书总目（整理本）》卷一九八，第2786页。
② 《全清词·顺康卷》，第5283页。
③ 夏承焘笺校《姜白石词编年笺校》，第36页。

综》涉及的词调外,朱彝尊在创作时还使用过《霓裳中序第一》《角招》《徵招》《迈陂塘》(姜白石体)等与姜夔有关的词调。在创作时使用特定词调而不次韵,所受到的限制也就大为减少,词人便可以一种更为自如的表达方式摸索相应词调的体式特征。在上述词调之中,《疏影》的出现次数最多,且四首均为咏物之作。姜夔的《疏影》乃咏梅名作,朱彝尊亦以此调赋黄梅花,其词云:"横斜满院。见蜂须乱叠,莺羽新剪。冷缀苔枝,疏影罗罗,休令崔豹窥见。天教漏泄春光早,把多少、芳心轻展。最愁他、金屋香寒,长是晓风吹面。 折向妆台看取,对将明镜里,鸦额深浅。淡月微笼,椒壁初昏,留映谢娘诗卷。难禁一曲山香舞,腻腊泪、铜盘千点。记梦中、人在罗浮,杏子单衫烟染。"① 王闿运曾批评姜夔的《暗香》《疏影》"语高品下,以其贪用典故也"②,然而朱彝尊此词在用典上似乎更"贪"一筹,故其词不若姜词之清虚婉约。

尽管朱彝尊在创作时也化用过姜夔词,比如《洞仙歌》(明湖碧浪)的"浑不似西窗,夜来曾见"源于姜氏《解连环》(玉鞭重倚)的"西窗夜凉雨霁",《无梦令·飞花》的"鱼浪飘香千点"源于姜氏《惜红衣》(簟枕邀凉)的"虹梁水陌,鱼浪吹香",《渡江云·欲雪》的"春到苔枝"和《疏影·黄梅花》的"冷缀苔枝"均源于姜氏《疏影》的"苔枝缀玉",但可能由于当时流传的姜词只有二三十首,因此朱彝尊对于姜词的化用并不算多。③

在获得陶宗仪手书本《山中白云词》之后,朱彝尊所能看到的张炎词达296首之多,几乎十倍于姜词,而张氏又向来以奇对、警句著称④,因

---

① 朱彝尊《疏影·黄梅花》,《全清词·顺康卷》,第5330页。
② [清]王闿运《湘绮楼评词》,《词话丛编》,第4296页。
③ [清]李富孙纂《曝书亭集词注》卷四、五、六,清嘉庆刻本。
④ 随张炎学词的陆辅之在其《词旨》中专门列举张氏奇对二十三则、警句十三则。[元]陆辅之《词旨》,《词话丛编》第299页。

此,朱彝尊在创作中多次化用张氏词句。根据李富孙在《曝书亭集词注》中的注释,朱彝尊《江湖载酒集》卷上《卖花声·雨花台》的"燕子斜阳来又去,如此江山"源于张氏《台城路·送周方山游吴》的"况如此江山,此时情绪",《柳梢青·应州客感》的"沙攒细草,柳擘晴绵"源于张氏《木兰花慢·舟中有怀澄江陆起潜皆山楼昔游》的"馀寒尚犹恋柳,怕东风、未肯擘晴绵";《江湖载酒集》卷下《台城路·送耕客南还》的"天涯倦旅"直接引用张氏《月下笛·孤游万竹山中,闲门落叶,愁思黯然,因动黍离之感。时寓甬东积翠山舍》的"天涯倦旅,此时心事良苦";《静志居琴趣》中《四和香》(小小春情先漏泄)的"也解秋波瞥"源于张氏《好事近·赠笑倩》的"佯拈花枝微笑,溜晴波一瞥",《芙蓉月》(蛮府辍棹时)的"谢多情小鸟、劝侬归去"源于张氏《祝英台近·与周草窗话旧》的"几回听得啼鹃,不如归去",《洞仙歌》(隔年芳信)的"桃叶江空"源于张氏《绮罗香·席间代人赋情》的"恨只恨、桃叶空江,殷勤不似谢红叶";《茶烟阁体物集》卷上《聒龙谣·雪》的"淡抹墙腰,似月棱初吐"源于张氏《探春慢·雪霁》的"一抹墙腰月淡",《沁园春·额》的"但端正、窥人莫便还"源于张氏《探春·己亥客阊间,岁晚江空,暖雨夺雪,篝灯顾影,依依可怜,作此曲寄戚五云,书之,几脱腕也》的"休忘了盈盈,端正窥户",《绮罗香·康熙丁丑六月,舍南池上红莲作并头花,赋以纪异》(其二)的"生怕是、绿云风起"源于张氏《水龙吟·白莲》的"怕湘皋珮解,绿云十里,卷西风去";《茶烟阁体物集》卷下《长亭怨慢·雁》的"写不了相思,又蘸凉波飞去"源于张氏《水龙吟·寄袁竹初》的"几番问竹平安,雁书不尽相思字"。① 多达十处的词句化用甚至直接引用,无疑能够体现朱彝尊在创作时的偏好。

　　从上述不同角度可以看出,朱彝尊本人对于姜夔、张炎是高度认可

---

① 参见李富孙纂《曝书亭集词注》卷一、三、四、五、六。

的。如果说《静惕堂词序》中的"风气之变,实由先生"是朱彝尊"以一派宗主的身份对曹溶的'开先河'地位的确认"①,那么"家白石而户玉田"就是朱彝尊以一派宗主身份对浙西理论主张的高度概括。

宋末元初之际,张炎在回顾宋代雅正之词时列举了周邦彦、秦观、高观国、姜夔、史达祖、吴文英等六家。②六家之中,周、秦两家属北宋,高、姜、史、吴四家属南宋,张氏的主要目的自然是推尊南宋雅词。至康熙初年,朱彝尊、汪森进一步总结南宋雅词,勾勒了囊括姜夔、史达祖、高观国、张辑、吴文英、赵以夫、蒋捷、周密、陈允衡、王沂孙、张炎、张翥等十二家在内的发展脉络。可是,如果树立如此之多的词坛典范,就很有可能模糊理论焦点,反而不利于词学主张的推广,因此朱彝尊选择以姜夔、张炎作为诸家的代表。此举固然反映了朱氏的个人偏好,但也有其客观依据:生活于南宋中期的姜夔对史达祖、高观国等南宋后期词家影响甚巨,是南宋雅词谱系中的核心;而生活于宋元之际的张炎理论与创作兼备,是南宋雅词演进历程中的殿军。姜、张两家一前一后,在很大程度上可以代表南宋雅词的创作成就。一些文学史著作在介绍相关问题时仍然选择"姜张"并称③,足见"家白石而户玉田"这一说法的深入人心。

值得注意的是,姜张并称不仅具有相当程度的概括性,而且也具有一定程度的开放性。相比于李杜的难分伯仲,姜张的词史地位其实并不

---

① 严迪昌《清词史》,第 235 页。
② 张炎《词源》卷下,《词话丛编》,第 255 页。
③ 关于文学史上的作家并称,程章灿、李颖曾举例加以阐述:"钟嵘《诗品序》中提到的'三张、二陆、两潘'之类,就是着眼于文学的并称。以并称来概括某些作家群体,越到后来使用越广,用法也越灵活,既可以指称同一时代的作家,如潘陆、颜谢,也可以指称不同时代的作家,如三谢。有时候,它是某一时期文坛横断面的扫描;有时候,它是某种风格集中的呈现;有时候,它是某种文学流派的表现形态。总之,这是一种有中国特色的文学批评方式,它是从世族人物品藻中流转而来的。"参见刘跃进主编《中国古代文学通论·魏晋南北朝卷》,辽宁人民出版社 2016 年版,第 167 页。

完全相称。朱彝尊认为"词莫善于姜夔",而包括张炎在内受姜氏影响的诸多词家"皆具夔之一体"①,所以,姜张并称不具备像李杜并称那样的不可动摇性。由此也就不难理解,朱彝尊为何既在《解佩令·自题词集》中自称"不师秦七,不师黄九,倚新声、玉田差近",又在《水调歌头·送钮玉樵宰项城》中自称"吾最爱姜史"②。自此以后,张炎和史达祖谁堪与姜夔并称一直是清代词坛热议的话题③,这在客观上也促进了南宋雅词影响力的不断扩大。

二、心摹手追与群像塑造

如果要考察姜夔、张炎两家对于康熙年间词学风尚的影响,不宜从《词综》《山中白云词》的刊行于世开始,因为这样会忽略一个很重要的问题——相关编纂、整理工作的参与者在文献处理过程中对于姜夔、张炎的体认。

朱彝尊在《词综发凡》中指出:"佐予讨论编纂者,汪子而外,则安丘曹舍人升六,无锡严征士荪友,江都汪舍人季角,宜兴陈征士其年,华亭钱舍人葆馚,吴江俞处士无殊,休宁汪上舍周士、季青,钱塘龚主事天石,同郡俞处士右吉,沈上舍融谷,缪处士天自,沈布衣覃九,叶舍人元礼,李征士武曾,布衣汾虎,沈秀才山子,柯孝廉翰周,浦布衣傅功,暨门人周瀗

---

① 朱彝尊《黑蝶斋词序》,沈岸登《黑蝶斋词》。
② 《全清词·顺康卷》,第 5280、5275 页。
③ 这类问题的讨论可参见曹明升《论梅溪词在雍乾词坛的接受及其经典化过程》、莫崇毅《统序与轨式——张炎词史地位升降与常州词学师法门径的建构》(《文学遗产》2019 年第 2 期)、李小雨《从"高史"并称到"姜史"并称——论雍乾词坛的层级式宗尚》(《文学遗产》2021 年第 3 期)。

岳也。"①龚翔麟刻本《山中白云词》每卷卷末均列两位勘定者,依次为钱中谐、高士奇、朱彝尊、李良年、陆葇、蔡燿、秦松龄、陈维崧、高层云、宋荦、曹贞吉、沈岸登、严绳孙、彭孙遹、李符、龚翔麟。② 两相对比可以发现,既参与《词综》编纂又参与《山中白云词》整理的有八家,分别是朱彝尊、李良年、陈维崧、曹贞吉、沈岸登、严绳孙、李符、龚翔麟。除陈、曹、严三家外,其余五家均为浙西人。而如果加上参与《词综》编纂的沈皞日,就构成了康熙词坛赫赫有名的浙西六家。他们的词集丛刻《浙西六家词》,展示了六家在《词综》《山中白云词》正式刊行之前对姜、张两家的接受。

上文提到,朱彝尊通过使用姜夔所创的词调来表达对姜氏的希慕之意,其他五家对于姜词也大多采取同样的方式,比如李良年《秋锦山房词》中有《疏影》《暗香》等调,沈皞日《柘西精舍集》中有《惜红衣》《疏影》等调,李符《耒边词》中有《扬州慢》《淡黄柳》《徵招》《疏影》《暗香》《惜红衣》等调,沈岸登《黑蝶斋词》中有《疏影》《暗香》等调,龚翔麟《红藕庄词》中有《徵招》《暗香》《惜红衣》《疏影》等调。结合朱彝尊的词调使用情况可以看出,《暗香》《疏影》两调最受浙西诸家追捧。

与朱彝尊喜好化用张炎词句有所不同的是,其他几家更喜好追和张炎词作。《浙西六家词》中有七首追和张词之作,依次为沈皞日《柘西精舍集》卷一的《南浦·春水,用玉田韵同蘅圃赋》《南浦·秋水,叠前韵同分虎赋》《庆清朝·赠别黄俞邰,用张玉田韵》《醉落拓·用玉田韵》《解连环·寄家书,用张玉田韵》,李符《耒边词》卷二的《南浦·春水,用玉田词韵同融谷赋》,龚翔麟《红藕庄词》卷一的《南浦·春水,用玉田词韵同融

---

① 朱彝尊《词综发凡》,朱彝尊、汪森编《词综》,第5页。
② 吴则虞《校例》其四,张炎撰,吴则虞校辑《山中白云词》,第1页。

谷赋》。对于一部多达十一卷的丛刻而言①,三位词人的七首次韵玉田之作似乎并不算多。不过,浙西六家于南宋雅词诸家只追和了张炎、王沂孙、周密和吴文英,且次韵王沂孙的词作仅有三首,次韵周密、吴文英的词作均仅有一首,相对而言七首已经不能算少了。与此同时值得一提的是,诸家的追和目标也并不局限于《词综》收录的张词。《玉田词》中的《庆清朝》和《醉落拓》并未被朱彝尊选入《词综》,但沈皞日仍有和作,这表明参与《词综》编纂的沈氏对于张炎词作的评判可能与编者不尽相同,毕竟《词综》只是选本,难以涵盖其心目中所有的张氏佳作。

在七首和作之中,沈皞日与李符、龚翔麟同赋的三首词,追和的都是张炎的名作《南浦·春水》。邓牧在《山中白云词序》中盛赞其《春水》一词,绝唱千古,人以'张春水'目之②,因此,无论是《玉田词》,还是《山中白云词》,都以此词为全集开篇之作。今将张氏之原作与沈氏之和作进行比较:

  波暖绿粼粼,燕飞来、好是苏堤才晓。鱼没浪痕圆,流红去、翻笑东风难扫。荒桥断浦,柳阴撑出扁舟小。回首池塘青欲遍,绝似梦中芳草。 和云流出空山,甚年年净洗,花香不了。新绿乍生时,孤村路、犹忆那回曾到。馀情渺渺。茂林觞咏如今悄。前度刘郎归去后,溪上碧桃多少。(张炎《南浦·春水》③)

  新雨涨汀沙,倚兰桡、正值江亭初晓。堤坠乱桃红,红桥

---

① 按,除龚翔麟《红藕庄词》卷三外,其他十卷均刻于康熙十八年。
② 邓牧《山中白云词序》,张炎撰,吴则虞校辑《山中白云词》,第165页。
③ 张炎撰,吴则虞校辑《山中白云词》,第1页。

下、斜映花阴如扫。波纹沁碧,一双燕子凌波小。年胃晴丝还又转,却误衔来萍草。　漫从南浦催归,是闲情客里,春游未了。双桨载笙歌,鸳鸯起、何处画船吹到。曲终渺渺。前溪渐觉莺声悄。寒食今番过也,报道湔裙人少。(沈皞日《南浦·春水,用玉田韵,同蘅圃赋》①)

俞陛云先生对于张词评价颇高:"审其全篇过人处,能运思于环中,而传神于象外也。论其字句,上阕言春水浮花,而云'东风难扫',具见巧思;言春水移舟,而云断涧生波,且自'柳阴撑出',以写足'春'字。用春草碧色作陪,更用'池塘'诗句以夹写之,皆下语经意处。转头处'和云'六字赋春水之来源,句复偁侻。'花香'二句水流花放,年复一年,喻循环之世变,钱武肃所谓'没了期'也,含意不尽。后路以感旧作结,融情景于一家。结句复以溪桃点缀春水,到底不懈。"②沈氏的和作,除了用韵与原作一致外,全词的布局也与原作一致,都是上阕写景,下阕抒情。就字句层面而言,"堤坠乱桃红,红桥下、斜映花阴如扫"应是受到原作"流红去、翻笑东风难扫"的启发,"双桨载笙歌,鸳鸯起、何处画船吹到"及"报道湔裙人少"应是受到王沂孙同题词作"采香幽泾鸳鸯睡,谁道湔裙人远"③的启发。当然,沈词亦有别出机杼之处:沈氏所赋春水,不是源自"空山",而是源自"新雨",上阕一系列的景色描写也与此相关;沈氏大大增加了燕子在词中所扮演角色的分量,从张炎原作的"燕飞来、好是苏堤才晓",到沈氏和作的"一双燕子凌波小""却误衔来萍草",愈趋灵动有致。另外值得一提的是,沈词较之张词少一个字,其差别在于倒数第二

---

① 沈皞日《柘西精舍集》卷一。
② 俞陛云《唐五代两宋词选释》,第446页。
③ 王沂孙《南浦·春水》,朱彝尊、汪森编《词综》,第336页。

句,张词作"前度刘郎归去后",沈词作"寒食今番过也"。与沈皞日同赋的龚翔麟,此句作"道是新烟未禁"①,亦为六字,而李符此句作"鱼浪不来花自落"②,字数与张词一致。究其原因,应该是沈皞日、李符在创作时所参照的张炎词作并不相同。由此可见,流传至清初的张炎词存在相当复杂的文献问题,这也从一个细微的角度显示了朱彝尊等人搜辑、整理南宋雅词的重要意义。

上述事例无疑可以说明,浙西诸家对于姜夔、张炎心摹手追的热烈态度。不过,这背后还隐藏着一个更为重要的问题。在参与编纂、整理工作之前,浙西诸家对于姜张的了解相当有限,各家自身的创作风格也不尽相同。然而,在《浙西六家词》中,诸家则开始呈现出相对齐整的面貌。其实,从《词综》开始编纂到《浙西六家词》最终问世只有短短数年,诸家固然在创作层面实现了不同程度的词风转变,但要使得群体风貌渐趋一致,创作以外的努力也不可或缺,而这在六家词集中都或多或少地存在着。

《浙西六家词》本《江湖载酒集》中最为人熟知的词作恐怕是开篇的《解佩令·自题词集》,朱彝尊在词中旗帜鲜明地表示:"不师秦七,不师黄九,倚新声、玉田差近。"③这几句话也被视作《江湖载酒集》的风格标签,甚至成为概括朱彝尊词作的经典评语。相对而言,很少有人关注"玉田差近"之后的词句——"落拓江湖,且分付、歌筵红粉"。康熙十一年(1672),《江湖载酒集》首次结集成书,"嘉善曹尔堪,吴江叶舒崇纂

---

① 龚翔麟《南浦·春水,用玉田词韵同融谷赋》,龚翔麟《红藕庄词》卷一。
② 李符《南浦·春水,用玉田词韵同融谷赋》,[清]李符《耒边词》卷二,《浙西六家词》本。
③ 朱彝尊《江湖载酒集》卷一,《浙西六家词》本。

序"。① 曹尔堪在序中指出:"往壬寅夏日,与锡鬯聚首湖上,时画船歌扇,午风涤暑,各有诗篇和答。倏忽已十年矣,中间离合不常。锡鬯时理游屐,历穷边,汾阴之横吹已遥,青冢之琵琶欲咽,据鞍吊古,音调弥高。而仆且蹉跌不振,奔走困顿于四方,不减屈吟而贾赋也。顷与锡鬯同客邗沟,出示近词一帙,芊绵温丽,为周柳擅场。"② 叶舒崇也在序中指出:"宝瑟晨弹,尽是倡家荡妇。"③ 就当时的词学风尚而言,这一评价不可谓不高。然而时过境迁,康熙十八年(1679)的朱彝尊已经提出了全新的词学主张,力图以姜、张取代周、柳的典范地位。如果包含最新词作的《江湖载酒集》还将曹、叶氏两序冠之卷首,就与朱氏的最新观念相冲突了,因此,《浙西六家词》本《江湖载酒集》卷首只有李符所撰词序。李序云:"集中虽多艳曲,然皆一归雅正,不若屯田《乐章》,徒以香泽为工者。从来托旨遥深,非假闺阁裙裾不足以写我情。《高唐》《洛神》,婉而多风,亦何伤于文人之笔,而况于词乎? 词而艳,能如竹垞,斯可矣。予恐不知竹垞者,狃于法秀劝淫之语,或不能以无疑,故并道之如此。"④ 一方面,他认为朱彝尊与柳永之间存在不同,竹垞之艳曲"皆一归雅正",绝非"徒以香泽为工";另一方面,他又追溯艳曲之源,称古来"托旨遥深"之作,无不"假闺阁裙裾""以写我情",宋玉《高唐赋》、曹植《洛神赋》皆是如此。这样一来,朱彝尊所作的艳词,完全可以避免法秀式的"犁舌"之讥。不过,与李符的曲意维护相比,朱彝尊的"夫子自道"效果更佳。《解佩令·自

---

① 杨谦纂《朱竹垞先生年谱》,朱彝尊著,王利民等校点《曝书亭全集》,第 1045 页。
② 朱彝尊著,王利民等校点《曝书亭全集》,第 41 页。严迪昌先生认为:"壬寅是康熙元年(1662),'倏忽已十年矣',曹尔堪此序乃为《江湖载酒集》而作当无疑。"参见《清词史》,第 242 页。
③ 朱彝尊著,王利民等校点《曝书亭全集》,第 41 页。
④ 李符《江湖载酒集序》,朱彝尊《江湖载酒集》。

题词集》中的"落拓江湖,且分付、歌筵红粉"表明朱氏本人也承认词集中红粉艳曲的存在,但相形之下,"不师秦七,不师黄九,倚新声、玉田差近"更具词学风向标的意义,也更令词论家津津乐道。

李良年的最初创作也是受北宋词风影响,汪琬《耒边词序》云:"往在都门,与武曾论词,必以少游、美成为当行家。"①蒋景祁也在其《刻瑶华集述》中指出:"秋锦向与先子定交,黔平后,景祁至京师,一相见于高评事谡园邸舍,仓猝不暇与之谈词。今诵其新阕,真令人叹屯田复生也。"②然而在《浙西六家词》中,曹贞吉所撰《秋锦山房词序》云:"倚声一事,秋锦固素为之,未尝示予也。予近颇废诗,以填词自遣。适秋锦以应诏北至,复时时过从,相与论词,遂录其曩作,合以新制如干首见示。然其散失者多矣,非全帙也。秋锦论词,必尽扫蹊径,独露本色。尝谓南宋词人如梦窗之密、玉田之疏,必兼之乃工。今读是集,洵非虚语。"③康熙十七年(1678),李良年应诏参加博学鸿词科。当时李氏所携带的词作,包括"曩作"和"新制",但并非"全帙"。曹贞吉认为李氏深受南宋雅词的影响,其创作风貌更是与理论主张相契合,兼具"梦窗之密、玉田之疏"。不仅如此,编者还在刊刻《秋锦山房词》时以《疏影·黄梅》和《暗香·绿萼梅》开篇,无疑是在与曹贞吉的词序相呼应。

六家之中对追和张炎最为热衷的当数沈皞日,龚翔麟所作《柘西精舍集序》云:"吾友沈子融谷工于词久矣。戊午春,来游集庆,与予相遇秦淮之上。索其稿,则自逊为少作之未尽善,隐而不出。逮倡和累月,得数十词,予录而藏诸椟。未几别去,复游京师。越一载,更邮近制,愈多而愈工。因取前所存者,合为一卷。况之古人,殆类王中仙、张叔夏。叔夏

---

① 汪琬《耒边词序》,[清]李符《香草居集》,清康熙至乾隆刻李氏家集四种本。
② 蒋景祁《刻瑶华集述》,蒋景祁辑《瑶华集》。
③ 曹贞吉《秋锦山房词序》,[清]李良年撰《秋锦山房词》,《浙西六家词》本。

尝谓中仙词极娴雅,有白石意趣。仇山村亦云:'叔夏词律吕协洽,当与白石老仙相鼓吹。'是二家之词,非深于情者未必能好;即好之而不善学,亦未必能似。今融谷情之所至,发为声音,莫不缠绵谐婉,诵之可以忘倦。虽其博综乐府,兼括众长,固不尽出于二家。然体格各有所近,不位置融谷于二家之间不可也。融谷足迹半天下,从前篇帙最富,若尽出以传,吾知有井水饮处,咸歌柘西之词矣。惜乎其不得见也。"①据龚氏所述,《柘西精舍集》收录沈皞日在康熙十七、十八年间的词作,其风格与王沂孙、张炎相近。这一评价的出现,也与《词综》密不可分:《词综》卷二一有《琐窗寒·王碧山又号中仙,越人也。其诗清峭,其词闲雅,有姜白石意趣,今绝响矣。余悼之》②,选自《玉田词》卷上;张炎小传称其词"意度超玄,律吕协洽,当与白石老仙相鼓吹",摘自《玉田词》卷末仇远序。不难想象,如果没有前期的搜集、整理工作,龚翔麟所作的这番评价就无从谈起。也正是在朱彝尊等人的影响下,沈皞日对于创作有了更为自觉的追求。他的追和对象包括张炎、王沂孙、史达祖和吴文英,在六家之中绝无仅有,而他似乎更偏爱张炎,追和张词达到五首之多,且不局限于《词综》所收录的张词,足见其当时用力之所在。比较可惜的是,沈皞日虽然"足迹半天下,从前篇帙最富",但他选择将康熙十七年以前的词作"隐而不出",这应当是悔其少作的表现。③ 当过往的创作风貌与如今的群体追求不相契合时,沈氏以少作未尽善为由婉拒了龚翔麟的索稿请求,并通过积极的创作展现全新的风貌。

李符《香草居集》卷首有《耒边词原序》三篇,分别由钱尔复、汪琬、曹

---

① 龚翔麟《柘西精舍集序》,沈皞日《柘西精舍集》。
② 朱彝尊、汪森编《词综》,第352页。
③ 按,《全清词·顺康卷》及《补编》所收之沈词,也基本以《柘西精舍集》为主,词集之外的四首似乎也并非"少作"。

贞吉所作。[1] 其中，钱尔复康熙十五年丙辰（1676）序云："填词虽小技，实应风雅，其雄深而朴直者，汉魏之馀乎？骈丽而尖新者，六朝之馀乎？春容绵邈、矜奇而刻削者，三唐两宋之馀乎？自后主以下，至秦、柳、苏、黄诸大家，而尽态极妍之体始备。今分虎以组织之良才，为柔曼之声调，宜其与六朝近而与汉魏三唐稍远，乃遍阅诸调中，忽忽各有所遇，又何该洽而弘长也？"汪琬序云："今读分虎近制，超然自得，不涉时溪，其原殆出坡老。"曹贞吉序云："丙辰冬，分虎自南来，见示《耒边》新制，其温丽者真可分周、柳之席，而入《花间》之室。即间作辛、陆体，而和平大雅，亦不至于铁将军铜绰板。"三家在评价李符词时多将其与北宋词人相类比，即便语涉南宋词人，也只是提及辛、陆。根据序文内容基本可以推测，汪、曹两序的撰写时间与钱序较为接近，应在康熙十八年以前。不过，《浙西六家词》本《耒边词》只收录了朱彝尊序。朱氏虽然也承认李氏"殆善学北宋者"，但也特别提及李词的最新变化："顷复示予近稿，益精研于南宋诸名家。"与此同时，朱彝尊还称赞其词"愈变而极工，方之武曾，无异埙篪之迭和"[2]，而据曹贞吉《秋锦山房词序》所述，李良年当时是主张兼学"梦窗之密，玉田之疏"的。

沈岸登"为人冲夷恬雅，淡于荣利，箪瓢不给，处之晏如"[3]，其性情在六家中与姜夔最为接近。《浙西六家词》本《黑蝶斋词》"按创作时间编排，起自康熙十年（1671），讫于康熙十八年（1679）"[4]，虽然仅有76阕，但被朱彝尊称道神似白石："词莫善于姜夔。宗之者，张辑、卢祖皋、史达

---

[1] 李符《香草居集》卷首。
[2] 朱彝尊《耒边词序》，李符《耒边词》。
[3] 龚翔麟《南溆公传》，[清]沈岸登著，胡愚校笺《黑蝶斋词校笺》，华东师范大学出版社，2017年，第125页。
[4] 胡愚《前言》。沈岸登著，胡愚校笺《黑蝶斋词校笺》，第3页。

祖、吴文英、蒋捷、王沂孙、张炎、周密、陈允平、张翥、杨基,皆具夔之一体。基之后,得其门者寡矣,其惟吾友沈罌九乎?罌九鲜交游,故无先达之誉,又所作词不多,人或见其一二,辄忽之。然其《黑蝶斋词》一卷,可谓学姜氏而得其神明者矣。"①比如,《黑蝶斋词》开篇之作《点绛唇·红桥》云:"红板桥头,酒旗摇曳花村里。绿杨如荠。两岸疏篱缀。　罗袖生凉,帘影荷风细。清歌起。半篙秋水,一抹平山翠。"②陈廷焯对此词甚是欣赏,称其"字字镇纸,白石化境"。③

六家之中,在创作初始阶段就学习南宋雅词的当数龚翔麟(1658—1733)。李符《红藕庄词序》云:"词至晚宋,极变而工。一时名流,往往托迹西泠,篇章传播为最盛。数百年来,残谱零落,未有起而裒集之者。竹垞工长短句,始留意搜访,十得八九。当其客通潞时,蘅圃与之朝夕悉取诸编而精研之,故为倚声最早,无纤毫俗尚得以入其笔端。予曩游都门,与蘅圃甫定交,即俶装归,惜未多见其词。近复合并白下,尽观新制,大率以石帚为宗,而旁及于梅溪、碧山、玉田、蘋洲、蜕岩、西麓各家之体格。"④康熙十二年(1673)秋,朱彝尊"客潞河龚佥事佳育幕中"。⑤ 由于朱氏的影响,龚翔麟在十六岁时便开始精研晚宋名流之篇章,因而在创作上并未受到当时"俗尚"的沾染,李钱琇即盛赞龚词有"白石风流,玉田标格"⑥。

在编纂《词综》、整理《山中白云词》的过程中,李良年、沈皞日、李符、

---

① 朱彝尊《黑蝶斋词序》。沈岸登著,胡愚校笺《黑蝶斋词校笺》,第1页。
② 沈岸登著,胡愚校笺《黑蝶斋词校笺》,第2—3页。
③ 《云韶集辑评》卷一七,[清]陈廷焯撰,孙克强主编《白雨斋词话全编》,中华书局,2013年,第411页。
④ 李符《红藕庄词序》,龚翔麟《红藕庄词》。
⑤ 杨谦纂《朱竹垞先生年谱》,朱彝尊著,王利民等校点《曝书亭全集》,第1045页。
⑥ 李钱琇《无俗念》,龚翔麟《红藕庄词》卷首题词。

沈岸登、龚翔麟等浙西五家通过使用姜夔词调、追和张炎词作等方式,与朱彝尊共同展现了这一群体对姜、张两家心摹手追的创作态度。然而,六家中除了年岁最小的龚翔麟以外,其他五家是在创作风格已趋成熟时才开始大量接触姜、张词的,加之其后不久《浙西六家词》即刊行于世,因此姜张对于诸家的影响可能尚不够充分。或许是出于上述原因,作者、编者纷纷借助"夫子自道"、词作编排、隐其少作、替换词序等多种手段以实现群体面貌的自我塑造。

三、取途南北与词风嬗变

作为《词综》的编纂者和《山中白云词》的整理者,浙西六家在处理文献的过程中对于姜夔、张炎的心摹手追奏响了康熙年间词学演进的序曲。在《词综》和《山中白云词》正式刊行之后,康熙词坛对姜、张的体认与接受才能算是步入正轨。

康熙五十六年(1717),《词洁》的编者先著在回顾其所经历的词风嬗变时指出:"四十年前,海内以词名家者,指屈可数,其时皆取途北宋,以少游、美成为宗。迨《山中白云词》晚出人间,长短句为之一变,又皆扫除秾艳,问津姜、史。"[1]尽管亲历者的回忆难免存在一定程度的主观色彩,但先著本人与程洪共同编辑的《词洁》可以从一个侧面反映康熙词坛的风尚转变。

朱彝尊、汪森在编选《词综》时,对涉"秽"、涉"俚"、涉"伉"之作严于去取,先著、程洪的编选思路与之颇为相似。康熙三十一年(1692),先、

---

[1] 先著《若庵集词序》,[清]程庭《若庵集》卷三,清康熙刻本。

程两家"恐词之或即于淫鄙秽杂"①,故而编选《词洁》。先著认为:"韵,小乘也。艳,下驷也。词之工绝处,乃不主此。今人多以是二者言词,未免失之浅矣。盖韵则近于佻薄,艳则流于亵媟,往而不返,其去吴骚市曲无几。必先洗粉泽,后除珮缋,灵气勃发,古色黯然,而以情与(兴)经纬其间。虽豪宕震激,而不失于粗,缠绵轻婉,而不入于靡。"②不过,相比于朱、汪两家标举以姜夔为首的南宋雅词,先、程两家则是"取途涉津于南、北宋"③,推尊周邦彦与姜夔:"即宋名家固不一种,亦不能操一律以求,美成之集,自标清真,白石之词,无一凡近,况尘土垢秽乎。"④

在《词洁》中,入选数量达 20 首以上的词人依次是张炎(72 首)、吴文英(36 首)、周邦彦(33 首)、苏轼(24 首)、史达祖(23 首)、晏几道(21 首)、姜夔(20 首)。七家之中,南宋雅词占据四家,无疑折射出《词综》在当时词坛的影响。就词人而言,姜夔、张炎两家最为显眼:编者所能看到的姜夔词作只有 30 多首,其过半的入选比例自是名列前茅;在词选中排名第一对于张炎来说是前所未有的⑤,其入选数量甚至远超《词综》三十卷本的 38 首,这无疑与"《山中白云词》晚出人间"直接相关。

值得玩味的是,尽管《词洁》一共收录姜夔、张炎词达 92 首之多,但编者对于姜、张两家的体认,往往见诸其他词人词作的评语。比如,《词洁》卷一收张先《青门引》(乍暖还轻冷),评曰:"子野雅淡处,便疑是后来姜尧章出蓝之助。"⑥卷二收张先《醉落魄》(云轻柳弱),评曰:"'生香真

---

① 先著《词洁序》,[清]先著、程洪辑,刘崇德、徐文武点校《词洁》,河北大学出版社,2007 年,第 2 页。
② 先著《词洁发凡》,先著、程洪辑,刘崇德、徐文武点校《词洁》,第 2 页。
③ 先著《词洁序》,先著、程洪辑,刘崇德、徐文武点校《词洁》,第 1 页。
④ 先著《词洁发凡》,先著、程洪辑,刘崇德、徐文武点校《词洁》,第 2 页。
⑤ 王兆鹏《唐宋词史论》,第 84—91 页。
⑥ 先著、程洪辑,刘崇德、徐文武点校《词洁》卷一,第 46 页。

色'四字,可以移评石帚、玉田之词。"卷三收张先《师师令》(香钿宝珥),评曰:"白描高手,为姜白石之前驱。"同卷收李元膺《洞仙歌》(廉纤细雨),评曰:"着笔惟恐伤题,总不欲涉痕迹。咏物一派,高不能及。石帚此种亦最可法。分明都是泪。石帚《促织》云:'西窗又吹暗雨。'玉田《春水》云:'和云流出空山。'皆是过处争奇,用笔之妙,如出一手。合此数公观之,略可以悟。"同卷收周邦彦《满庭芳》(风老莺雏),评曰:"'黄芦苦竹',此非词家所常设字面,至张玉田意难忘词,犹特见之,可见当时推许大家者,自有在,决非后人以土泥、脂粉为词耳。"①卷五收周邦彦《忆旧游》(记愁横浅黛),评曰:"'旧巢'下,如琴曲泛音,尽而不尽。美成词是此等笔意处最难到,玉田亦似十分模拟者。"②张先、李元膺、周邦彦均为北宋词人,《词洁》在对张、李、周三家进行点评时提及姜、张,其原因或许正如编者所言:"阅北宋词,须放一线道,往往北宋人一二语,又是南渡以后丹头,故不可轻弃也。"③

当然,《词洁》对于两宋词的思考,绝非上述一言所能涵盖。相关问题的探讨,不仅牵涉姜夔、张炎,更牵涉周邦彦。尽管《词洁》于周邦彦词只收录了33首,还不足张炎的一半,但周氏在全书中拥有无可比拟的地位,其卷三评秦观《满庭芳》(山抹微云)曰:"词家正宗,则秦少游、周美成。然秦之去周,不止三舍。宋末诸家,皆从美成出。"④在卷四点评周邦彦《应天长慢》(条风布暖)时,编者以周、姜两家对举:"空淡深远,较之石帚作,宁复有异。石帚专得此种笔意,遂于词家另开宗派。如'条风布

---

① 先著、程洪辑,刘崇德、徐文武点校《词洁》卷二、三,第67、95、104、127页。
② 先著、程洪辑,刘崇德、徐文武点校《词洁》卷五,第187页。
③ 先著、程洪辑,刘崇德、徐文武点校《词洁》卷三,第102页。
④ 先著、程洪辑,刘崇德、徐文武点校《词洁》卷三,第126页。

暖'句,至石帚皆淘洗尽矣。然渊源相沿,固是一祖一祢也。"①在卷五点评张炎《齐天乐》(分明柳上春风眼)时,编者又对"一祖一祢"的提法给予补充:"美成如杜,白石兼王、孟、韦、柳之长。与白石并有中原者,后起之玉田也。"②至此,一个以周邦彦为祖,以姜夔、张炎为宗的词史脉络隐然成型。与朱彝尊论词以姜、张为宗相比,先著的观点可谓是因中有革:因的一方面在于,《词洁发凡》称"词源于五代,体备于宋人,极盛于宋之末",正与《词综发凡》的"词至南宋,始极其工,至宋季而始极其变"遥相呼应;革的一方面在于,先著不仅认同南宋词的价值,而且认同北宋词的价值,所谓"虽南北体制稍有不同,而后因于前,其为工妙绝伦则一"③,即是认为包括姜夔、张炎在内的"宋末诸家,皆从美成出"。

当然,姜夔、张炎对于康熙词坛的影响,不仅体现在康熙年间的选本上,更体现在康熙年间的创作上。

为了在北宋词风盛行之际向学界推广南宋雅词,朱彝尊在与李良年论词时提出一个重要主张,那就是"小令宜师北宋,慢词宜师南宋"④。尽管这一说法颇具策略性,可以使得南宋雅词获得更为广泛的接受,但当时的一些名家仍不表示认同,朱彝尊指出:"予尝持论,谓小令当法汴京以前,慢词则取诸南渡。锡山顾典籍不以为然也。"⑤不过,顾贞观的得意弟子杜诏却并不谨守门户之见,楼俨《云川阁集词序》云:"盖云川生长锡山,幼时即得顾典籍梁汾、严中允藕渔两先生指受,大都原本《花间》,薰习乎晏小山、张子野及周美成,一洗豪苏腻柳之病,故于令词称最

---

① 先著、程洪辑,刘崇德、徐文武点校《词洁》卷四,第 147 页。
② 先著、程洪辑,刘崇德、徐文武点校《词洁》卷五,第 203 页。
③ 先著《若庵集词序》,程庭《若庵集》。
④ 朱彝尊《鱼计庄词序》,朱彝尊著,王利民等校点《曝书亭全集》,第 455 页。
⑤ 朱彝尊《水村琴趣序》,朱彝尊著,王利民等校点《曝书亭全集》,第 455 页。

工。追折衷于吾师竹垞先生,又从南渡诸名家变化出之,学姜石帚而去其生硬处,总以史梅溪、张玉田为指归,故于慢词为尤工。犹忆《曝书亭词话》'令词宜师北宋,慢词宜师南宋',窃叹服。云川深得此秘,宜乎倚声之学冠绝当世也。"①杜诏少时得到同乡前辈顾贞观、严绳孙的指点,词风接近晏几道、张先、周邦彦等北宋名家。而当他"折衷于"朱彝尊之后,又开始学习姜夔、史达祖、张炎等南宋名家。杜氏词风的这一转变在其创作中也有所反映,其《三姝媚·朱竹垞先生为余品骘宋人词有作》云:

风流消未尽。侍先生朝来,侧闻高论。屈指词人,自南唐而后,几多名俊。第一欧秦,歌婉约、苏黄俱逊。总在天然,色淡红嫣,语幽香润。　谁撷清真馀韵。只白石梅溪,梦窗无分。净洗铅华,算解人惟有,玉田差近。一笛苹州,夸绝妙、还输公谨。说甚晓风残月,揉酥滴粉。②

在朱彝尊为杜诏"品骘宋人词"之后,杜氏对于两宋词有了更为全面的把握:在北宋词方面,他推崇欧阳修、秦观、周邦彦等人的婉约词,苏轼、黄庭坚两家则稍逊一筹;至于南渡之后,他认为姜夔、史达祖、张炎等人"撷清真馀韵"而又各成一家。值得注意的是,杜氏盛赞张炎"净洗铅华",并直接引用朱彝尊《解佩令·自题词集》中的"玉田差近",以此显示其对词坛前辈的认同。

杜诏与张炎词集的正式接触,也与朱彝尊有关。康熙四十四年

---

① 楼俨《云川阁集词序》,[清]杜诏《云川阁集词》(二卷),清雍正刻本。
② 杜诏《三姝媚·朱竹垞先生为余品骘宋人词有作》,《全清词·顺康卷》,第11146页。

(1705)冬,杜诏"奉命分纂《御选历代词》,始得竹垞所寄《玉田词》钞本,时亦未知有《山中白云》名目也"。康熙四十八年(1709)春,杜氏在奉命修纂《钦定词谱》时才终于得见《山中白云词》:"同馆楼敬思(即楼俨)示余《山中白云词》,盖钱塘龚氏所刊,当是陶南村手书本子,为完书无疑。"杜氏"既而失之,叹恨不能已"。后来,杜氏又获得曹炳曾赠送的城书室本《山中白云词》,这令他"惊喜出望外"。他同时指出:"往时余友周纬苍谓余云:'上海某氏有《白石词》三百馀阕,亦出自陶南村手书。'若巢南(即曹炳曾)并购得之,并为刊布,则是两家足以概南宋,从此溯源北宋,研味乎淮海、清真,一归诸和雅,则词之能事毕矣,其有功于词学岂浅哉!"①在杜氏看来,姜夔的《白石词》和张炎的《山中白云词》足以代表南宋,学者可借由姜张词"溯源北宋",进而研味秦周、一归和雅。

或许是因为杜诏在词学上的兼取南北两宋,有关《云川阁集词》的序跋、题辞在评价杜词时分为两个阵营:一方面,顾贞观称其"最近端己",陈廷敬称其为"晏、周之流亚",邹兆升称其"运思琢句,多摩抚清真,至婉丽处,犹是柳七郎风味";另一方面,沈树本称其"攀白石而提玉田",宋荦称其"品格在草窗、玉田之间"。② 对此,杜诏依旧保持"折衷"的态度,将诸家序跋、题辞照单全收,并没有刻意进行取舍。

较之先著、程洪,杜诏不仅能够看到南宋词对于北宋词的发展,在"薰习乎"北宋诸名家的同时"从南渡诸名家变化出之",而且能够更进一步,点出当时词坛因学习南宋雅词而产生的某些问题。雍正二年(1724),杜诏在《弹指词序》中指出:"彼学姜、史者,辄屏弃秦、柳诸家,一扫绮靡之习,品则超矣,或者不足于情。若《弹指》则极情之至,出入南北

---

① 杜诏《曹刻山中白云词序》,张炎撰,吴则虞校辑《山中白云词》,第171页。
② 参见杜诏《云川阁集词》(二卷)。

两宋,而奄有众长,词之集大成者也。予少好填词,每为吾师所矜许。后遇竹垞先生,复窃闻其绪论,乃摩挲白石、梅溪之间,词体为之稍变。而生平瓣香,实在《弹指》。"①朱彝尊所宣扬的词学主张固然可以"一扫绮靡之习",使创作归于醇雅,不过此举也存在一定程度的风险,不善学词者可能会将南宋、北宋两种词风对立起来,学姜史而弃秦柳,导致其创作出现品虽超而情不足的弊端。杜诏的这番表述固然是为了彰显其师顾贞观的"极情之至",但他所推崇的"出入南北两宋,而奄有众长"无疑是切中肯綮的。

与杜诏相比,为其撰序的楼俨对于姜张的体认更为全面、深入。纵观其全集②,楼氏不仅有《白云词韵考略》《书姜夔〈暗香〉词后》《书姜夔〈疏影〉词后》《书〈山中白云词〉后》《书〈南宋词〉后》等理论探讨,而且有《醉落魄·赋柳花,用白云词韵》(2首)、《醉落魄·用白云词韵》《大江东去·用白云词韵,怀恭城王明府兄》《大江东去·再用白云词韵,寄廖枚叔》《大江东去·再用前韵寄陆晚青,兼题其独秀山图四景》《南浦·用白云词韵》《南浦·舟次东平,再用白云词韵》《玲珑四犯·漓江舟中,照白石词填》《侧犯·用白石词韵》(6首)等具体创作,真可谓孜孜不倦。

楼俨自述其学词历程云:"初学稼轩词之雄健,而仅得其粗。继学白石词之清空,而渐流于率。后乃规抚乐笑翁,而笔下稍知曲折。"③在孙致弥的影响下,楼氏开始关注张炎,其《秌左堂集序》云:"往余在都下,谒

---

① 杜诏《弹指词序》,[清]顾贞观《弹指词》,清光绪刻本。
② [清]楼俨撰,陈瑞峰、张涌泉点校《楼俨集》,中华书局,2021年。
③ 楼俨《〈浣花词〉序》,楼俨撰,陈瑞峰、张涌泉点校《楼俨集》,第408页。按,杜诏《云川阁集词》(二卷)所收楼序云:"生平酷嗜填词,初效苏、辛之雄放,而仅得其粗;继掇秦、柳之秾纤,而渐流于袭;继而规抚姜、史,至乐笑翁,微有悟入处。"

松坪先生于古藤书屋,首问作词之法。先生教以当学乐笑翁,因举'只有空山,近来无杜宇',叹为文外独绝,并述乐笑警句、奇对,与陆辅之《词旨》互相发明。余退而读乐笑词,其源似出于淮海、清真,而旁及于玉局、青兕,后则变化于白石、梅溪、竹屋。迨与同时之梦窗、花翁、草窗、碧山、日湖二隐、山村、学舟薰习最久,清空骚雅,直可与白石并驱,不独得音律之学于杨守斋、徐南溪也。"①和先著、杜诏一样,楼俨在读张炎词时也认为其源出于北宋的秦观、周邦彦,在南宋与姜夔并驾齐驱。或许是因为最初学习苏轼、辛弃疾的经历,楼氏认为张词与苏、辛有相通之处,这也为其以后重新"回归"苏辛埋下伏笔。

而在沈皞日的指导下,楼氏对张炎有了更为深入的理解,其《书〈山中白云词〉后》云:"二十年前,问作词之法于柘西先生,云:'曲子要曲,章法曲,句法曲,思路曲。'又云:'要得翻字诀,翻则直者皆曲。'又云:'词中多倒装句法,贵用侧笔,不用正笔,正笔却无意味。'回首恩门,恍如昨日,师言在耳,固未能去诸怀也。大抵行文有顿挫,有跌宕,一开一合,波澜自生,此句法之曲也,而翻笔、侧笔、倒装诸法,即生于此。若夫章法之曲全由思路之曲,桃花流水,别有天地,不平铺,不直叙,不描头,不画角,步步侧笔、翻笔,拗折而出,岂惟句法倒装,即章法亦纯乎倒装矣。南宋词人,姜白石外,惟张玉田能以翻笔、侧笔取胜,其章法、句法俱超,清虚骚雅,可谓脱尽溪径,自成一家。迄今读《摸鱼儿》《声声慢》《南浦》《国香》数阕,直可伯仲白石《暗香》《疏影》《琵琶仙》诸曲,一气卷舒,不可方物,信乎其为山中白云也。"②可能是由于当时姜夔词的存世数量相对有限,好读姜张词的沈皞日主要通过张炎向楼俨传授翻笔、侧笔等作词之法,

---

① 楼俨《杕左堂集序》,[清]孙致弥撰《杕左堂集》,清康熙刻本。
② 楼俨《书〈山中白云词〉后》,楼俨撰、陈瑞峰、张涌泉点校《楼俨集》,第380—381页。

这就是楼氏所谓的"规抚乐笑翁,而笔下稍知曲折"。

不过,沈氏的词论也并不以南宋自限,其康熙三十五年(1696)所作《瓜庐词序》云:"近代词家林立,指不胜屈。阳羡宗北宋,秀水宗南宋,北宋以爽快为主,南宋以幽秀为主,好尚或有不同。而秀水《词综》一书,二者并收,未尝有所独去而独存也。爽快之弊或近于粗,或入于滑而泛滥极于鄙且俚,幽秀则无弊,秀水之意盖如是乎?虽然,一代有一代之风气,一人有一人之性情,既不可强之使合,亦不可强之使分。得乎心,应乎手,各自吐其所怀,自成其一家之言,以待后来之论定而已矣。余少从秀水游,学为倚声之学,好读玉田、白石诸作,偶有所作,按拍而讴,有《江楼合选》一刻,有《浙西六家词》一刻,有《岁寒词》一刻,皆词坛诸公不我见弃,谬为播扬。然余怀罔罔,夜蛩诉雨,败叶吟风,有感于中不能自已,若别之为南,别之为北,则茫茫无以答也。"①严迪昌先生认为,《瓜庐词序》对于浙派宗尚南宋的反思甚至检讨,体现了"沈皞日强烈的抒情主体意识,可以说是后来浙派殿军郭麐的先辈知己"②。其实,作为沈皞日的弟子,楼俨对于沈氏上述主张的呼应恐怕要远远早于郭麐。

在南下广西任职之后,楼俨"踯躅蛮烟瘴雨中,旧日风流,销磨都尽"③,词学观念也随之发生变化。其《〈朝天〉小稿附词自叙》云:"填词亦小技耳,不善学之,辄有流弊。学辛、苏不成,或流于粗;学秦、柳不成,或流于俗。盖无辛、苏、秦、柳之材力、吟情,而强为之,此正如涪翁所讥'世人但学兰亭面,欲换凡骨无金丹'也。余渡岭四年,从不作词。旧冬新春,有朝天之行,舟中车上,间填一两阕,懒于苦思,亦不暇炼琢。或以

---

① 沈皞日《瓜庐词序》,[清]沈皞日著,胡愚、朱刚点校《柘西精舍词》,华东师范大学出版社,2015年,第223页。
② 严迪昌《清词史》,第258页。
③ 楼俨《〈浣花词〉序》,楼俨撰,陈瑞峰、张涌泉点校《楼俨集》,第408页。

粗豪之气溢于行间,可仿佛辛、苏,而不知其弊又在于荒疏也。笔墨荒疏,叫嚣难免,有识者见之,徒笑其粗浮耳。从来词到工处未有不静细者,试读辛、苏词卷,清空曲折,一扫描头画角之习。间有高视阔步、激昂慷慨者,其面目似粗而神理则极细也,又何况其材力、吟情无一不从书卷中来,亦岂后学所敢轻为拟议者乎?"①苏辛和秦柳虽然不是浙西一派追捧的词家,但他们仍是后世词人可以师法的典范。问题的关键在于学词者需要根据自身的材力、吟情善加选择、善加学习,否则就会导致各种弊端。从"初学稼轩词之雄健,而仅得其粗"到"继学白石词之清空,而渐流于率",再到"后乃规抚乐笑翁,而笔下稍知曲折",楼俨重新"回归"其学词的起点。正是基于对姜张词的深入理解,楼氏认为苏辛词亦有"清空曲折"之处,学词者可借以"一扫描头画角之习"。

从先著、程洪到杜诏、楼俨,无论是编纂选本还是从事创作,诸家对于姜夔、张炎词都给予了充分的关注。尽管诸家的词学观念存在差异,但均未严守浙西一派的词学主张,而是结合自身的理论关切,以兼顾南北两宋的方式对姜张进行接受。正是在诸家的不懈努力下,姜张的典范意义才在康熙词坛得以确立。

小 结

对于浙西词派而言,"家白石而户玉田"就是朱彝尊对其理论主张的高度概括。在编纂《词综》、整理《山中白云词》的过程中,朱彝尊、李良年、沈皞日、李符、沈岸登、龚翔麟等浙西诸家,通过对姜张心摹手追的创

---

① 楼俨《〈朝天〉小稿附词自叙》,楼俨撰,陈瑞峰、张涌泉点校《楼俨集》,第 405—406 页。

作实践和"夫子自道"、词作编排、隐其少作、替换词序等多种手段,共同实现了群体面貌的自我塑造。在浙西六家之外,先著、杜诏、楼俨等人则以兼顾南北的思路编纂选本、从事创作,共同促进了康熙年间姜张典范意义的确立。

第三章　词集重刊与词坛新貌：
　　　雍乾时期的"山中白云"风

朱彝尊等浙西诸家通过搜辑、整理、展示以姜夔、张炎为代表的南宋雅词，宣扬"词至南宋，始极其工，至宋季而始极其变"①的词学主张，有力地冲击了当时盛行的北宋词风。通常而言，词人的创作一般经由选本和别集呈现，因此，浙派对词人词作的整理不仅体现在选本的编纂上，也体现在别集的修订上。这种努力在对张炎词的整理上体现得尤为明显：朱彝尊等人从各种渠道获得张炎《玉田词》的四种钞本，在《词综》初刻本中选录众多张词；其后又获得张炎词足本——《山中白云词》，不仅对其加以整理、刊刻，而且在《词综》补遗中予以增选。随着浙西一派影响力的不断扩大，张炎在康熙词坛逐步获得前所未有的词史地位，清人的次韵之作随之大量涌现。不过，这些词作的次韵对象基本集中在《词综》所收的张词，超出《词综》范围的则相对较少。之所以出现这样的局面，与《词综》的选本属性有关。一方面，《词综》所收录的张炎词作虽然远不能

---

① 朱彝尊《词综发凡》，朱彝尊、汪森编《词综》，第4页。

与《玉田词》《山中白云词》相比,但这些词作经过朱彝尊等人的精挑细选,更能体现浙西一派的论词旨趣;另一方面,《词综》和《山中白云词》推出之时,北宋词风仍占据主流,浙派之外的词人更易被《词综》中的张词吸引,尚无暇顾及其别集。不过,这也折射出一个问题,那就是张炎的词集相对而言流传未广。康熙四十四年(1705),杜诏奉命分纂《御选历代词》,始得朱彝尊所寄《玉田词》钞本,"时亦未知有《山中白云》名目也"。到了康熙四十八年(1709),杜氏在奉命修纂《钦定词谱》时才因同馆楼俨之故得见《山中白云词》。① 而从康熙六十一年(1722)到乾隆元年(1736),《山中白云词》在十五年间重刊三次,其作为足本别集的优势才开始逐渐显现。

一、《山中白云词》的重刊

《词综》初刻本所据《玉田词》并不完备,朱彝尊颇以为憾。直至进京参加博学鸿词科,他才获得钱中谐所藏陶宗仪手书本张炎词全集。在"厘卷为八,与诸同志辨正鱼鲁"之后,朱彝尊将其"缄寄白门",由李符、龚翔麟"取他本较对"。除校勘之外,李、龚二人还从戴表元、袁桷集中辑得《送张叔夏西游序》和《送张玉田归杭疏》《赠张玉田》"附刻于后",以资知人论世。② 康熙十八年(1679),《山中白云词》由龚翔麟附刻于《浙西

---

① 杜诏《曹刻山中白云词序》,张炎撰,吴则虞校辑《山中白云词》,第 171 页。杜氏的追述可以表明,康熙十八年(1679)《山中白云词》的刊行于世未能缓解其流传未广的问题。类似的问题也出现在姜夔词集上,夏承焘先生《版本考》云:"姜文龙刻本跋,自述乾隆甲戌至都门求姜集,询之先达,并索之各坊,皆无以应。案乾隆十九年甲戌,在陆氏刻书后十一年,而求之不易如是,知其在当时似未盛行。"(夏承焘笺校《姜白石词编年笺校》,第 162 页)

② 李符《龚刻山中白云词序》,张炎撰,吴则虞校辑《山中白云词》,第 167 页。

六家词》之后。不过,这一凝聚着群体努力的词集在康熙年间并未引起足够的重视,直至四十三年后的康熙六十一年,上海曹炳曾城书室才将其重新刊行。

曹炳曾的《山中白云词序》详述了重刊的缘起:"曩者余友简兮陆先生相契甚笃,朝夕过从,讨论古今乐府诗馀,必推玉田张叔夏,一日出《山中白云词》见示,乃先生手录披阅者。曰:'世无善本,子盍锓枣以传!'余曰:'唯唯。'时犹习举子业,未尝专读古书,不知叔夏为何时人也。未几,先生与子源渟相继谢世,欲求所谓《玉田词》者,杳不可得。间尝披阅《词选》,得见数阕,觉慷慨洒落,于周待制、柳屯田诸名家外,别出蹊径,而律吕调谐,一一应声叶节。追忆简兮之语,为太息自悔者久之。去年秋有客以残编数种求售,翻阅未竟,忽睹此卷,正畴昔先生所手编者,不禁狂喜,亟购得之,以付廉儿。于是复叹四十年间人之存亡,书之离合,莫不有数存乎其间。而《白云》一帙,若终有待于余也。会余刻《海叟诗集》,因将此编重加参订,附以《乐府指迷》、名贤诗序赠别之作,精书镂版,以酬宿诺。"①按,"简兮陆先生"即陆敏时,"字子逊,尝读《诗》至《简兮》之什,见贤者不得志而仕于伶官,有轻世肆志之心,心窃慕之,因自号为简兮"。② 陆敏时与曹氏昆季过从甚密,陆氏逝世之后,炳曾之弟焕曾作《沁园春·挽陆简兮》表达哀恸之情。陆敏时曾向曹炳曾推荐《山中白云词》,只不过曹氏当时"犹习举子业,未尝专读古书",甚至不知张炎为何时人。后来,曹氏披阅词选时得见张炎词,认为其词"律吕调谐,一一应声叶节",于柳永、周邦彦之外"别出蹊径",此时"追忆简兮之语,为太息自悔者久之",而"欲求所谓《玉田词》者,杳不可得"。康熙六十年

---

① 曹炳曾《山中白云词序》,张炎撰,吴则虞校辑《山中白云词》,第170页。
② 张永铨《陆简兮传》,[清]张永铨《闲存堂集》文集卷一〇,清康熙刻增修本。

(1721),在机缘巧合之下,曹炳曾重获陆敏时"所手编者"。

对于曹炳曾所述,学界存在一些质疑。吴则虞先生在谈及陆简兮校本时指出:"此本与龚本相出入者仅数处,不过十数字耳。八卷之分,既出自朱氏,校订之役,实成于李符,又何以简兮自居其功耶?窃疑陆氏之书,实即龚本略加批校而已。巢南付刊时,恐未见龚本,故误为陆氏所编次。眉首行间,陆氏或有校语,惜未刊出。"①对此,有学者曾提出不同的看法:"陆简兮抄本并不是出自龚刻,因为李符序龚刻本云:'继又从戴师初、袁清容集内得送赠序疏与诗,因附刻于后,而其生平约略可见。'陆抄若出自龚刻,陆氏又常在曹氏面前揄扬张炎词,曹氏不当'不知叔夏何时人也'。陆抄本后来遗失,曹氏从书肆中所购为龚刻本,而曹氏误以为与陆抄本相同,吴则虞据此误以为陆氏剽窃了龚刻本的成果,遂使陆氏衔冤地下。曹刻的卷数分合、加注的异文,与龚刻完全相同,而且全载龚刻的序文,所以,曹刻出自龚刻。"②

在探讨这一问题之前,首先要将龚本和曹本进行一次全面的比对。吴则虞先生在整理《山中白云词》时以龚刻为底本,参校了包括城书室本在内的诸多版本。在其校勘记中,龚本和曹本的异文如下:

一、卷一《琐窗寒·旅窗孤寂,雨意垂垂,买舟西渡未能也,赋此为钱塘故人韩竹间问》"试香温":曹刻本"香""温"互倒,同《词综》及水竹居本。

二、卷二《还京乐·送陈行之归吴》"醉吟处":曹本"吟"一作"游",水竹居本、四印本作"胜游多处",《词谱》亦作"胜游"。

---

① 吴则虞《参考资料辑》,张炎撰,吴则虞校辑《山中白云词》,第213—214页。
② 郑子运《张炎词集版本考》,《古典文献研究》总第8辑,第300页。

三、卷二《长亭怨·为任次山赋驯鹭》"朝回花径":龚本作"花□",曹本作"花径",许本同,水竹居本作"花底",四印本亦作"花底",兹从许本。

四、卷四《意难忘·中吴车氏号秀卿……》(别本)"明月又谁家":曹本、宝书堂本、许本"明月"作"明日"。

五、卷五《壶中天·月涌大江》"鸥犹栖草":曹本、《历代诗馀》"鸥"并作"沤"。

六、卷六《满江红》(近日衰迟)"顿荒松菊":"荒",曹、许本注云:"一作就。"龚本无。

七、卷七《水调歌头·寄王信父》"化机消息":曹本"机"作"几"。

八、卷八《思佳客·题周草窗〈武林旧事〉》"汉上重来不见花":曹本"重"作"从"。

九、卷八《渔歌子·十解》(其五)"更无人识老渔翁":曹本"识"作"说"。①

从这九条异文来看,两本之间的差别确实如吴则虞先生所言,"仅数处,不过十数字耳"。两本之间极高的相似程度表明,曹本或者曹本所据的底本源于龚本。由于曹炳曾称底本乃"畴昔先生所手编者",且曹序并未言及龚本,因此可以说,曹氏所据的底本——陆敏时所"手录披阅者"源于龚本。至于两者之间为数不多的差异,大致可以分为两类情况。一类是曹氏"重加参订"的成果,前六条当属此类。周中孚称曹氏"家多藏

---

① 张炎撰,吴则虞校辑《山中白云词》,第16、34、39、73、100、120、123、144、146页。

书"①,这些与龚本的相异之处应该是参校了当时的相关文献,比如《词综》《历代诗馀》等等。另一类是传抄、刊刻过程中出现的异文,后三条当属此类。"机"与"几"、"重"与"从"、"识"与"说"或形近、或音近,相对而言容易导致手民之误。

在厘清两者关系的基础上,我们可以重新来审视吴、郑之间的不同观点。吴则虞先生认为"陆氏之书,实即龚本略加批校而已","巢南付刊时,恐未见龚本",都没有问题。不过,"误为陆氏所编次"之说恐怕难以成立。曹氏所谓的"手编",应当等同于上文的"手录披阅",而非"编次"。换言之,曹氏应该并不认为陆敏时是《山中白云词》的分卷者和校订者。郑子运认为"陆简兮抄本并不是出自龚刻",而"曹氏从书肆中所购为龚刻本",都缺乏更有力的根据。曹氏自称当时"不知叔夏为何时人",是因为"时犹习举子业,未尝专读古书",对张炎不甚了解,不能将其作为"陆简兮抄本并不是出自龚刻"的理由。至于曹氏所购买到的,"乃先生手录披阅者",故而曹氏感叹"况我良友,手迹如新"。因此,所谓"曹氏从书肆中所购为龚刻本,而曹氏误以为与陆抄本相同"的观点也很难成立。

城书室本《山中白云词》刊行之后,曹炳曾将之赠予杜诏,令其"惊喜出望外"。雍正四年(1726),城书室本重刊,杜氏为之序,不仅回顾自己与《山中白云词》的渊源,而且"得陇望蜀",期待曹氏购得《白石词》并合刻姜张词:"若巢南并购得之,并为刊布,则是两家足以概南宋,从此溯源北宋,研味乎淮海、清真,一归诸和雅,则词之能事毕矣,其有功于词学岂浅哉!"②当时词坛对于姜、张词集的渴盼,亦由此可见一斑。

乾隆元年,仁和赵昱宝书堂本《山中白云词》刊行。卷首厉鹗《山中

---

① [清]周中孚《郑堂读书记》卷七一,民国《吴兴丛书》本。
② 杜诏《曹刻山中白云词序》,张炎撰,吴则虞校辑《山中白云词》,第171页。

白云词题辞》云："元张炎叔夏《山中白云》八卷，吾乡龚侍御蘅圃得钞本于秀水朱检讨竹垞，因镂版以传。侍御晚节家居食贫，物故后，琴书散落，是版几入庸贩手，吾友赵君谷林幸购得之。谷林好畜僻书，必留其真，力于校勘，复弗吝流布人间，可谓得所归矣。……乾隆元年中春花朝后一日钱塘厉鹗。"[1]龚翔麟晚年贫困，身后"琴书散落"，所刻《山中白云词》雕版辗转流传，后由赵昱购得。赵氏"好畜僻书"，"弗吝流布人间"，据之刷印以行，故赵本的行款与龚本一致。厉鹗对于版本源流的介绍虽然无误，但也遮蔽了一些关键信息。他只提到"吾乡龚侍御蘅圃得钞本于秀水朱检讨竹垞"，但并未言明朱彝尊钞本源自钱中谐藏本，其中或许有言外之意存焉。根据厉鹗的叙述，《山中白云词》流传线路是从秀水朱彝尊到钱塘龚翔麟再到仁和赵昱，如此一来，钱塘厉鹗所参与的这次重刊活动就具备了传递浙西词派统序的意味。

十五年间的三次刊行，在很大程度上改变了《山中白云词》自刊本问世以来流传未广的局面，这也为张炎在雍乾词坛影响力的扩大提供了有力的文献支撑。

二、张炎生平的深入研究

浙西词派的形成，以《词综》的编纂为重要标志。《词综》的主要特征之一，就是不再按类编次、按调编次，而是按人编次。这一体例的确立，使得词人生平的考订成为编纂者的一项重要工作。而在别集整理的过程中，有关词人生平的研究显得更为重要。

在相当长的一段时间内，学界只能通过概略的记载来了解张炎的生

---

[1] 厉鹗《山中白云词题辞》，张炎撰，吴则虞校辑《山中白云词》，第168—169页。

平。而在发现足本词别集之后,龚翔麟就在其《刻山中白云词序》中开展了相关考订工作,其序云:

> 玉田生系出朱邸,遭逢不偶,遗行不少概见。今读词集,观其纪地纪时,而出处岁月,宛然在目。如末卷所赋《风入松》,自识为至大庚戌作,赋《临江仙》,又云甲寅秋寓吴,时年六十有七,则此甲寅实元仁宗延祐元年也。由此知宋理宗淳祐戊申为玉田生始生之岁。第《宋史》载张循王有五子琦、厚、颜、正、仁,玉田生出谁后,惜无考耳。若舒《序》所称北游燕、蓟,盖在少壮时,迨至元庚寅始返江南,而年已四十余矣。其先虽出凤翔,然居临安久,故游天台、明州、山阴、平江、义兴诸地,皆称寓、称客,而于吾杭必言归,感叹故园荒芜之作,凡三四见,又安得谓之秦人乎?①

《山中白云词》卷八有《风入松·久别曾心传,近会于竹林清话,欢未足而离歌发,情如之何?因作此解。时至大庚戌七月也》,有《临江仙·甲寅秋寓吴,作墨水仙,为处梅、吟边清玩。时余年六十有七,看花雾中,不过戏纵笔墨,观者出门一笑可也》。"则此甲寅实元仁宗延祐元年也",龚翔麟据此推算出"宋理宗淳祐戊申为玉田生始生之岁"。龚氏查阅《宋史》,知张俊有五子,然"玉田生出谁后",尚无法考证。《山中白云词》卷一有《甘州·庚寅岁,沈尧道同余北归,各处杭越。逾岁,尧道来问寂寞,语笑数日,又复别去。赋此曲并寄赵学舟》和《疏影·余于庚寅岁北归,与西湖诸友夜酌,因有感于旧游,寄周草窗》,龚氏据以称张炎"至元庚寅始返

---

① 龚翔麟《刻山中白云词序》,张炎撰,吴则虞校辑《山中白云词》,第167—168页。

江南"。《甘州》《疏影》两阕亦见于《百家词》本《玉田词》,不过其中的"庚寅"均作"辛卯"。龚翔麟整理《山中白云词》时虽然"取他本较对",但他并未针对上述异文出校记,而是将张炎的北归时间遽定为庚寅,有失审慎。而谢桃坊先生则根据《大观录》证明,"张炎于辛卯春尚在燕蓟"。①

在向学界推出张炎时,浙西诸家需要面对一个问题,那就是如何赋予祖籍陕西的张炎一个浙西的身份。通过对张氏生平经历的考订,龚翔麟试图解决这一问题:"其先虽出凤翔,然居临安久,故游天台、明州、山阴、平江、义兴诸地,皆称寓、称客,而于吾杭必言归,感叹故园荒芜之作,凡三四见,又安得谓之秦人乎?"其实,南宋杨万里在讨论江西诗派时就已面临这样的问题,其《江西宗派诗序》开宗明义:"江西宗派诗者,诗江西也,人非皆江西也。人非皆江西,而诗曰江西者何?系之也。系之者何?以味不以形也。"②受其启发,朱彝尊在《鱼计庄词序》中指出:"在昔鄱阳姜石帚、张东泽,弁阳周草窗,西秦张玉田,咸非浙产,然言浙词者必称焉。是则浙词之盛,亦由侨居者为之助。犹夫豫章诗派,不必皆江西人,亦取其同调焉尔矣。"③

虽然龚翔麟对于张炎生平的考订稍有不妥之处,但龚氏在这方面的努力毕竟是一个良好的开端。比较可惜的是,曹炳曾在刊行城书室本时并未作进一步的探究,对于张氏的介绍仅限于"张叔夏名炎,号玉田生,又称乐笑翁,西秦人,或云临安人"。④ 直至乾隆元年赵昱重新刷印龚本,有关张炎生平的研究才走向深入。

---

① 谢桃坊《张炎词集辨证》,《文献》1988年第3期,第41页。
② 杨万里《江西宗派诗序》,[宋]杨万里撰,辛更儒笺校《杨万里集笺校》,中华书局,2007年,第3230页。
③ 朱彝尊《鱼计庄词序》,朱彝尊著,王利民等校点《曝书亭全集》,第455页。
④ 曹炳曾《山中白云词序》,张炎撰,吴则虞校辑《山中白云词》,第170页。

在龚翔麟《刻山中白云词序》的基础上，厉鹗进行了更为详细的考订：

> 侍御序考叔夏生于宋理宗淳祐戊申，循王五子，叔夏未知出谁后，《宋史》不载，固无从考索。第袁伯长《送叔夏归杭疏》云："古梅千槛，空怀玉照风流。"玉照，张镃功甫堂名。功甫是循王诸孙，叔夏出功甫后无疑也。叔夏父名枢，字斗南，号寄闲，邓牧心《伯牙琴》中有《张寄闲词序》云"子炎能世其学者"是也。功甫名偏旁从金，以五行相生之次推之，叔夏于功甫为三世，于循王为五世，与袁伯长赠诗注云"为循王五世孙"者相符矣。特功甫、斗南之父均未审耳。功甫生自朱门，儒雅好事，杨诚斋以"佳公子""穷诗客"目之，有《玉照堂词》一卷，斗南所作六首，见弁阳翁《绝妙好词》，陆辅之《词旨》"属对"又载其"金谷移春，玉壶贮暖"，"拥石池台、约花阑槛"之句，今逸其全。叔夏声律之学，师承有自盖如此。邓牧心又云："叔夏《春水》一词，绝唱今古，人号之曰张春水。"孔行素《至正真记》云："钱塘张叔夏尝赋《孤雁词》，有'写不成书，只记得相思一点。'人皆称之曰张孤雁。"二词今俱见集中，亦唐人"刘夜坐""郑鹧鸪"之比也。附识于首，俟后之读《山中白云》者考焉。①

根据《山中白云词》中的词作和《宋史》的记载，龚翔麟推知"叔夏生于宋理宗淳祐戊申，循王五子，叔夏未知出谁后"。厉鹗认为"《宋史》不载，固

---

① 厉鹗《山中白云词题辞》，张炎撰，吴则虞校辑《山中白云词》，第168—169页。按，"至正真记"当作"至正直记"。

无从考索",故而他从精读已有文献入手。龚本《山中白云词》后附袁桷《送叔夏归杭疏》,其中有"古梅千槛,空怀玉照风流"。玉照乃张镃功甫堂名,而"功甫是循王诸孙,叔夏出功甫后无疑也"。邓牧《山中白云词序》称"其父寄闲先生善词名世,君又得之家庭所传者",但并未提及寄闲之名。厉鹗在邓氏《伯牙琴》中发现《张寄闲词序》,得知"叔夏父名枢,字斗南,号寄闲"。① 张镃之名从金,张枢之名从木,张炎之名从火,厉鹗其以五行相生为世次之名。由于金生水,水生木,木生火,而厉鹗以为"功甫是循王诸孙",故称"叔夏于功甫为三世,于循王为五世,与袁伯长赠诗注云'为循王五世孙'者相符矣","特功甫、斗南之父均未审耳"。在考证出张炎与张镃、张枢的关系之后,厉鹗又对镃、枢二人做了简介。镃"生自朱门,儒雅好事",杨万里以"佳公子""穷诗客"目之,有《玉照堂词》一卷,而枢"所作六首,见弁阳翁《绝妙好词》,陆辅之《词旨》'属对'又载其'金谷移春,玉壶贮暖','拥石池台、约花阑槛'之句,今逸其全"。读《山中白云词》者可由此得之,张炎于声律之学师承有自。邓牧《山中白云词序》称《春水》一词,绝唱千古,人以'张春水'目之",此事在当时已人所共知。而孔行素《至正直记》载"钱塘张叔夏尝赋《孤雁词》,有'写不成书,只记得相思一点。'人皆称之曰张孤雁",并不为人熟知。这里提到的《至正直记》四卷,乃元孔齐著,杂论元代朝野琐事。此书流传不广,赵昱、赵信小山堂藏有钞本②,厉鹗则善加利用。

  赵昱本人对于张炎也有所考订,其《山中白云词题辞》云:

    词源于诗,未有词工而不能诗者,玉田生词清空秀远,绝出

---

① 按,笔者所寓目《知不足斋丛书》本《伯牙琴》有《张叔夏词集序》而无《张寄闲词序》,故厉鹗所见之版本当与此不同。
② 参见〔清〕阮元《文选楼藏书记》卷五,清越缦堂钞本。

宋季诸名家上,意其诗必有可观。朱竹垞太史《静志居诗话》云:"曾过金陵张锦衣瑶星松风阁,见几上有《玉田生诗》一册,偶忘借钞,尔后锦衣殁,便不可得。"是玉田生诗已失传,不如词三百首之完好无恙也。近阅《(延祐)四明志》,有张玉田《题腰带水》一绝云:"犀绕鱼悬事已非,水光犹自湿云衣。山中几日浑无雨,一夜溪痕又减围。"不独语意佳绝,且有承平故家之感。《四明志》为袁待制桷所纂,玉田生与待制友善,曾至鄞设卜肆,此其纪游之什仅存者尔。①

在赵氏看来,"词源于诗,未有词工而不能诗者",张炎"词清空秀远,绝出宋季诸名家上,意其诗必有可观"。因此,赵氏的探究基本集中在张炎诗作上。朱彝尊《静志居诗话》卷二二张鹿徵条云:"山居钞书颇多,著述甚富,予所见者,仅《玉光剑气集》《谀闻正续笔》数种而已。曩造其山居,见案头有手抄宋季张炎叔夏诗集一卷,今其遗书不可复问,诗亦流传者寡矣。"②自此之后,张炎诗或已失传。经赵昱搜寻,仅在袁桷所纂《(延祐)四明志》发现其《题腰带水》一绝,"语意佳绝,且有承平故家之感",颇可与其词相互参详。

赵信的考订工作集中在有关张词的本事上,其《山中白云词题识》云:

明汪珂玉辑《珊瑚网》载:元姑苏汾湖居士陆行直辅之有家妓名卿卿,以才色见称,友人张叔夏为作《清平乐》赠之。云:"候

---
① 赵昱《山中白云词题辞》,张炎撰,吴则虞校辑《山中白云词》,第169页。
② [清]朱彝尊著,姚祖恩编,黄君坦校点,《静志居诗话》,人民文学出版社,1990年,第705页。

虫悽断,人语西风岸。月落沙平流水漫,惊见芦花来雁。 可怜瘦损兰成,多情应为卿卿。只有一枝梧叶,不知多少秋声!"后二十一载,行直以翰林典籍致政归,则叔夏、卿卿皆下世矣。行直作《碧梧苍石图》,并书张词于卷端。且和之云:"楚天云断,人隔潇湘岸。往事悠悠江水漫,怕听楼前新雁。 深闺旧梦还成,梦中独记怜卿。依约相思碎语,夜凉桐叶声声。"按辅之即作《词旨》者,今《山中白云》此词小有异同,且不记本事,因书之,为玉田生词话之一则。①

按,明汪砢玉《珊瑚网》卷三二名画题跋"陆行直碧梧苍石图"条云:"'候虫凄断,人语西风岸。月落沙平流水漫,惊见芦花来雁。可怜瘦损兰成,多情因为卿卿。只有一枝梧叶,不知多少秋声。'此友人张叔夏赠余之作也,余不能记忆。于至治元年仲夏廿四日戏作《碧梧苍石》,与冶仙西窗夜坐,因语及此,转瞬二十一载。今卿卿、叔夏皆成故人,恍然如隔世事。遂书于卷首,以记一时之感慨云。季道陆行直题。"②赵信将这段记载视作张炎《清平乐》一词的本事,固无不可。不过,他并未提及其中的一条重要信息——陆行直的跋语作于至治元年(1321)。后人可借以推知,张炎卒于至治元年之前。

从龚翔麟到厉鹗、赵昱、赵信,有关张炎生平的研究日渐深入。在此过程中,相关文献的搜集、研读起到了关键作用。正是借助邓牧的《伯牙琴》,厉鹗才能根据五行相生之理推出张炎之世次;正是借助《(延祐)四明志》,赵昱才能辑得张炎佚诗一首;正是借助汪砢玉的《珊瑚网》,后人

---

① 赵信《山中白云词题识》,张炎撰,吴则虞校辑《山中白云词》,第169—170页。
② [明]汪砢玉《珊瑚网》卷三二,清文渊阁四库全书本。

才能获知张炎卒年之下限。当然,诸家的考订也有不足之处,其后亦有学者予以辨证、补充。比如,江藩根据"史浩《广寿慧云寺记》称镃为循王曾孙"推知"叔夏乃循王之六世孙"①,丁丙根据《秋崖津言》得知张炎之祖父名濡②。大体而言,厉鹗等人的不懈努力奠定了张炎生平研究的基本格局,后来江藩、丁丙等人虽有所推进,但多为锦上添花。

三、"山中白云"风的兴起

尽管张炎的词坛地位在康熙年间已经确立,但其《山中白云词》在当时的影响力可能相对有限。在《全清词·顺康卷》及其补编中,明确提及"山中白云词"的似乎仅有邵瑸的《声声慢·题山中白云词》和杜诏的《壶中天·再用前韵志别,并简缪虞皋》》③。值得注意的是,《云川阁集词》卷五最后一首为《南浦·壬寅(康熙六十一年)岁暮感赋》,而《壶中天》位于《云川阁集词》卷六,显系雍正初年所作。④ 另据杜氏雍正四年《曹刻山中白云词序》可知,《壶中天》自注所提及的《山中白云词》乃是康熙六十一年曹氏城书室刊本。如果将杜诏的这首词排除在外,那么康熙年间言及《山中白云词》的词作就只有邵瑸的一首而已。

随着《山中白云词》的多次重刊,"山中白云"在《全清词·雍乾卷》中出现的频率明显提高。

首先,雍乾词坛有不少题《山中白云词》之作。比如,郑沄有《月下

---

① 张炎《词源》卷下,《词话丛编》,第 270 页。
② 《西泠词萃》本《山中白云词》丁丙跋,张炎撰,吴则虞校辑《山中白云词》,第 176 页。
③ 《全清词·顺康卷》,第 9302、11191 页。
④ [清]杜诏《云川阁集词》(六卷),清雍正刻本。《壶中天》词中自注云:"时以张玉田《山中白云词》持赠。"

笛·张玉田〈山中白云词〉题后》,李澧有《芙蓉曲·题张玉田〈山中白云词〉卷》①。其中,郑沄《月下笛》一词云:"十四桥边,词仙去后,凤箫何处。秦川倦旅。自翻来、旧时谱。西泠芳草斜阳外,问那日、朱门在否。奈王孙归晚,田荒玉老,断肠空赋。　佳句。奚囊贮。任醉拍红牙,啸歌千古。江花艳吐。绿波谁唱南浦。可堪泪湿金盘夜,忽听到、移宫换羽。但极望,野云飞吟,对心香半缕。"在词的上片,郑氏不仅追溯了张炎与姜夔之间的词学渊源,而且以"秦川""西泠""王孙"点明了玉田的生平经历;在词的下片,郑氏使用李贺"奚囊"的典故指出张炎以"佳句"著称,并认为《南浦·春水》和《金铜仙人辞汉歌》一样,寄寓了深沉的故国之思。借助《山中白云词》的刊本,雍乾年间的词人对于张炎有了比较全面的把握,而他们对于张词的理解也为当时词坛的各类创作奠定了基础。

其次,词人在创作中主动提及己作与张词的渊源。朱彭《曲游春·访陆氏皆山楼遗址》小序云:"宋季澄江陆起潜与张玉田交好。玉田《山中白云词》有题起潜皆山楼四景及重登皆山楼作,云'楼面惠山'。而澄江之山,自北而东,自东而南,崒嵂清丽,应接不暇。西有大江,月白潮生,对之神爽。余久客此,遍访土人,俱不知有斯楼之名,又何从觅其遗址耶?聊作此解,以贻后人。"其词云:"陆羽幽栖处,有层楼孤峙,高瞰寥沉。雾鬓烟鬟,帘栊外,无数乱峰堆碧。渺渺澄江夕。对月涌、秋涛如雪。忆玉田、此地曾游,吟倚半窗寒色。　岑寂。芙蓉城客。爱几阕清词,遗迹重觅。代阅沧桑,奈断础沙沉,荒基云羃。访古终难得。但独听、芦湾渔笛。遥思排闼青来,伊人遥隔。"②按,《山中白云词》卷五有

---

① 张宏生主编《全清词·雍乾卷》,南京大学出版社,2012年,第5345、6487页。
② 《全清词·雍乾卷》,第1842页。

《甘州·澄江陆起潜皆山楼四景。云林远市,君山下枕江流,为群山冠冕,塔院居乎绝顶,旧有浮远堂,今废》《瑶台聚八仙·千岩竞秀,澄江之山,崒嵂清丽,奔驶相触,自北而东,由东而南,笑人应接不暇,其秀气之所钟与》《壶中天·月涌大江。西有大江,远隔淮甸,月白潮生,神爽为之飞越》《台城路·遥岑寸碧,澄江众山外,无锡惠峰在其南,若地灵涌出,不偏不倚,处楼之正中,苍翠横陈,是斯楼之胜境也》①,此即朱彭所谓"玉田《山中白云词》有题起潜皆山楼四景及重登皆山楼作"。朱氏不仅在词序中引用了张炎的词序,而且在词作中化用了张炎《摸鱼子·己酉重登陆起潜皆山楼,正对惠山》②中的词句,词末自注云:"'看排闼青来,书床啸咏',叔夏词中句。"如果《山中白云词》未能广为流传,朱彭恐怕就不会去关注前人遗迹,其在创作中对于张炎词的引用和化用也就无从谈起了。

第三,品评时人之作常以"山中白云"为美学典范。比如,金兆燕《醉太平·题李端舒词集》云:"琅笺句新。瑶音字芬。知君词客前身。定山中白云。　林间翠筥。花间画轮。故园多少芳春。想高楼断魂。"再比如,李澧《洞仙歌·题王麟洲〈珠尘乐府〉》云:"巫峰阆苑,爱兰盟遥订。未必伊人尽无分。正花阑月上、听罢吹笙,真个是,此去温柔乡近。　竹翁遗调在,琴趣茶烟,只许山中白云并。嗣响起珠尘、十二香奁,早传唱、歌筵红粉。尽几度春风拨愁吟,恐吟遍春风,愁仍难醒。"③无论是"定山中白云",还是"只许山中白云并",都可以看出雍乾词坛对于张炎词的高度认可。

"山中白云"在词作中的反复出现,表明《山中白云词》在雍乾词坛的

---

① 张炎撰,吴则虞校辑《山中白云词》,第99—101页。
② 张炎撰,吴则虞校辑《山中白云词》,第109页。
③ 《全清词·雍乾卷》,第990、6434页。

流传程度远超康熙词坛,而这一点在词人的追和之作中也体现得相当明显。

在《全清词·顺康卷》及其补编中,词人对于张炎的追和基本集中在《词综》所收录的张词。超出的十余首可以分为两类:一部分词作的追和对象既见于《玉田词》又见于《山中白云词》,而康熙年间《玉田词》尚易觅得,其流传程度甚至超过《山中白云词》,因此这类作品的出现不能简单地归因于《山中白云词》的刊行;另一部分词作的追和对象仅见于《山中白云词》,包括查慎行的《新雁过妆楼·赋菊,用玉田旧韵》、邵瑛的《绿意·荷叶,用玉田韵》《渔歌子·用玉田韵》(十首)、《木兰花慢·吴快亭书来,知其客登州,词以怀之,用玉田韵》,吴贯勉的《台城路·登鸡鸣寺,用玉田游北山寺韵》。① 其中,邵瑛追和的《绿意》在《词综》中归属无名氏,《山中白云词》卷六有《红情·〈疏影〉〈暗香〉,姜白石为梅著语。因易之曰〈红情〉〈绿意〉,以荷花荷叶咏之》②;吴贯勉追和的《台城路》虽然并不只见于《山中白云词》,但是《玉田词》卷上作《台城路·雪窦寺访同翁日东岩》,而《山中白云词》卷二作《台城路·游北山寺》③。

到了雍乾时期,越来越多的词人开始追和《山中白云词》中的张词。在这些追和之作中,两类现象颇为引人注意。其一,《山中白云词》超出《玉田词》的一百四十三首词日益受到关注。比如,王又曾《台城路·舟中望惠山,用玉田韵》④次韵的是《山中白云词》卷五《台城路·遥岑寸碧,澄江众山外,无锡惠峰在其南,若地灵涌出,不偏不倚,处楼之正中,

---

① 《全清词·顺康卷》,第 9119、9319、9321、9335、10035 页。
② 张炎撰,吴则虞校辑《山中白云词》,第 106 页。
③ 张炎撰,吴则虞校辑《山中白云词》,第 33 页。
④ 《全清词·雍乾卷》,第 679 页。

苍翠横陈,是斯楼之胜境也》,方成培《八声甘州·用玉田韵》①次韵的是《山中白云词》卷五《甘州·为小玉赋梅,并柬韩竹间》②,陈朗《柳梢青·咏雪,和〈山中白云词〉韵》③次韵的是《山中白云词》卷八《柳梢青·清明夜雪》④。尽管诸家在进行追和时未必会专门挑选《山中白云词》超出《玉田词》的部分,但追和对象遍布《山中白云词》,至少可以从一个侧面反映雍乾词坛对于张炎词的追慕程度。其二,对于《词综》与《山中白云词》的相异之处,词人开始倾向于后者。比如,詹肇堂有《探芳信·春日过东城汪氏园林,追忆丁亥夏日,与沈椒园先生、卫卓少明府觞咏于此,今二十年矣。椒园先生已归道山,卓少明府尚官粤西,存殁聚散之感,黯然于怀。因歌此曲,即用张玉田西湖春感韵》和《八声甘州·坠花堕絮,绝影东风,追念昔游,迥如天上。凄然身世之感,不独悔北辕南柂之劳劳也。用玉田生北游归别沈尧道韵》⑤,其追和的两首词在《词综》中分别作《探芳信·次周草窗韵》《甘州·饯沈秋江》⑥,而在《山中白云词》中分别作《探芳信·西湖春感,寄草窗》《甘州·庚寅岁,沈尧道同余北归,各处杭越。逾岁,尧道来问寂寞,语笑数日,又复别去。赋此曲并寄赵学舟》⑦。

种种迹象可以表明,《山中白云词》在重刊之后获得了更多的关注,一股"山中白云"风开始在雍乾词坛兴起。

---

① 《全清词·雍乾卷》,第1726页。
② 张炎撰,吴则虞校辑《山中白云词》,第98页。
③ 《全清词·雍乾卷》,第4353页。
④ 张炎撰,吴则虞校辑《山中白云词》,第148页。
⑤ 《全清词·雍乾卷》,第1937、1958页。
⑥ 朱彝尊、汪森编《词综》,第352、349页。
⑦ 张炎撰,吴则虞校辑《山中白云词》,第52、9页。

四、集山中白云词的出现

在《山中白云词》广为流传之后,一种与《山中白云词》紧密相连的现象应运而生,那就是集山中白云词。

集句词的源头可以上溯到宋代的王安石,谢章铤指出:"第考之《临川集》,荆公已启其端。咏梅《甘露歌》三首,草堂《菩萨蛮》一首,皆是集句。……蘅圃《题蕃锦集》云:'是谁能纫百家衣,只许半山人说。'当是指此,非泛言诗中集句也。"① 有学者初步统计,"宋词人有集句者即有王安石、苏轼、赵彦端、张孝祥、杨冠卿、辛弃疾等六七家之多",然而,"宋人为集句词既乏规模,造诣也不高,尚处于形式上探索、价值上轻忽的拓荒阶段"。② 清代康熙年间,朱彝尊"集唐人诗句,自一字以至十馀字,辏成小词","长短自合,宫商悉谐,似唐人有意为之,留以待锡鬯之驱使",其《蕃锦集》在数量和质量上都远超前贤。③ 至雍乾年间,集句词又出现了新的变化,江昉、仇梦岩等人开始集张炎一家之词句以为词。

江昉,字旭东,号研农,又号橙里,安徽歙县人。寓居扬州,与厉鹗、王又曾等过从甚密,有《练溪渔唱》二卷附《集山中白云词》一卷。沈大成《练溪渔唱序》云:"吾友江橙里少嗜倚声,饶有清致;中年伤于哀乐,每有所作,动规先民。其所钞《练溪渔唱》若干卷,盖深知词与诗异之故,笔不苟下,稿辄数易,刿鉥肝肾,磨濯心志,盖几几乎窥南渡之门庭,而与近世之作者并。虽自汰甚严,所存不啻半珠一粟,而其苦心孤诣,善学古人,

---

① 谢章铤《赌棋山庄词话》卷一二,《词话丛编》,第 3467 页。
② 马大勇《朱彝尊〈蕃锦集〉平议——兼谈"集句"之价值》,《南京师范大学文学院学报》2003 年第 3 期,第 78 页。
③ 钱澄之《蕃锦集引》,[清]钱澄之《田间诗文集》文集卷一六,清康熙刻本。

审音者望而可知。"①江昉的创作态度相当严谨,所崇尚"先民""古人"乃是姜夔、张炎,《淮海英灵集》称其"尤慕姜白石、张叔夏之风","清空蕴藉,无繁丽弱亵之情,除激昂叫号之习,可谓卓然大家者矣"。② 江词虽然数量不多,但不乏佳作,其和厉鹗之作《木兰花慢·秋帆,和厉丈樊榭》云:"近兼葭野岸,展十幅,挂樯竿。惯遥障堤痕,低遮鹭浴,高拂云寒。争先。惊飞雁底,带萧萧落叶下江干。惆怅登楼望眼,几番张尽凉天。　悠然。波静远如闲。宛转度枫湾。指斜阳一片,参差影里,回首乡关。空悬。离愁渺渺,任西风送客自年年。画出潇湘数点,依稀没入苍烟。"③陈廷焯认为该词结数语"空濛寂历,橙里自非樊榭匹,而此词殊不减也"。④

至于《集山中白云词》一卷,更是凝聚了江昉对张炎的希慕之意。金兆燕《集山中白云词序》云:"然挦扯诗句,不过五言七言;若排比词家,或易同音同调。未有抉百弓之眅涂,另起波澜;卸七宝之楼台,自为榱桷,如橙里词人之集玉田词句者也。盖其好之既专,故尔契之最密。本杇仾而机合,自轴运而轮随。意必标新,语惟仍旧,牵橘柚槐榆而为兄弟,杂金银铅汞而配丁壬。信手拈来,无非妙谛;操觚立就,不似陈言。裁月缝云,别具神工之巧;回黄转绿,全凭夠匠之心。前无古人,后难继者。割白云之片片,知惟君能向山中;记红豆之声声,可许我同听花下。"⑤相比于朱彝尊的《蕃锦集》,江昉的《集山中白云词》在创作难度上可能还要高上几分。一方面,朱彝尊创作集句词时驱使的是唐人诗句,而江昉创作

---

① 沈大成《练溪渔唱序》,[清]江昉《练溪渔唱》,清嘉庆九年刻本。
② [清]阮元辑《淮海英灵集》戊集卷四,清嘉庆三年小琅嬛仙馆刻本。
③ 《全清词·雍乾卷》,第 1600 页。
④ 陈廷焯《白雨斋词话》卷四,《词话丛编》,第 3855 页。
⑤ 金兆燕《集山中白云词序》,[清]江昉《集山中白云词》,清嘉庆九年刻本。

集句词时驱使的只有张炎的《山中白云词》，相形之下其取材范围就比较狭窄；另一方面，朱彝尊《蕃锦集》中只有《满江红》《水调歌头》《满庭芳》《归田欢》《沁园春》等数调属于清人心目中的长调，而江昉《集山中白云词》则以长调为主，谢章铤认为"集句长调比短调尤难"①。比如，江氏《摸鱼儿·月夜登金山》②云：

> 舣孤篷、水平天远，古台半压琪树。石根清气千年润，禅外更无今古。浮净宇。对此境、尘消江影沉沉露。停杯问取。任一路白云，炯然冰洁，空翠洒衣屦。　凭阑久，说与霓裳莫舞。此时心事良苦。浦潮夜涌平沙白，落叶空江无数。还自语。听虚籁、泠泠无避秋声处。离情万绪。正独立苍茫，呜呜歌罢，小艇载诗去。

从词调到词题再到词句，这首词与《山中白云词》卷八《摸鱼子·为卞南仲赋月溪》③颇为相近。张词云：

> 溯空明、霁蟾飞下，湖湘难辨遥树。流来那得清如许，不与众流东注。浮净宇。任消息虚盈壶内藏今古。停杯问取。甚玉笛移官，银桥散影，依旧广寒府。　休凝伫。鼓枻渔歌在否。沧浪浑是烟雨。黄河路接银河路，炯炯近天尺五。还自语。奈一寸闲心不是安愁处。凌风远举。趁冰玉光中，排云万里，秋艇载诗去。

---

① 谢章铤《赌棋山庄词话》卷一二，《词话丛编》，第3467页。
② 《全清词·雍乾卷》，第1627页。
③ 张炎撰，吴则虞校辑《山中白云词》，第138页。

通过对比可以发现,除了"小艇载诗去"与"秋艇载诗去"两句的一字之别外,江词在相同位置沿用了张词中的"浮净宇""停杯问取""还自语""秋艇载诗去"。另外,《山中白云词》卷六《摸鱼子·己酉重登陆起潜皆山楼,正对惠山》上片末句为"空翠洒衣屦"①,江词也与之一致。为数不少的重合之处,反映了通阕只集一人之词句的难点所在:尽管《山中白云词》拥有二百九十六阕词作,但这对于集句者而言恐怕并不算多,毕竟集句过程中要考虑到词调、词韵、题材等多方面的限制。即便如此,江昉集张氏一人之句仍达二十六首之多,这也充分体现了其个人对张词的希慕程度。

仇梦岩,字秋人,号贻轩,亦为安徽歙县人,屡游扬州。仇氏的集山中白云词之举或许是受到了江昉的影响,其《贻轩词集》有《摸鱼子·饮江橙里宅,卒有歌伶并女优侑觞,即席赋赠》②。他的集句词现存十二首,在数量上稍逊江氏一筹。与张炎的同调词相比,仇氏的相关创作也存在不少重合之处,比如:

> 想西湖、段桥疏树。梅花多是风雨。如今见说闲云散,烟水少逢鸥鹭。归未许。又款竹、谁家远思愁徐庾。重游倦旅。纵认得乡山,长江衮衮,隔浦正延伫。　垂杨渡。握手荒城旧侣。不知来自何处。春窗剪韭青灯夜,疑与梦中相语。阑屡拊。甚转眼、流光短发真堪数。从教醉舞。试借地看花,挥毫赋雪,孤艇且休去。(张炎《摸鱼子·寓澄江,喜魏叔皋至》)③

> 这些儿、旧怀难写,惊心又歌南浦。可怜张绪门前柳,隐隐

---

① 张炎撰,吴则虞校辑《山中白云词》,第109页。
② 《全清词·雍乾卷》,第5917页。
③ 张炎撰,吴则虞校辑《山中白云词》卷四,第80页。

烟痕如注。归未许。又却是、秋城自有芙蓉主。天涯倦旅。纵认得乡山,斜阳古道,寂寞汉南树。　漫延伫。修竹依依日暮。催残客里时序。今年因甚无诗到,试托醉乡分付。吟思苦。奈一寸、闲心不是安愁处。欢游再数。但回首当年,水流云在,孤艇且休去。(仇梦岩《摸鱼子·集〈山中白云词〉。黄秋盦客游京洛,以词寄赠,写别怨焉》①)

仇梦岩不仅在相同位置沿用了张炎《摸鱼子·寓澄江,喜魏叔皋至》中的"归未许""纵认得乡山""孤艇且休去",而且在相同位置沿用了张氏《摸鱼子·己酉重登陆起潜皆山楼,正对惠山》中的"又却是、秋城自有芙蓉主"②和《摸鱼子·为卜南仲赋月溪》中的"奈一寸、闲心不是安愁处"。由此也不难看出,仇氏的《摸鱼子》一词在很大程度上有赖于其对张炎诸多《摸鱼子》词的熟稔与剪裁。

宋代的王禹偁因为自己的诗句暗合杜诗,感叹"本与乐天为后进,敢期杜甫是前身",为后世津津乐道。③ 江昉、仇梦岩等人的集山中白云词,则是以更为直接的方式对前代典范进行揣摩与学习。尽管这类集句词的文学价值可能相对有限,但其在雍乾词坛的象征意义也应给予关注。

五、《南浦·春水》的衍生创作

在对张炎词集进行重刊的同时,雍乾词坛对张氏典范之作的揣摩可

---

① 《全清词·雍乾卷》,第5908页。
② 张炎撰,吴则虞校辑《山中白云词》卷六,第109页。
③ [宋]胡仔纂集,廖德明校点《苕溪渔隐丛话》前集卷二五,人民文学出版社,1962年,第170页。

谓如火如荼。其中,《山中白云词》的开篇之作《南浦·春水》备受关注,与之相关的各种衍生创作也值得关注。

　　自问世以来,张炎的《南浦·春水》一词就广受好评,邓牧《山中白云词序》盛赞《春水》一词,绝唱千古,人以'张春水'目之"①。在浙西词派推尊姜张之后,这首词受到了前所未有的追捧。顺康年间,王庭、徐长龄、先著、曹霂、柯崇朴等人均有同题之作②,而李怀、邵瑸、高不骞、林企忠、张梁、龚翔麟、缪谟等人均有同题次韵之作③。曹贞吉、沈皥日、傅燮詷等人则更进一步,不仅用张氏词韵写《南浦·春水》,而且用张氏词韵写《南浦·秋水》。④ 至雍乾年间,这一创作模式仍在延续,方成培、李汝章、史蟠等人也是既用张韵写《南浦·春水》,又用张韵写《南浦·秋水》。⑤ 而李翩、江炳炎、江昱、姜藻等人虽未用张韵写《南浦·春水》,但用张韵写了《南浦·秋水》。⑥ 比如,江炳炎《南浦·秋水,用张玉田韵》云:

　　　　隔树漏空明,白粼粼、雁梦惊凉初晓。矶没旧春痕,风微皱、零剩杨丝低扫。青铜净拭,倒窥山影参差小。依约寒汀孤照外,冷浸碧天烟草。　晚来飘送菱歌,与咿哑响答,沿波去了。记得落红流,相思处、又换芦花吹到。闲情浩渺。吟魂独倚江楼悄。报道轻帆归别浦,暮雨潇湘多少。

---

① 张炎撰,吴则虞校辑《山中白云词》,第165页。
② 《全清词·顺康卷》,第272、5488、7249页。张宏生主编《全清词·顺康卷补编》,南京大学出版社,2008年,第1015、1103页。
③ 《全清词·顺康卷》,第1361、9307、9708、9799、9968、10131、11235页。
④ 《全清词·顺康卷》,第6508—6509、7944、8246、8257页。
⑤ 《全清词·雍乾卷》,第1790—1791、2160、8463—8464页。
⑥ 《全清词·雍乾卷》,第2450、2673—2674、3228、4545页。

陈廷焯认为江氏"扫除靡曼,屏斥浮夸,独归雅正,合者不减竹垞也",其《云韶集》收录该词并给予好评:"读琢春词,萧然如清风之入怀,当焚香静坐读之。精秀在骨,结凄然。"① 次韵的限制似乎没有对江氏造成影响,他仍然能够将秋水的神韵精彩地呈现出来,可谓因难见巧。

另外值得注意的是,张炎《南浦·春水》的末两句为"前度刘郎归去后,溪上碧桃多少"②,分别是七字和六字。不过,沈皞日的《南浦·春水,用玉田词韵,同蘅圃赋》《南浦·秋水,叠前韵,同分虎赋》和龚翔麟的《南浦·春水,用玉田词韵,同融谷赋》末两句均为六字,查慎行的《南浦·次张玉田春水韵》末两句均为七字,可见诸家次韵时所依据的文本应该并不一致。到雍乾时期,次韵张炎《南浦·春水》而又与原作不符的情况就相当罕见了,这一细节也显示该词在文本上已经渐趋统一。

当然,清人在创作层面对《南浦·春水》一词的衍生,远不止于上述同题之作或次韵之作。康熙年间,汪森就别出心裁地创作了《南浦·春涨》③一词:

> 狼籍弱云飘,正山中、昨夜萧条寒雨。树杪百重泉,朝来看、咫尺蓝桥迷路。柴门近水,比邻鹅鸭喧无数。一片黄流愁泛滥,乱点白鸥飞去。　春船慢解垂杨,任波平岸远,短帆轻度。欹侧不禁风,柔橹外、冷浸夕阳荒浦。鬐鬣隐隐,具区七十峰回互。更喜玻璃开万顷,早觉月明堆素。

---

① [清]陈廷焯编选《云韶集》卷一九,清稿本。
② 张炎撰,吴则虞校辑《山中白云词》卷一,第1页。按,《词综》卷二一所收张炎此词作"前度刘郎从去后,溪上碧桃多少"。(朱彝尊、汪森编《词综》第345页)
③ 《全清词·顺康卷》,第9238页。

作为《词综》的编者之一,汪森对于张炎的《南浦·春水》无疑是熟悉的。而这首《南浦·春涨》,也是其现存唯一一阕调寄《南浦》之作。就内容而言,汪词其实也是在描写春水,只不过侧重于表现春水上涨之后的景象。因此可以说,汪森在创作《南浦·春涨》时应该是受到了张炎《南浦·春水》的影响和启发,只不过两词之间的关系不如同题或次韵那样明显。

到了雍乾时期,汪森这种另辟蹊径的创作思路得到了进一步的发展。暂不论凌廷堪是否读过汪森的《南浦·春涨》,他的《南浦·新潮,和方竹楼》①倒是与汪词遥相呼应,其词云:

> 风满驿楼空,雨丝丝、远近江声连晓。犹记去年时,柴门外、验取旧痕将到。縠纹乍起,望中惟觉前洲小。沙嘴高低吞吐处,已有白鸥飞绕。　朝来试觅渔蓑,拟持竿兀坐,临流垂钓。盘石遍苔花,东风起、须倩绿杨先扫。烟波浩淼。故人曾放春前棹。此际溪头双鲤便,迢递尺书应早。

这是一首和作,原词为方元鹿首倡。《全清词·雍乾卷》中虽收录方词,但仅有一首《念奴娇》,一时难窥其貌。凌氏笔下的"新潮",是指春天新涨的潮水。较之汪森的"春涨",方、凌两家的"新潮"不过是说法上稍有差异,其实都与"春水"密切相关。或许是基于这一原因,方、凌两家在创作时使用了与《南浦·春水》相同的韵部,"晓""到""小""扫"等相同的韵脚出现在了不同的位置。

至于引发"春涨"和"新潮"的春雨,董邦超也选择用相同的韵部调寄

---

① 《全清词·雍乾卷》,第 7818—7819 页。

《南浦》，其《南浦·春雨》①一词云：

> 好景在春晴，叹连旬、苦雨乱山淫潦。涨绿满横塘，湘帘外、洗净香尘如扫。竹溪花浦，轻烟湿透流光早。半亩夭桃风舞弄，碎影红筛清沼。　试看点滴琼阶，似娇娘凝聚，泪珠倾倒。杨柳翠阴深，莺啼遍、门掩青春终老。泥融径滑，浣衣人去红楼悄。纵使晴和春漏短、又怕闲愁寻到。

通过凌、董两家的词作不难看出，部分雍乾时期的词人在创作诸如新潮、春雨等与"春水"相关的题材时不免有《南浦·春水》横亘胸中，即便没有亦步亦趋地进行次韵，也会自觉不自觉地使用与之相同的韵部。正因为如此，上述词作在一定程度上保留了《南浦·春水》的某些痕迹，而这恐怕也很容易让读者产生似曾相识之感。

同样是描写春雨，赵文哲虽然也调寄《南浦》，但他是以"对雨"为题，且并未使用相同的韵部。其《南浦·对雨》一词云：

> 昨夜又东风，画楼深、无那薄寒成阵。柳外乍空濛，凭阑处、渐觉声声催紧。帘衣下了，无聊独拥香篝润。小白蔫红。都落尽休说，踏青时近。　遥想此际兰闺，忆归期愁听，银塘雷殷。翦烛定何如，纹窗掩、盼断巴山芳信。扁舟去也，明朝好趁江潮稳。更拟冲泥，携蜡屐闲数，小园新笋。②

---

① 《全清词·雍乾卷》，第 6294 页。
② 《全清词·雍乾卷》，第 1475 页。

相比于凌廷堪"雨丝丝、远近江声连晓"和董邦超"叹连旬、苦雨乱山淫潦"的开门见山,赵文哲对于"雨"的呈现更加精巧:从柳外空蒙到"声声催紧",从春花落尽到"银塘雷殷",词人并未直接提及雨,但又无一句不及雨。面对春雨,词人在上下片分别借用李煜的《虞美人》(春花秋月何时了)和李商隐的《夜雨寄北》表达内在心理的微妙变化,含蓄蕴藉。陈廷焯认为赵词"轻圆俊美,跌宕纵横"①,而这首《南浦·对雨》正可以为陈氏词评提供注脚。

除了上述词作以外,雍乾时期的词人在创作题画词时同样也会调寄《南浦》。比如,《全清词·雍乾卷》先后收录朱方蔼《南浦·题沙斗初春江雨泛图》、王昶《南浦·题沙斗初春江雨泛图》、朱昂《南浦·题斗初春江雨泛图,用玉田春水词韵》、赵文哲《南浦·题白岸春江雨泛册子》、朱研《南浦·题沙斗初春江雨泛图》、吴泰来《南浦·题沙斗初春江雨泛小册》、朱荏恭《南浦·题沙斗初春江雨泛图》等词作②。诸家词题中的"沙斗初""白岸"即沙维构,字斗初,隐于商,与钱大昕、王昶等人交游,有《耕道堂集》《白岸亭诗集》。③ 同样与钱大昕、王昶交游的冯金伯撰有《国朝画识》和《墨香居画识》,但两种画识均未提及沙维构其人其画。④ 这表明沙氏可能并不以绘画名家,其《春江雨泛图》或许是偶然兴起之作。在诸家之中,王昶的《南浦·题沙斗初春江雨泛图》对于画作有着细致的描绘,其词云:

---

① 陈廷焯《白雨斋词话》卷六,《词话丛编》,第 3930 页。
② 《全清词·雍乾卷》,第 1079、1174、1315、1492、3554、4213、8895 页。
③ 参见[清]冯桂芬等《(同治)苏州府志》卷八九,一三六,清光绪九年刊本。
④ 参见[清]冯金伯撰,陈旭东、朱莉莉、赖文婷点校《冯氏画识二种》,复旦大学出版社,2018 年。

新涨满银塘,映青芜、一路芹芽初展。江店绿阴浓,横桥外、多少缃桃零乱。云昏水暗。柳丝斜度红襟燕。愁绝寻芳人去尽,寂寞绿蘋溪岸。　凭谁为棹春船,趁东风、半卷烟樯雨幔。萍梗寄江湖,清游处、依约元真重见。鱼罾蟹籪,旧盟思结闲鸥伴。相约吴淞枫落后,来共莼丝菰饭。

词的上片沿着银塘、江店、横桥、溪岸一路写来,勾勒出春雨朦胧的氛围,下片则以"凭谁为棹春船,趁东风、半卷烟樯雨幔"点明了"春江雨泛"的主题,并进而借张志和、张翰的典故道出了沙氏寄寓在图中的归隐江湖之志。全词侧重于身临其境地展现《春江雨泛图》中的景与情,几乎不涉及诸如色调、技法、构图、立意等绘画层面的问题,而这在诸家题画词中也颇具代表性。其实,就所要表达的内容而言,可供王昶等人选择的词牌有很多,但他们最终还是选择《南浦》进行群体创作。这从一个侧面表明,《南浦·春水》的典范意义早已深入人心,诸家在为《春江雨泛图》题词时会首先想到调寄《南浦》,而朱昂在创作时更是沿用了春水词韵。

同题之作甚至同题次韵之作的数量固然可以反映《南浦·春水》在某一历史时期所受到的追捧程度,但是,唯有一代代词人在原作的基础上不断开拓词题、推出佳作,才能长久地维系其在清代词史上的经典地位。

小　结

随着《词综》《山中白云词》的相继刊行,张炎的典范地位在浙西词派的大力推尊中得以确立。不过,康熙词坛对于张炎的关注,更多地集中在《词综》所收录的张词上。其时《山中白云词》则流传未广,连杜诏在参与编纂《御选历代词》时都"未知有'山中白云'名目"。从康熙六十一年到乾隆元年,曹炳曾、赵昱在十五年间三次重刊《山中白云词》。在重刊过程中,厉鹗、赵昱、赵信等人充分发掘历史文献,奠定了有关张炎生平研究的大致格局。自《山中白云词》多次重刊之后,雍乾词坛逐渐呈现出一些新的变化。学界对于张炎的关注逐渐从《词综》转向《山中白云词》,词人在创作中反复提及"山中白云",追和的对象也几乎遍布《山中白云词》;江昉、仇梦岩等人开始集张炎一家之词句以为词,通过对《山中白云词》的剪裁进行再创作,以此展现对前代典范的揣摩与学习;江炳炎、赵文哲等人从张炎的名作《南浦·春水》出发,积极开拓词题,不断推出佳作,以创作实绩维系着经典名篇的词史地位。

第四章　追步南宋与踵事增华：
　　　清代前中期的咏物雅词

宋代是咏物词创作的繁荣时期，无论是词作数量，还是取材范围，都远超唐、五代。在宋代 447 位咏物词作者中，属于南宋雅词一脉的吴文英（59 首）、张炎（37 首）、周密（32 首）、王沂孙（31 首）、高观国（28 首）、姜夔（25 首）、史达祖（24 首）、赵以夫（24 首）、蒋捷（15 首）、陈允平（13 首）依次名列第三、十、十四、十五、十七、二十、二十一（并列）、三十、三十二位。[①] 这些词家的诸多咏物之作，在南宋词坛就颇负盛名。张炎曾在《词源》中标举姜夔的《齐天乐》赋促织和史达祖的《东风第一枝》咏春雪、《双双燕》咏燕等咏物佳作[②]，而他自己也因《南浦》咏春水名噪一时。

清代初年，经过浙西词派的大力宣扬，南宋诸家的咏物词开始备受推崇。在朱彝尊的示范和引领下，清人的咏物之作层出不穷、异彩纷呈，是清词中兴的重要表征之一。嘉庆十三年（1808），词学家冯金伯

---

① 参见许伯卿《宋词题材研究》，中华书局，2007 年，第 120—127 页。
② 张炎《词源》卷下，《词话丛编》，第 261—262 页。

(1738—1810)搜集从顺治到嘉庆初年的咏物词作,编成《熙朝咏物雅词》十二卷,被后人誉为"清代前中期咏物词的集大成之选"①。本章将借助这部清代唯一的咏物词选本,考察清代前中期的咏物词创作。

一、清代词坛的咏物风尚

如果论及清代以咏物名家的词人,朱彝尊无疑是其中最受瞩目的一位。不过需要注意的是,比他稍早的一些词人已经开始热衷于咏物词的创作,并在理论层面进行了一定程度的讨论。

顺康之际,王士禛、邹祗谟、彭孙遹等人活跃于广陵词坛,分别创作了不少咏物词。对此,王、邹、彭三家在各自的词话中均有记载:

> 张玉田谓咏物最难。体认稍真,则拘而不畅,摹写差远,则晦而不明。而以史梅溪之咏春雪、咏燕,姜白石之咏促织为绝唱。近日名家,如程村咏蝶、咏草、咏美人蕉、白鹦鹉诸作,金粟咏萤、咏莲诸作,可谓前无古人。程村尤多至数十首,仆常望洋而叹。(王士禛《花草蒙拾》)

> 咏物固不可不似,尤忌刻意太似。取形不如取神,用事不若用意。宋词至白石、梅溪,始得个中妙谛。今则短调,必推云间。长调则阮亭赠雁,金粟咏萤、咏莲诸篇,可谓神似矣。(邹祗谟《远志斋词衷》)

> 咏物词,极不易工,要须字字刻画,字字天然,方为上乘。即间一使事,亦必脱化无迹乃妙。近在广陵,见程邨、阮亭诸

---

① 李睿《清代词选研究》,华东师范大学博士论文,2006年,第247页。

作,便为叹绝,始几几乎与白石、梅谿颉颃今古矣。(彭孙遹《金粟词话》)①

暂不论朋辈之间的互相评价中究竟有几分溢美之词,三家对于咏物词的讨论有几个方面值得关注。其一,对咏物的认知。张炎《词源》云:"诗难于咏物,词为尤难。体认稍真,则拘而不畅。摹写差远,则晦而不明。"除王士禛直接引用张炎的观点外,邹祗谟、彭孙遹关于咏物词的说法也与张氏一脉相承。其中,邹氏的"不可不似"略同于"摹写差远,则晦而不明","刻意太似"则略同于"体认稍真,则拘而不畅"。其二,对典范的选择。张炎推崇的"全章精粹"之作包括史达祖的《东风第一枝》咏春雪、《绮罗香》咏春雨、《双双燕》咏燕,姜夔的《暗香》《疏影》咏梅及《齐天乐》赋促织,王、邹、彭三家眼中的宋代咏物名家名作也并未超出张氏划定的范围。其三,对用事的要求。张炎指出,"词用事最难,要体认着题,融化不涩",咏物词更是要"用事合题"。②邹祗谟将自己的主张提炼为,"取形不如取神,用事不若用意"。王士禛深以为然,在《花草蒙拾》中也转述了这一说法。彭孙遹则强调,作词时即便偶尔"使事",也需要不着痕迹。其四,对长调的态度。清人一般认为,"五十八字以内为小令,五十九字至九十字为中调,九十一字以外为长调"。③ 按照这一标准,张炎列举的六首咏物佳作均为长调。而在清代初年,云间词风盛行,词人的创作以短调为主。不过,上述三则词话提到的同人咏物之作,包括邹祗谟的《曲游春·咏蝶》《恋芳春慢·咏草》《击梧桐·咏美人蕉》《玉山枕·咏白鹦鹉》,彭孙遹的《宴清都·萤火》《一寸金·莲花》和王士禛的《御街行·赠

---

① 《词话丛编》,第 682、653、725 页。
② 张炎《词源》卷下,《词话丛编》,第 261 页。
③ 《钦定四库全书总目(整理本)》卷一九九,第 2809 页。

雁》，不仅无一首短调，而且除《御街行》外均为长调。① 其实，王、邹、彭三家并非没有咏物短调，但白石、梅溪珠玉在前，他们在词话中主要以咏物长调来呼应典范。

康熙初年，在王士禛、邹祗谟等人词学建设的基础上，朱彝尊进一步标举南宋诸家的咏物词作，同时将清代词坛的咏物创作推向全新的高度。

有学者指出，在朱彝尊开始作词的最初阶段，也就是"顺治十三年(1656)客曹溶广东幕府之时"，"咏物就是引起其关注与热情的领域"，而且"这种关注、投入贯穿他创作生涯始终"。② 上文提到，以姜夔、张炎为代表的南宋诸家，在南宋词坛就以咏物词著称。因此，朱彝尊在与汪森编选《词综》时于诸家名下收录了很多咏物之作，比如姜夔的咏梅(2首)、蟋蟀、荷花(2首)、芍药，史达祖的咏春雨、春燕、梨花、橙、白发、春雪，吴文英的咏落梅、梅花，周密的咏水仙花、琼花、梅、蝉、白莲(2首)、柳花、龙涎香、琉璃帘、梅影，王沂孙的咏龙涎香、春水(2首)、苔梅、碧桃、雪意、新月、牡丹、海棠、落叶、萤、蝉(2首)、樱桃、榴花、秋声、绿阴，张炎的咏春水、白莲、孤雁、雪霁、红叶、梅影。③ 在所选诸家之中，朱彝尊认为"填词最雅无过石帚"④。而在所选姜词之中，朱彝尊只在其咏物词后附上了张炎的评语：《暗香》《疏影》两首咏梅词后是"《暗香》《疏影》二曲，前无古人，后无来者，真为绝唱"，《齐天乐》咏蟋蟀词后是"全章精

---

① 《全清词·顺康卷》，第 3012、3014、3017、3019、5931、5934、6563 页。
② 闵丰《从静志居到茶烟阁：朱彝尊咏物词写作意旨新论》，《文学遗产》2023 年第 5 期，第 115 页。
③ 朱彝尊、汪森编《词综》卷一五、一七、一九、二〇、二一。卷三五、三六补词部分亦收录咏物词。
④ 朱彝尊《词综发凡》，朱彝尊、汪森编《词综》，第 7 页。

粹,所咏了然在目,且不留滞于物"。① 由此可见,朱彝尊认为咏物词可以是雅的,甚至是最雅的。不过,由于康熙十七年(1678)朱彝尊应召参加博学鸿词时《词综》尚未刊刻成书,所以他将编纂工作中搜集的《乐府补题》带到京师。这部成于元初的咏物词专集,选录了王沂孙、周密、张炎等词人的五调五题,包括《天香》咏龙涎香、《水龙吟》咏白莲、《摸鱼儿》咏莼、《齐天乐》咏蝉和《桂枝香》咏蟹。蒋景祁"读之,赏激不已,遂镂板以传",开启了清代词坛的"后补题"唱和热潮。据《全清词·顺康卷》和《全清词·顺康卷补编》统计,清初参与唱和的词家达 43 位,其中有 22 位词家遍和五题。② 这些不断涌现的"后补题"创作,标志着南宋诸家的咏物词逐渐进入了清初词坛的中心位置。

朱彝尊本人一直醉心于咏物创作,其《曝书亭集》的七卷词中就包括咏物词专集——《茶烟阁体物集》二卷。尽管《曝书亭集》刊行于康熙五十三年(1714),但他对咏物这一门类的格外看重在此之前就产生了影响。康熙年间词坛名家曹贞吉的咏物词数量并不算多,也没有单独成卷,但其词集卷首有陈维崧的《咏物词序》和王士禛、朱彝尊、宋荦的《咏物词评》。其中,朱氏评曰:"词至南宋始工,斯言出,未有不大怪者,惟实庵舍人意与予合。今就咏物诸词观之,心慕手追,乃在中仙、叔夏、公谨诸子,兼出入天游、仁近之间,北宋自方回、美成外,慢词有此幽细绵丽否?"宋氏评曰:"迨白石翁崛起南宋,玉田、草窗诸公互相倡和,戛戛乎陈言之务去,所谓如'野云孤飞,去留无迹'者,此竹垞论词必以南宋为宗也。今读实庵咏物十首,仿佛《乐府补题》诸作,而一种窅渺之思、瑰丽之辞,与夫沉郁顿挫之气,直驾诸公而上之,拟诸白石《暗香》《疏影》之篇,

---

① 朱彝尊、汪森编《词综》卷一五,第 229 页。
② 参见蔡雯《清代咏物词专题研究》,南京大学 2011 年博士学位论文,第 141 页。

何多让焉?"①由此可见,曹贞吉认同朱彝尊"以南宋为宗"的词学主张,在进行咏物创作时也有所仿效。除曹贞吉外,康熙年间的王一元也颇为重视咏物,有《岁寒咏物词》一卷存世。王氏词集中虽然没有"后补题"唱和之作,但他的创作在一定程度上受到了朱彝尊的影响,汪灏所作词序开篇即云:"林深烟密,魂消叔夏秋莺;花暝柳昏,神动邦卿春燕。"②在《茶烟阁体物集》之后,咏物词单独成卷的情况屡见不鲜,比如茹敦和有《和茶烟阁体物词》一卷,吴锡麒有《三影亭写生谱》三卷,娄严有《翠寒巢体物词》二卷,顾文彬有《蝶板新声》一卷、《蟭巢碎语》一卷。③

继朱彝尊之后的浙派中坚厉鹗,在延续前人咏物创作的基础上又有所创新。朱彝尊与钱芳标有咏猫之作,厉鹗亦有所呼应:"华亭钱葆酚以此调咏猫,竹垞翁属和得三阕,征事无一同者。予与吴绣谷约,戏效其体,凡二家所有,勿重引焉。昔徐铉与弟锴,共策猫事,铉得二十事,锴得七十事。作此狡狯,殆非词家清空婉约之旨,观者幸毋以梦窗质实为诮也。"④朱彝尊等人有"后补题"唱和,厉鹗不仅遍和五题,而且另创五题,包括《天香》咏薛镜、《水龙吟》咏漳兰、《摸鱼儿》咏芡、《齐天乐》咏络纬、《桂枝香》咏银鱼。除此之外,他还将当时流行的烟草纳入自己的歌咏范围,其《天香》词小序云:"烟草,《神农经》不载,出于明季,自闽海外之吕宋国,移种中土。名淡巴菰,又名金丝薰,见姚旅《露书》。食之之法,细切如缕,灼以管而吸之,令人如醉,祛寒破寂,风味在麹生之外。今日伟

---

① [清]曹贞吉《珂雪词》卷首,清康熙刻本。
② [清]王一元《岁寒咏物词》卷首,清康熙刻本。
③ 另外,汪世隽《凭隐诗馀》中的咏物词虽单独成卷,但并未命名。汪氏《凭隐诗馀序》云:"暇日爱属子婿王所手录成,又分出咏物,另录二编,合之为三卷,以俟审音者读之。"参见汪世隽《凭隐诗馀》卷首,清嘉庆刻本。
④ [清]厉鹗著,董兆熊注,陈九思标校《樊榭山房集》卷九,上海古籍出版社,1992年,第677页。

男髻女,无人不嗜,而予好之尤至。恨题咏者少,令异卉之湮郁也。暇日斐然命笔,传诸好事。"①其实,咏烟草词作早已有之,钱芳标就有《青门饮·咏高丽烟》,但很少有人提及。直到厉鹗以《天香》咏烟草,这一类型的创作才开始席卷词坛。②

经过朱彝尊、厉鹗的努力,浙西词派的咏物格局大致成型。至光绪年间,谢章铤曾指出浙派后学的某些"习气":"开卷必有咏物之篇,亦必和《乐府补题》数阕,若以此示人,使知吾词宗南宋,吾固朱、厉之嫡冢也。"③这固然是批评之辞,但也从一个侧面反映了清代词坛的咏物风尚。

二、《熙朝咏物雅词》的成书与体例

在崇尚咏物的清代词坛上,冯金伯《熙朝咏物雅词》的出现可谓顺理成章。冯金伯,字墨香,号南岑,又号华阳外史,松江府南汇县(今属上海市)人,乾隆六十年(1795)以贡生官句容训导。④ 冯氏"工书善画",著述颇丰,除《(光绪)南汇县志》所载《墨香居诗钞》《海曲词钞》《峰泖烟云》《乡平录》《松事杂录》《云间遗事》《云间旧话》《五茸遗话》⑤,尚有《海曲诗钞》《熙朝咏物雅词》《词苑萃编》《国朝画识》《墨香居画识》存世。诸书之中,《国朝画识》《墨香居画识》一直为艺坛所重,《词苑萃编》因被《词话丛编》收录而流传甚广,《海曲诗钞》近年来也得到整理,唯有《熙朝咏物

---

① 厉鹗著,董兆熊注,陈九思标校《樊榭山房集》卷一〇,第 698 页。
② 参见[清]陈琮辑,黄浩然笺注《〈烟草谱〉笺注》卷八,中国农业出版社,2017 年。
③ 谢章铤《赌棋山庄词话》续编五,《词话丛编》,第 3569 页。
④ 有关冯金伯的生平经历,参见陈旭东《〈冯氏画识二种〉整理说明》。
⑤ [清]金福曾修、张文虎纂《(光绪)南汇县志》卷一二,民国十六年重印本。

雅词》较少受到学界的关注。

据全国古籍普查登记基本数据库,《熙朝咏物雅词》一书只在国家图书馆、青海省图书馆和宁波市天一阁博物馆庋藏,可见流传不广。笔者曾先后寓目上述诸本:国家图书馆藏本未见内封,青海省图书馆藏本卷首自序少前半页,而天一阁藏本虽经虫蛀,但基本保存了原书的完整形态。通过比对发现,三者其实版本一致,均为清嘉庆十三年刻十二卷本。

关于《熙朝咏物雅词》的成书过程,是书卷首冯金伯自序[①]云:

> 予曾茸宋元明三朝咏物词为一编,采撷未周,旋有《熙朝乐府雅词》之役。因念我朝词学大昌,词人杰出,即如追和《乐府补题》,广之续之,其散见于诸家集中者,光熊熊然不可掩。于是按调寻题,悉心搜剔,得词七百馀首,厘为十有二卷。甫脱稿,而友人见者均谓从来所未有,遂怂恿先付剞劂。

根据冯氏的追述,《熙朝咏物雅词》的编辑、出版带有一定的偶然性。冯氏一直对咏物词颇为关注,曾经编选宋、元、明三朝的咏物词,但在资料搜集方面有所欠缺。不久之后,他在编辑《熙朝乐府雅词》时发现,清代诸家词集中的咏物之作颇为可观,可谓"光熊熊然不可掩"。有鉴于此,他"按调寻题,悉心搜剔",编成《熙朝咏物雅词》十二卷。是选甫一脱稿,其友人均以为乃前所未有。这令冯氏很受鼓舞,不仅将《熙朝咏物雅词》先行出版,而且计划续辑二编,《熙朝咏物雅词凡例》其九云:"数年以来,

---

① 冯金伯《熙朝咏物雅词序》,冯金伯编《熙朝咏物雅词》,天一阁博物馆藏清嘉庆十三年刻本。

枯守寒毡海曲,词人未能遍识,所选定多挂漏。近虽蒙寄词稿者颇多,惜是编已刻,未能捱入。现在欲辑《咏物雅词二编》,并《熙朝乐府雅词》亦正在增订付梓,倘得不吝珠玉,是所伫切。"①正因为如此,《熙朝咏物雅词》内封上镌"《熙朝乐府雅词》《咏物雅词二编》二种嗣出"字样。不过,这两部"嗣出"的选本到目前为止均未见馆藏著录,可能由于某种原因未获刊行。②

至于《熙朝咏物雅词》的体例,冯金伯则在自序之后的凡例中予以说明。

词选编纂工作的核心问题之一便是选择以何种方式呈现所选词人词作。一般来说,词选对于词人词作的处理大致可分为三种:其一是按人编次,比如宋代黄昇的《唐宋诸贤绝妙词选》《中兴以来绝妙词选》,清初朱彝尊、汪森的《词综》;其二是按类编次,比如明初的《增修笺注妙选群英草堂诗馀》,其前集分春景、夏景、秋景、冬景四类,后集分节序、天文、地理、人物、人事、饮馔器用、花禽七类;其三是按调编次,自嘉靖二十九年(1550)顾从敬分调重编《草堂诗馀》之后,词选多以小令、中调、长调编排,比如清代王士禛、邹祇谟的《倚声初集》和沈辰垣等奉敕编定的《历代诗馀》。上述三种方式虽各有侧重,但时至清代,词选多按人或按调编次。经过权衡,冯金伯选择遵循《历代诗馀》的编选方式,《熙朝咏物雅词凡例》其一云:"《熙朝乐府雅词》谨遵康熙朝《御选历代诗馀》之例,以调

---

① 冯金伯《熙朝咏物雅词凡例》其九,冯金伯编《熙朝咏物雅词》。
② 按,关于冯氏的卒年,王作九《简介南汇历史上的著名诗选——〈海曲诗钞〉》称其"卒于清嘉庆十五年(1810)"。陈旭东《〈冯氏画识二种〉整理说明》认为王说"当有所本","惜未能得见",而"据目前所知见,冯金伯生平事迹可考之纪年,最迟为《熙朝咏物雅词序》所署之'嘉庆戊辰(十三年,1808)长至后三日',此后事迹待考"。(冯金伯撰,陈旭东、朱莉莉、赖文婷点校《冯氏画识二种》,第1、12页)

之长短为先后,是编仍循此例。"①根据《历代诗馀》卷首的《钦定凡例》,是书"网罗采择"的对象是"自唐迄明"的词作。"自昔诗馀每有独标调名而不著题目者,亦有以本意为题者",因此,编者们"不因题分类,第以调之长短为次"。② 而冯金伯所编的选本,无论是《熙朝乐府雅词》,还是《熙朝咏物雅词》,选词范围均为清代词人的创作,其中"独标调名而不著题目"和"以本意为题"的现象固然存在,但并不普遍。不过,冯氏仍一再"谨遵"《历代诗馀》之例,足见其尊奉"钦定"之意。

    冯金伯对于词人的选择,也受到另一部"钦定"选本的影响,《熙朝咏物雅词凡例》其二云:"《熙朝乐府雅词》谨遵乾隆朝《钦定别裁诗集》之例,凡筮仕我朝而先仕前朝者,概不登载,是编亦然。"③这里提到的《钦定别裁诗集》,即《钦定国朝诗别裁集》。乾隆二十四年(1759),沈德潜《国朝诗别裁集》初刻本刊行,以钱谦益为首,凡三十六卷。随后,沈氏对初刻本进行增删、修改,于乾隆二十五年(1760)推出《重订国朝诗别裁集》,仍以钱谦益为首,凡三十二卷。不过,乾隆对于重订本甚为不满,卷首《御制沈德潜选国朝诗别裁集序》云:"因进其书而粗观之,列前茅者,则钱谦益诸人也。……夫居本朝而妄思前明者,乱民也,有国法存焉。至身为明朝达官,而甘心复事本朝者,虽一时权宜,草昧缔构所不废。要知其人则非人类也,其诗自在,听之可也。选以冠本朝诸人则不可,在德潜则尤不可。且诗者何?忠孝而已耳。离忠孝而言诗,吾不知其为诗也。谦益诸人,为忠乎?为孝乎?德潜宜深知此义。……而慎郡王则朕之叔父也,虽诸王自奏及朝廷章疏署名,此乃国家典制,然平时朕尚不忍

---

① 冯金伯《熙朝咏物雅词凡例》其一,冯金伯编《熙朝咏物雅词》。
② 《钦定凡例》其一、其二,[清]沈辰垣等编《历代诗馀》,上海书店,1985年。
③ 冯金伯《熙朝咏物雅词凡例》其二,冯金伯编《熙朝咏物雅词》。

名之,德潜本朝臣子,岂宜直书其名？至于世次前后倒置者,益不可枚举,因命内廷翰林为之精校去留,俾重锓板,以行于世。"①乾隆二十六年(1761),《钦定国朝诗别裁集》三十二卷刊行,以慎郡王为首。钦定本对钱谦益等贰臣的评判与删汰,为其后的文坛树立了一种不可动摇的规范,冯金伯在编纂选本时自然会继续"谨遵",对"筮仕我朝而先仕前朝者"采取"概不登载"的态度。

而冯金伯对于词牌的考辨,以《钦定词谱》为准绳,《熙朝咏物雅词凡例》其三云："词寄于调,长短平仄,秒忽有乖,便不谐合。《熙朝乐府雅词》及是编所选,一以康熙朝《御制词谱》为准。唯有字句相同,平仄稍异,词佳不能割爱者,略存一二阕而已。"②比如,《熙朝咏物雅词》卷六选录钱芳标《倦寻芳·绿蝴蝶》,冯氏于词后下按语云："前段七字句作三字两字,用王雱体。"③《钦定词谱》卷二四《倦寻芳》词牌下有王雱、潘元质两体,而王体"前段第六句作三字两句"。④ 又比如,《熙朝咏物雅词》卷一一《南浦》"又一体,双调一百五字"选录十一阕,其中最后一阕是黄之隽的《南浦·又一体,帆影》,词后按语云："此词前后结与诸词句法不同,盖用程垓体也。"⑤《钦定词谱》卷三三《南浦》词牌下收录程垓、周邦彦、史达祖、张炎、鲁逸仲五体,其中"程词及周词、史词三体,宋、元人填者甚少,惟张炎词体,填者颇多"。⑥ 黄之隽词虽然与前十阕的张炎体字数相

---

① 《御制沈德潜选国朝诗别裁集序》,[清]沈德潜纂评《钦定国朝诗别裁集》,清乾隆二十六年刻本。
② 冯金伯《熙朝咏物雅词凡例》其三,冯金伯编《熙朝咏物雅词》。按,《钦定词谱》卷首为《御制词谱序》,故冯氏称之为"御制词谱"。
③ 冯金伯编《熙朝咏物雅词》卷六。按,"三字两字"当作"三字两句"。
④ [清]王奕清等编《钦定词谱》卷二四,中国书店据清康熙五十四年内府刻本影印,1983年。
⑤ 冯金伯编《熙朝咏物雅词》卷一一。
⑥ 王奕清等编《钦定词谱》卷三三。

同,但前后结有所不同,当属程垓体。由此可见,冯金伯对于词体的辨析,确实以《钦定词谱》为依据。

从凡例一的"谨遵康熙朝《御选历代诗馀》之例",到凡例二的"谨遵乾隆朝《钦定别裁诗集》之例",再到凡例三的"一以康熙朝《御制词谱》为准",三部带有官方色彩的著作深刻地影响了《熙朝咏物雅词》的体例。有人可能会因此认为冯金伯有墨守成规之嫌,但对于一位七旬老人而言,这样的体例或许更为稳妥,也更易操作。而冯氏对于入选词人词作的具体展示,则几乎沿用了《历代诗馀》的编纂方式,可谓"萧规曹随"。

冯金伯自序和凡例之后是《熙朝咏物雅词总目》,每卷之下列出相应的词调数量和词作数量,比如"卷之一"是"二十二调九十二首"。总目之后是十二卷词选,半叶十行,行二十一字,黑口,单鱼尾,左右双边。每卷卷首均列出卷次、编次者冯金伯和相应的参订者,比如卷一首行为"熙朝咏物雅词卷之一",第二、三两行分别为"南汇冯金伯墨香编次""吴兴潘镕朗斋参订"①,自第四行开始为具体内容。编者先低一格列出词牌,以小字标注相关信息,接着罗列这一词牌下的词作。同一词牌下的第一首词作会低两格再次列出词牌,其后均作"前调",所有词题均为小字。比如,卷一第一个词牌为《苍梧谣》,小字标注"即十六字令",接下分别为缪谟的《苍梧谣·屐声》和王昶的《前调·蛩声》。如果一个词牌有多种体式,则诸体在众调中仍以长短为先后,第二次出现时以小字标注"又一体"。比如,卷一有《南乡子》(单调三十字),卷二有《南乡子》(又一体,双调五十六字),卷三有《临江仙》(双调五十八字)和《临江仙》(又一体,双调六十字)。当然,编者在标识词牌的过程中也存在疏漏之处。比如,卷

---

① 按,每卷的参订者不尽相同,除卷一吴兴潘镕外,尚有元和朱学潜(卷二)、娄县杜昌意(卷三)、上海陈昇(卷四、五)、平湖杨思永(卷六)、句容裴玠(卷七、八)、句容裴锜(卷九、一〇)、南汇胡宗煜(卷一一)、上海张传钰(卷一二)。

二有《南歌子》(又一体,双调五十二字),而这其实是编者首次选录《南歌子》;卷九有《曲游春》(双调一百二字),卷十有《曲游春》(双调一百三字),编者在第二次选录时并未标注"又一体"。而全书最为明显的疏漏,当属总目所列数目与实际数目并不完全一致,如下表所示:

表 4-1 《熙朝咏物雅词》各卷所收词调、词作数目表

卷次	总目所列数目	实际数目
卷一	二十二调词九十二首	二十五调九十五首
卷二	二十六调词八十九首	二十五调八十九首
卷三	二十五调词八十首	二十五调七十首
卷四	二十一调词五十六首	二十二调五十六首
卷五	一十四调词五十二首	十四调五十二首
卷六	一十一调词五十三首	十调五十三首
卷七	二十调词六十首	二十调六十首
卷八	一十三调词六十五首	十三调六十五首
卷九	九调词六十首	九调六十首
卷十	一十三调词六十五首	十三调六十五首
卷十一	一十四调词五十六首	十五调五十八首
卷十二	八调词四十八首	九调五十一首

如果根据冯氏的体例进行统计,《熙朝咏物雅词》实际收录 200 调(体) 774 首,涉及 186 种词牌。①

与《历代诗馀》相同的是,冯金伯在词选部分只列词人姓名,《熙朝咏物雅词凡例》其八云:"词既挍调,则词人姓氏只附于各词之下,其爵里未能详悉。故《熙朝乐府雅词》亦遵《御选历代诗馀》之例,另辑《词人姓氏》一编,但是编词人与《乐府雅词》大略相同,故不复赘。"②冯氏的《熙朝乐

---

① 按,有关数目前后不一的问题,前人早有关注。据天一阁所藏《熙朝咏物雅词》,署名"石农"者于道光九年(1829)做过统计,称全书共一百八十八调、七百六十八词。

② 冯金伯《熙朝咏物雅词凡例》其八,冯金伯编《熙朝咏物雅词》。

府雅词》和《历代诗馀》一样,辑有《词人姓氏》以集中介绍词人。《熙朝咏物雅词》与《熙朝乐府雅词》所收词人大致相同,因而没有附录《词人姓氏》。不过,由于《熙朝乐府雅词》未见藏本存世,其中的《词人姓氏》也就无从参考了。

在编辑《熙朝乐府雅词》的过程中,冯金伯将清代咏物词选录为《熙朝咏物雅词》十二卷。因此,这部咏物词选的出现具有一定的偶然性,在某种程度上甚至可以视作前者的"副产品"。而《熙朝咏物雅词》也延续了《熙朝乐府雅词》中规中矩的体例,亦步亦趋地"谨遵"《历代诗馀》《钦定国朝诗别裁集》《钦定词谱》所确立的编选规范。

三、传承典范与汰选词调

在词乐失传之前,词人的创作与音律有着密切的关联,张炎即称其"先人晓畅音律,有《寄闲集》,旁缀音谱,刊行于世。每作一词,必使歌者按之,稍有不协,随即改正"。① 在词乐失传之后,词的音律便难以追究,词人对词律的选择主要体现在词调上。而对于按调编次的词选来说,有关词调的选择无疑是一项重要工作。冯金伯的《熙朝咏物雅词》"以调之长短为先后",因而他对择调一事格外注意:

> 词贵择调。咏物词有与调相附丽者,如《玉蝴蝶》之咏蝶,《双双燕》之咏燕,《疏影》之咏梅影、竹影是也。即不相附丽,亦必以平正浏亮为主,若《爪茉莉》《满庭花》等之僻调,纵咏他事,

---

① 张炎《词源》卷下,《词话丛编》,第 256 页。

尤嫌诘屈聱牙，况咏物乎？故是编只求词佳，不求调备。①

在诸多词调之中，一些词调的名称暗含着词人日常的歌咏对象。以冯氏所列词调为例，《玉蝴蝶》中有"蝴蝶"，《双双燕》中有"燕"，《疏影》中有"影"。词人在咏蝶、咏燕，或咏梅影、竹影时，通常会首先考虑这些与主题相关涉的词调。比如，《双双燕》一调见于史达祖《梅溪集》，"词咏双燕，即以为名"②，后世词人无论是写新燕、乳燕、双燕，还是写春燕、秋燕、白燕，往往倾向于选择此调。不过，词调数目相对有限而咏物范围近乎无穷，主题与词调相附丽的情况是可遇不可求的。在退而求其次时，冯氏认为词调的选择"必以平正浏亮为主"。这一标准本来没有问题，然而在词乐失传之际，如何据此择调恐怕也具有一定的主观性。即便对于同样的词调，不同时代的不同词家可能会有各自的体认和选择。比如，清初的先著、程洪认为："满江红、沁园春，词家相戒以为俗调，不宜复填。予谓有俗词无俗调。若咏物写景，非苦心人不辨，固当择调。至于即事即地高会言情，使人人耳赏心，词工足矣，虽俗调又何害焉。"③稍晚于冯金伯的孙麟趾则认为："作词须择调，如满江红、沁园春、水调歌头、西江月等调，必不可染指，以其音调粗率板滞，必不细腻活脱也。"④而《熙朝咏物雅词》选录《满江红》11首、《沁园春》6首、《水调歌头》1首、《西江月》3首，似乎均未见明显排斥之意。冯氏或许也意识到"平正浏亮"的标准是见仁见智的，因此并未详细罗列自己认可的词调。与此同时，冯氏还列举了一些不宜咏物之调，"若《爪茉莉》《满庭花》等之僻调"。据

---

① 冯金伯《熙朝咏物雅词凡例》其五，冯金伯编《熙朝咏物雅词》。
② 王奕清等编《钦定词谱》卷二六。
③ [清]先著、程洪《词洁辑评》，《词话丛编》，第1355页。
④ [清]孙麟趾《词迳》，《词话丛编》，第2553页。

《钦定词谱》,《爪茉莉》"调见《花草粹编》,《乐章集》不载",因"此调无别词可校",故其下只收录一首署名柳永之作(每到秋来)。① 不过,由于词调名中有"茉莉"二字,清人借以咏茉莉的情况也并不罕见,曹贞吉、曹亮武、郑熙绩、吴贯勉、魏荔彤、程梦星等人均有相关词作。至于冯氏提到的"满庭花",则存在疑问。此调名不见于《钦定词谱》,或为手民之误。与"满庭花"名称相近者,包括满庭芳、满宫花和促拍满路花。《熙朝咏物雅词》于上述三调仅选录《满庭芳》,且多达 8 首,因而该调不在摒弃之列。《钦定词谱》于《满宫花》收录尹鹗、张泌两体,于《促拍满路花》收录柳永、廖行之、吕渭老、无名氏、赵师侠、曹勋、秦观、周邦彦、袁去华、辛弃疾、牛真人等十一体。② 相对而言,《满宫花》更有可能是冯氏眼中的僻调。

根据自己定下的标准,冯金伯在《熙朝咏物雅词》中选择了 186 种适合咏物的词调。在冯氏词选问世之前,舒梦兰于乾隆三十一年(1766)推出《白香词谱》,收录常见词调 100 种。两者之间只有 69 种词调重复,这表明冯氏择调时并不特别在意词调是否常见。在 186 种词牌中,被选录 10 首以上者依卷次分别为《卜算子》(10 首)、《减字木兰花》(11 首)、《清平乐》(11 首)、《浪淘沙》(10 首)、《满江红》(11 首)、《天香》(28 首)、《琐窗寒》(10 首)、《念奴娇》(15 首)、《齐天乐》(36 首)、《水龙吟》(24 首)、《绮罗香》(15 首)、《南浦》(15 首,其中包括"又一体"11 首)、《疏影》(19 首)、《摸鱼子》(30 首)、《贺新郎》(13 首)。如果遵循当时比较通行的划分方法,"五十八字以内为小令,五十九字至九十字为中调,九十一字以外为长调",则上述 15 个词牌中,除《卜算子》《减字木兰花》《清平乐》《浪

---

① 王奕清等编《钦定词谱》卷一九。
② 王奕清等编《钦定词谱》卷八、二〇。

淘沙》属小令外,其他 11 个词牌均属长调,由此可窥冯氏择调重心之所在。

按照入选词作数量,排名前四的词牌依次是《齐天乐》《摸鱼子》《天香》和《水龙吟》,这样的统计结果很容易让人联想到《乐府补题》。通过比对可以发现,《乐府补题》涉及的五个词调,包揽了《熙朝咏物雅词》的前四名。另外,《桂枝香》虽然未能名列前茅,但也有 9 首入选。上述词调之所以备受冯氏青睐,主要得益于清代词坛盛行的后补题创作风潮。康熙十七年,《乐府补题》被朱彝尊带到京城,由蒋景祁刊行于世。后来,这部咏物词集引发了清代词人广泛而持久的关注。以《熙朝咏物雅词》中为数最多的《齐天乐》为例,冯金伯依次选录了高层云、朱彝尊、李良年等 14 位词人的《齐天乐·蝉》,可谓阵容壮盛。[①] 在沿袭旧题的同时,清人也不断挖掘新题。厉鹗有续《乐府补题》五阕,一时反响热烈,《熙朝咏物雅词》选录了陈章的《齐天乐·络纬》和吴锡麒的《桂枝香·银鱼》。另外,厉鹗还以《天香》咏烟草,效仿者更是络绎不绝。在高层云等 15 位词人的《天香·龙涎香》之后,《熙朝咏物雅词》继续选录了厉鹗等 9 位词人的《天香·烟草》。[②] 正是由于朱彝尊、厉鹗等词家对《乐府补题》持续的追慕,《齐天乐》等四调成为入选数量最多的咏物词调。

位列四大词调之后的是《疏影》(19 首)、《念奴娇》(15 首)、《绮罗香》(15 首)和《南浦》(15 首)。其中,《疏影》和《南浦》与浙西词派所树立的典范词人有着明显的关联。《疏影》与《暗香》二调,均为姜夔自度仙吕宫曲。张炎认为:"词之赋梅,惟姜白石《暗香》《疏影》二曲,前无古人,后无来者,自立新意,真为绝唱。"[③] 浙西词派尊奉白石,《词综》收录二词并附

---

① 冯金伯《熙朝咏物雅词》卷九,冯金伯编《熙朝咏物雅词》。
② 冯金伯《熙朝咏物雅词》卷六,冯金伯编《熙朝咏物雅词》。
③ 张炎《词源》卷下,《词话丛编》,第 266 页。

第四章　追步南宋与踵事增华：清代前中期的咏物雅词　　119

上张炎评语。其后续作者甚多，《熙朝咏物雅词》于《暗香》《疏影》分别选录5首、19首。《疏影》的词作数之所以远超《暗香》，其原因在于词调名中有"影"字。冯氏所选19首《疏影》，包括李符《帆影》，楼锜《松影》，厉鹗《柳影》《菊影》，张四科《竹影》，朱方蔼《松影》《竹影》，江昉《竹影》，王昶《梅影》，吴锡麒《帆影》，朱士廉《栏影》，吴慈鹤《柳影》，陶梁《菊影》，钱侗《帘影》等14首咏影词，正所谓"咏物词有与调相附丽者"。①《南浦》的出现时间虽早于《疏影》，但由于浙派推崇的张炎、王沂孙均有《南浦·春水》存世，且皆为佳作，因此不乏心摹手追者。值得注意的是，《钦定词谱》于《南浦》收录程垓、周邦彦、史达祖、张炎、鲁逸仲等五体，除第五体为102字外，其他诸体均为105字②，而《熙朝咏物雅词》所选录的两体却分别为104字和105字，存在明显差异。问题集中在104字体上，该体包括曹贞吉《秋水》，龚翔麟《春水》，和沈皞日《春水》《秋水》。按，曹贞吉《珂雪词》卷下有《南浦·春水，用玉田词韵》和《南浦·秋水，再叠前韵》，均为105字。③一字之差在于倒数第二句，《珂雪词》作"又是霜明波冷后"，而《熙朝咏物雅词》可能受蒋景祁《瑶华集》影响，作"又是霜明渚冷"。④ 在《浙西六家词》中，龚翔麟（蘅圃）《红藕庄词》卷一《南浦·春水，用玉田词韵，同融谷赋》与沈皞日（融谷）《柘西精舍集》卷一《南浦·春水，用玉田韵，同蘅圃赋》《南浦·秋水，叠前韵，同分虎赋》均为104字，而李符（分虎）《耒边词》卷二《南浦·春水，用玉田词韵，同融谷赋》《南浦·秋水，用碧山乐府韵，同蘅圃赋》则与张炎、王沂孙词相同，均为

---

①　冯金伯《熙朝咏物雅词凡例》其五，冯金伯编《熙朝咏物雅词》。按，"朱方蔼"原作"朱方霭"，据朱氏《春桥草堂诗集》《小长芦渔唱》改。
②　王奕清等编《钦定词谱》卷三三。
③　曹贞吉《珂雪词》卷下。
④　蒋景祁辑《瑶华集》卷一五。

105字。上述四首104字的《南浦》虽然与词调体式不合,但《熙朝咏物雅词》仍旧收录,其入选理由或许如冯金伯所言,"词佳不能割爱"。

《念奴娇》和《绮罗香》的情况则有所不同。《钦定词谱》于《念奴娇》收录十二体,其中至少有三首是咏物词,包括姜夔咏荷、赵长卿咏梅和陈允平咏水仙。《钦定词谱》于《绮罗香》虽只收录三体,但其中有两首是咏物词,包括史达祖咏春雨和张炎咏红叶。由此可见,《念奴娇》和《绮罗香》是经前人创作实践确认的、适合借以咏物的词调。而其他入选数量较多的词调,也基本具有这样的特点。

总体而言,冯金伯对于咏物词调的选择,在很大程度上反映了清代词人对典范的传承。清人推崇《乐府补题》,以为"咏物词之大观",追和者"广之续之",《齐天乐》《摸鱼子》《天香》《水龙吟》的入选数量在《熙朝咏物雅词》中位列前四。浙派尊奉姜夔、张炎诸家,与之相关的《疏影》《南浦》在数量上紧随《乐府补题》四调。而《念奴娇》《绮罗香》等排名靠前的词调,则体现了历代词人咏物创作的经验积累。

四、舍弃亵俗与谨择词题

对一部名为"熙朝咏物雅词"的选本而言,词调的选择固然不可忽视,但词题的选择更为重要。冯金伯深知,咏物词的"雅"与"择题"密不可分,《熙朝咏物雅词凡例》其六云:

> 词固宜雅,亦先贵择题。如衍波、延露、丽农之咏私语、秘戏诸题,则近于亵;幻花之咏六畜、容居之咏甜酸苦辣诸题,则近于俗。是编悉从舍旃。

冯氏选词以"雅"为尚,但他并未从正面直接说明哪些词题符合"雅"的标准,而是先举出与"雅"相悖的"近于亵""近于俗"的词题。

所谓"衍波、延露、丽农之咏私语、秘戏诸题",是指王士禛、彭孙遹、邹祗谟等人所咏私语、秘戏诸题。三家的相关创作,缘起于王士禛的《青溪遗事》画册。王氏追忆其事云:"仆曩居秦淮,听友人谭旧院遗事,不胜寒烟蔓草之感,因属好手画《青溪遗事》一册。阳羡生为题诗,仆复成小词八阕,程邨倚和。春夜挑灯,回环吟叹,觉菖蒲北里,松柏西陵,风景宛然在目。"①所谓"旧院",在今之南京,明朝为妓女丛聚之所。余怀的《板桥杂记》曾有记载:"旧院,人称曲中,前门对武定桥,后门在钞库街。妓家鳞次,比屋而居。屋宇精洁,花木萧疏,迥非尘境。到门则铜环半启,珠箔低垂;升阶则猧儿吠客,鹦哥唤茶;登堂则假母肃迎,分宾抗礼;进轩则丫鬟毕妆,捧艳而出;坐久则水陆备至,丝肉竞陈;定情则目挑心招,绸缪宛转。纨绔少年,绣肠才子,无不魂迷色阵,气尽雌风矣。"②王士禛的《菩萨蛮·咏青溪遗事画册,同羡门、程邨、其年》,包括乍遇、弈棋、私语、迷藏、弹琴、读书、潜窥、秘戏等八题。③ 陈维崧《菩萨蛮·题青溪遗事画册,同邹程邨、彭金粟、王阮亭、董文友赋八首》、邹祗谟《菩萨蛮·咏青溪遗事画册,和阮亭韵》、董以宁《百媚娘·为阮亭题青溪册叶,同程邨、羡门作》中的八题均与王士禛完全一致,而彭孙遹《菩萨蛮·题青溪遗事画册,和阮亭韵》则包括乍遇、夜饮、私语、围棋、迷藏、弹琴、窃听、读书、潜窥、叶子、情外、秘戏等十二题。④ 其实,对于私语、秘戏等词题,王士禛

---

① 邹祗谟、王士禛辑《倚声初集》卷四。按,冯金伯辑《词苑萃编》卷一七亦载此事。《词话丛编》,第 2118—2119 页。
② [清]余怀《板桥杂记》卷上,清康熙刻《说铃》本。
③ 《全清词·顺康卷》,第 6550—6551 页。按,邹祗谟、王士禛辑《倚声初集》卷四作《咏青溪遗事画册,同其年、程邨作》。
④ 《全清词·顺康卷》,第 3895—3896、2992—2993、5203—5204、5903—5904 页。

在创作时颇为注意,邹祗谟就称赞其《秘戏》一词"写昵事不入亵语,大是唐人风味"①。不过,冯金伯还是认为这类词题"近于亵",未予收录。

所谓"幻花之咏六畜、容居之咏甜酸苦辣诸题",是指张梁的七畜词和周稚廉的四味词。张梁以《沁园春》咏牛、狗、猪、羊、鹅、鸭、鸡,其词序云:"六畜中,吴人不畜马,而益以鹅、鸭,皆物之最蠢俗者,词人不屑道,而田野间所习见也。戏为七畜词,以资笑噱,亦足征太平景象云。"周稚廉则以《沁园春》咏甜、酸、苦、辣,其词序云:"李后主云:'别是一般滋味在心头。'暇日戏拈四阕,以证世之为易牙者。"②从"资笑噱"到"戏拈",词人的创作心态或许可以表明,七畜和四味虽然很寻常,但在词中又不寻常。冯金伯则认为上述词题"近于俗",因而予以舍弃。

与对前两类词题"悉从舍旃"有所不同的是,冯金伯对《沁园春》咏美人诸题的态度相对复杂,《熙朝咏物雅词凡例》其七云:

> 用《沁园春》调以咏美人之手、足、眉、目者,始于宋之刘改之,继于元之邵复孺,至国朝而朱竹垞、钱葆酚、董文友、厉樊榭、吴竹桥诸公,广至数十题,洵尽态极妍矣。然于词固为清新,而于体乃涉侧艳。是编不及备登,亦稍寓别裁之意。

以《沁园春》调咏美人,始于南宋刘过的咏美人指甲、美人足,继之者有元代邵亨贞、沈景高和明代莫秉清、周拱辰等人,及至清代初年才趋于丰富多样。③ 冯金伯对这一词史现象的梳理和表述,可能受到了王鸣盛

---

① 邹祗谟、王士禛《倚声初集》卷四。
② 《全清词·顺康卷》,第 9998—10001、9006—9007 页。
③ 参见张宏生师《典雅与俗艳——朱彝尊〈沁园春〉写艳诸作的时代风貌及其历史评价》,《安徽大学学报(哲学社会科学版)》2012 年第 5 期。

的影响,王氏《百缘语业序》云:"考之《沁园春》慢词分咏士女,始于宋刘过,继之者元邵亨贞,本朝朱锡鬯检讨、钱葆盼舍人、厉太鸿孝廉并倚声焉,然亦多不过十馀首。"①除王氏胪列的朱彝尊、钱芳标、厉鹗三家外,冯金伯又加入了董以宁、吴蔚光两家。经学者初步统计,在清代顺治、康熙、雍正、乾隆四朝,"以《沁园春》咏艳的词人多至 47 人,词作多达 280 首"。② 其中,朱昂的创作热情最为高涨,写下了多达 100 首的《沁园春》咏美人词,结集为《百缘语业》。而冯金伯所列朱、钱、董、厉、吴五家,分别只有 13 首、3 首、7 首、3 首、4 首相关词作,就数量而言远远不及朱昂。不过,冯氏在编选时似乎并没有参照数量进行处理。《熙朝咏物雅词》虽然收录朱昂的 11 首词作,但其百首《沁园春》无一在列。全书对于这类创作只选录了凡例提及的五家共六首,依次为钱芳标的《息》,董以宁的《肩》《膝》,朱彝尊的《乳》,厉鹗的《心》,吴蔚光的《神》。

在对近亵、近俗的词题悉数摒弃、对体涉侧艳的词题严于去取之后,经过冯金伯筛选的词题有两个部分值得关注。

其一,有一部分词题呈现出具体化的特点。宋代的咏物词题,大多只提及事物的笼统名称,比如陆游的《卜算子·咏梅》、史达祖的《双双燕·咏燕》,而像姜夔《小重山令·赋潭州红梅》这种相对具体的词题则并不多见。及至清代,尽管以笼统名称为题的情况仍比较普遍,但更为具体的词题已经颇为常见了。以咏物词题中出现频率很高的"梅"为例,《熙朝咏物雅词》收录各类咏梅词作达 31 首:除了与梅有关的各类活动外,所涉及的品类也较为丰富,包括绿萼梅、红梅、玉蝶梅、鸳鸯等。和相对笼统的"梅"相比,更为具体的词题意味着词人需要以更细致的观察、

---

① 王鸣盛《百缘语业序》,[清]朱昂撰《百缘语业》,清乾隆刻本。
② 李小雨《论清代前中期咏艳词——以〈沁园春〉咏艳为中心》,《中国韵文学刊》2019年第 4 期,第 75 页。

更准确的表达来展示梅花的品类。比如,卷三王又曾《小桃红·永嘉有红梅,名鸳鸯,一蒂两花,结实双仁,洵异品也》云:"绿萼休相妒。玉蝶应难数。翠幄双栖,画帘双倚,锦罽双舞。趁微醺姊妹、立风前,更低回私语。　鬌髻纤纤露。衫袂飘飘举。庭院红灯,亭台红粉,陌坊红雨。仗高楼玉笛、莫轻吹,尽栏杆凝伫。"词的上片连用三"双",下片连用三"红",可谓曲尽鸳鸯红梅之妙。而与咏"梅"词相比,咏"月"词的入选数量虽然稍逊一筹,但其特点却更加鲜明。除了常见的"新月""坐月""对月"等词题外,卷七《月华清》一调收录了黄之隽的六首咏月之作,包括八月十二、十三、十四、十六、十七、十八夜月。其实,黄之隽的这一组词一共只有上述六首。词人避开无数文人吟咏的八月十五夜月,别出心裁地选择之前三夜和之后三夜的月亮。从十二夜的"印出蟾痕,略欠三分圆意"到十三夜的"如镜稍亏,如盘未满,一泓遥映江上",从十四夜的"算尚留馀地,一分仍减"到十六夜的"相望红轮,仍圆皓魄,海云练练才吐",从十七夜的"恨圆晖、圆不多时,刚两转、便难相似"到十八夜的"感秋气、不耐繁华,偏积下、三分消瘦",这六首词细腻地再现了时光流转中月亮的形态变化以及词人的心理变化。在此之前,明代沈守正《雪堂集》诗集卷二有《八月十二夜月》《十三夜月》《十四夜月》《中秋》等四首七绝。[1] 黄之隽或许是受到了沈诗的启发,不过他的组词在艺术上远胜前人。冯金伯对此青眼有加,照单全收,这在《熙朝咏物雅词》中是相当罕见的。

其二,还有一部分词题呈现出抽象化的特点。严迪昌先生指出,朱彝尊等清初词家掀起的咏物风气存在两种倾向,其中一种为"专事镂空凿虚,捕风捉影,纯从形式美或文字技巧上着力,刻画深细,联想多端",

---

[1] [明]沈守正《雪堂集》,明崇祯沈尤含等刻本。

"高者或也情韵兼胜,形象新警,将本属难以着笔的'虚'空之物勾勒以出,如李符等的咏'帆影'诸词"。① 其实,"帆影"类的词题在当时颇为流行。如上文所述,始于姜夔、深受清人追捧的《疏影》一调有各种咏影之作 14 首,加之其他词调名下的 9 首,《熙朝咏物雅词》中的咏"影"词达 23 首。其中,咏"帆影"词为数最多,包括李符、吴锡麒的两首《疏影·帆影》,黄之隽的《南浦·帆影》和黄景仁的《洞庭春色·帆影》。冯金伯选取的这四首,涵盖了不同的时代、不同的词人、不同的词调,从一个侧面体现了清代咏"影"创作的兴盛。与此同时,咏"声"词的创作也不遑多让。冯金伯对于咏"声"之作很是看重,《熙朝咏物雅词》中的首个词调《苍梧谣》选录两首,包括缪谟的《屐声》和王昶的《蛩声》,可谓"先声夺人"。如果说咏"影"主要依靠视觉,那么咏"声"就主要诉诸听觉了。全书中的咏"声"词也有 23 首,包含三种情况:第一,词题涉"声",比如储秘书《江城子·漏声》、程梦星《凤凰台上忆吹箫·柳桥箫声》等;第二,词题涉"听",比如杨芳灿《浪淘沙·听雨》、宋荦《念奴娇·听琴》等;第三,词题涉"闻",比如宋琬《满江红·旅夜闻蟋蟀》、张锡怿《烛影摇红·旅夜闻笛》等。诸家对于咏"影"、咏"声"类词题的挖掘与创作,不仅拓展了咏物词的表现范围,而且提高了咏物词对抽象化事物的表现能力。

清人论画,崇尚"元人冷淡幽隽之致"。② 冯金伯长于绘事,选择词题时似乎也偏好"冷淡幽隽"的色调。在咏物词中,牵涉四季的词题主要集中在春、秋两季。一般来说,与"春"有关的词题容易给人以生机感,而与"秋"有关的词题则容易给人以萧瑟感。《熙朝咏物雅词》中的词题

---

① 严迪昌《清词史》,第 251 页。
② 冯金伯《国朝画识》卷四。冯金伯撰,陈旭东、朱莉莉、赖文婷点校《冯氏画识二种》,第 95 页。

涉"春"之作有27首,而词题涉"秋"之作多达68首,包括秋水(5首)、秋寺(5首)、秋芦(5首)、秋雨(4首)、秋云(4首)等。另外,不少词题也给人以凄清孤寂之感,包括落叶(8首)、落花(4首)、芦花(4首)、落梅(3首)、惜花(2首)、枯荷(2首)、寒灯(2首)、寒鸦(2首)等。比如,卷四赵文哲《凄凉犯·芦花》云:"沧江望远。微波外、芙蓉落尽秋片。野桥古渡,轻筠袅袅,露华零乱。西风乍卷。便鸥鹭、飞来不见。似当时、杨花满眼,人别灞陵岸。　几度思持赠,回首天涯,白云空蘸。夕阳自颤,叹丝丝、鬓边难辨。独立苍茫,问何事、频吹塞管。正凄凉、冷月宿处,起断雁。"陈廷焯认为赵氏"规模南宋",此词"于凄感中见笔力",实属佳作。①

　　清代的咏物词题五花八门,冯金伯对"近于亵""近于俗"的词题"悉从舍旃",对《沁园春》咏美人诸题"稍寓别裁之意"。就内容而言,《熙朝咏物雅词》中有一部分词题呈现出具体化的特点,还有一部分呈现出抽象化的特点。就色调而言,冯金伯受清代画论的影响,偏好"冷淡幽隽"的词题。

五、词人选择与词史梳理

　　与"择调""择题"方面的问题相比,冯金伯对"择人"方面的问题似乎不甚措意,只是提及对贰臣采取"概不登载"的态度。其实,"择人"对于一部词选来说非常重要,入选词人的阵容、各家词作的数量与编者的词学旨趣直接相关。冯金伯虽然并未在《熙朝咏物雅词凡例》中明确谈及选择词人的标准,但是,他所选取的229位词人、774首词作无疑体现了

---

① 陈廷焯《白雨斋词话》卷四,《词话丛编》,第3861页。

他对典范的选择和对词史的梳理。

一方面,冯金伯在词选中彰显浙派词家。经过统计,入选数量达10首以上的词家依次为朱彝尊(53首)、厉鹗(30首)、黄之隽(25首)、张梁(20首)、吴烺(18首)、吴锡麒(18首)、钱芳标(15首)、徐逢吉(15首)、赵文哲(15首)、李符(14首)、吴泰来(12首)、王昶(11首)、朱昂(11首)、李良年(10首)、沈皞日(10首)、龚翔麟(10首)、缪谟(10首),其中大多为浙派词人。

诸家中位居首位的朱彝尊,是清代初年浙西词派最为重要的代表。第一名的入选数量几乎是第二名厉鹗的两倍,其原因主要在于朱氏有专门的咏物词集——《茶烟阁体物集》。这部收录112首咏物之作的词集在清代词坛的影响力,在某种程度上可能超过其享有盛誉的《江湖载酒集》和《静志居琴趣》,谢章铤就曾发出过疑问:"余尝怪今之学金风亭长者,置《静志居琴趣》《江湖载酒集》于不讲,而心摹手追,独在《茶烟阁体物》卷中,则何也?"①《熙朝咏物雅词》虽然不能为这一疑问提供解释,但或许可以提供一些值得探究的线索。朱彝尊的53首词分布于40调,其中21调以朱词为首,5调仅列朱词。另外,冯氏词选中共有六处收录一位词人的多首同题词作,朱彝尊一人就有三处,包括《雪狮儿·猫》(三首)、《绮罗香·并头莲》(二首)和《贺新郎·水仙花四首》。与此同时,

---

① 谢章铤《赌棋山庄词话》卷七,《词话丛编》,第3415页。张宏生师指出:"谢章铤的困惑其实是一个具有普遍性的问题,即后人面对前代传统的挑战,怎样写出自己的创造性。《静志居琴趣》和《江湖载酒集》中所收之作品,确实是朱彝尊最有成就的部分,相信即使是极力模仿《茶烟阁体物集》的词人也不会否定这一点。但是,《静志居琴趣》和《江湖载酒集》中的作品大都是以写情见长,或写男女之情,或写家国、亲交之情,其所达到的成就,并不仅仅是停留在技术层面的。即使再有高超的表现手法,缺少特定的情怀,仍然不会达到这样高的成就。"(《典雅与俗艳——朱彝尊〈沁园春〉写艳诸作的时代风貌及其历史评价》,第64页)

"浙西六家"中的另外五家也颇受重视。除沈岸登只有6首入选之外,李符、李良年、沈皞日、龚翔麟等四家的入选数量均不少于10首。反观与浙西六家大致同时的非浙派词人,其入选情况不免相形见绌。比如,冯金伯对稍早于浙西词派的云间词派选择了李雯(3首)、宋徵舆(4首)、毛先舒(1首)、沈谦(2首)、张渊懿(1首)、钱芳标(15首)、董俞(1首)等词人。诸家之中,只有钱芳标一家超过10首。按照"五十八字以内为小令,五十九字至九十字为中调,九十一字以外为长调"的划分标准,钱氏的15首中5首属小令,1首属中调,9首属长调。较之李、宋诸公的以小令见长,钱芳标则是兼重小令、长调,其与朱彝尊的咏猫词唱和也传为一时佳话,因此入选数量远超同派诸家。又比如,冯金伯对"广陵词坛和毗陵词人群"选择了王士禛(3首)、彭孙遹(6首)、邹祗谟(5首)、董元恺(1首)等词人。诸家入选数量均不超过10首,且其"咏私语、秘戏诸题"被认为"近于亵"。再比如,冯金伯对与浙派并称的阳羡词派选择了陈维崧(6首)、徐喈凤(1首)、万树(1首)、曹亮武(2首)、蒋景祁(2首)、宏伦(1首)等词人,入选数量均不超过10首。至于有京华词苑"三绝"之称的曹贞吉(9首)、纳兰性德(1首)、顾贞观(7首),入选数量均不足10首。①

位居次席的厉鹗,是清代中叶的浙派巨擘。他的30首词分布于25调,其中10调以厉词为首或仅列厉词,足见冯氏推重之意。在厉鹗的推而广之之下,浙西词风盛行海内。按照严迪昌先生《清词史》中的观点,清代中叶的浙派词人可以分为中期"浙派"词人群和后期"浙派"词人群,而他们均颇受冯金伯重视。在中期"浙派"词人群中,冯氏于杭嘉湖"浙

---

① 参见严迪昌《清词史》第一编"清初词坛与词风的多元嬗变"、第二编"'阳羡'、'浙西'二派先后崛起和清词'中兴'期诸大家",第7—307页。

派"词人群选择了徐逢吉(15首)、陆培(9首)、陈章(9首)等,于扬州地区"浙派"词人群选择了江昉(7首)、江炳炎(3首)、张四科(8首)、马曰璐(4首)、吴烺(18首)、朱昂(11首)等,于王昶及吴中"浙派"词人群选择了王昶(11首)、赵文哲(15首)、吴泰来(12首)、过春山(3首)等。在后期"浙派"词人群中,冯氏选择了吴锡麒(18首)、郭麐(3首)等。而对于同时代的非浙派词人,冯氏选择了黄景仁(3首)、储秘书(8首)、任曾贻(2首)、黄之隽(25首)、王时翔(3首)、王愫(1首)、杨芳灿(8首)、杨揆(2首)等,在词人数量和词作数量上均逊于浙派。①

另一方面,冯金伯在词选中梳理词史脉络。自清初以来,清人选清词方兴未艾,各种"当代"词选不断涌现,是清代词学"中兴"的重要表现之一。这些选本不仅反映出清人对于本朝词坛的自信,而且蕴藏着清人对于本朝词史的梳理,冯金伯的《熙朝咏物雅词》亦是如此。其《熙朝咏物雅词序》云:"因念我朝词学大昌,词人杰出,即如追和《乐府补题》,广之续之,其散见于诸家集中者,光熊熊然不可掩。于是按调寻题,悉心搜剔,得词七百馀首,厘为十有二卷。"而他在通过词选展示清代咏物词创作盛况的同时,也在通过词选从一个特定角度梳理清代词史的发展脉络。

上文提到,在蒋景祁刊刻《乐府补题》之后,清代词坛掀起了"后补题"创作热潮,因此,冯金伯在《熙朝咏物雅词序》中提到的"追和《乐府补题》"无疑是一条重要的考察线索。根据前文的统计,入选词作数量排名前四的词调是《乐府补题》涉及的《齐天乐》《摸鱼子》《天香》和《水龙吟》,与之相关的词题、词人②如下表所示:

---

① 参见严迪昌《清词史》第三编"清代中叶词风的流变",第308—420页。
② 对于同调同题之作,首次出现时列出词题,第二次以后承前省略。

表 4-2 《熙朝咏物雅词》排名前四词调所选词题、词人一览表

齐天乐		摸鱼子		天香		水龙吟	
词题	词人	词题	词人	词题	词人	词题	词人
蝉	高层云	莼	高层云	龙涎香	高层云	白莲	朱彝尊
	朱彝尊		朱彝尊		朱彝尊		李良年
	李良年		李良年		徐嘉炎		龚翔麟
	龚翔麟		李符		李良年		李符
	李符		沈皞日		龚翔麟		沈皞日
	沈皞日		厉鹗		李符		沈岸登
	屠文漪		吴烺		沈皞日		徐逢吉
	厉鹗		朱昂		厉鹗		厉鹗
	陆培		吴泰来		朱方蔼		吴烺
	吴烺		赵文哲		吴烺		朱方蔼
	钱大昕		王初桐		吴泰来		王昶
	王初桐		吴锡麒		王昶		朱昂
	吴锡麒	鸭		朱彝尊	朱昂		吴锡麒
	张兴镛	春雨		沈岸登	赵文哲	赋雾凇	查慎行
宣磁脂粉合	高士奇		钱梅	魏坤		吴锡麒	转官毬	江炳炎
鹭鸶	朱彝尊	栀子花	屠文漪	烟草	厉鹗	藕粉	江昱
绿水亭观荷	陈维崧	子陵鱼	徐逢吉		陈章	素心兰	储秘书
葡萄	吴贯勉	金华府署闻雁	唐宏		朱方蔼	秋芦二首	姚鼐
吴山望隔江残雪	徐逢吉	尘梅	陈皋		朱莳恭	秋芦	郑沄
	厉鹗	秋荷	张四科		凌应曾		施朝幹
秋声	厉鹗	蘋花	吴烺		吴泰来		吴锡麒
络纬	陈章	阿兰菜	吴烺		王昶	南天烛	李方湛
斜阳	朱云翔	芦	江昉		张熙纯	蘋花	郭麐
鹤	吴烺	琴鱼	江昱		吴锡麒		

续　表

齐天乐		摸鱼子		天香		水龙吟	
词题	词人	词题	词人	词题	词人	词题	词人
尺五楼望隔江山色	朱方蔼	同人拈岁寒词得踏叶	储秘书	桂花	张梁		
秋草	赵文哲	题柳	潘庭筠		徐逢吉		
秋蝶	姚鼐	青李	杨芳灿	洋菊	查为仁		
春晓登吴山见炊烟四起	吴锡麒	归鸦	杨芳灿		陈皋		
铃声	杨揆		黄景仁				
七夕红桥看荷	吴廷采	荡湖船	郭麐				
蚓	陆王任						
蓼花	詹肇堂						
竹帘	孙尔准						
	顾皋						
秋草	沈星炜						
雁声	陶梁						

在处理上述四个词调时,冯金伯采取了"尽一题序毕,再及他题"[①]的处理方法,读者可以通过《蝉》《莼》《龙涎香》《白莲》《烟草》等同题之作一窥冯氏之用心。在旧题《蝉》《莼》《龙涎香》《白莲》名下,朱彝尊、李良年、李符、沈皞日、厉鹗、吴烺、吴锡麒于四题均有对应词作入选,高层云、龚翔麟、朱昂于其中三题有对应词作入选,朱方蔼、吴泰来、王昶、王初桐于其中两题有对应词作入选。在新题《烟草》名下,厉鹗、朱方蔼、吴泰来、王昶、吴锡麒有对应词作入选。结合上文入选 10 首以上的名单,"熙朝"咏物词创作的主要发展脉络就呼之欲出了。按年代先后,诸家依次是朱彝尊、李良年、李符、沈皞日、龚翔麟、厉鹗、吴烺、吴泰来、王昶、朱

[①] 冯金伯《熙朝咏物雅词凡例》其四,冯金伯编《熙朝咏物雅词》。

昂、吴锡麒。从朱彝尊到龚翔麟,五位词人的生卒年与冯金伯全无交叉。不过,"浙西六家"的词坛地位在康熙年间就已确立,冯氏推崇其中的五家也顺理成章。从厉鹗到吴锡麒,六位词人的生卒年与冯金伯均有交叉。冯氏对于他们的推尊,关乎一位选家对同时代词坛的观察和把握。如果参照严迪昌先生《清词史》关于厉鹗等六家的评述,冯金伯的眼光无疑是准确的。

入选《熙朝咏物雅词》的词人、词作,反映了冯金伯对词人的选择和对词史的梳理。选录数量在10首以上的17位词家多为浙派词人,彰显了浙西一派在清代词坛的重要地位;而追和旧题、发掘新题的11位词家,又体现了冯氏对清代词史发展历程的准确把握。

六、雅词评判标准的转变

在一部名为"熙朝咏物雅词"的选本中,冯金伯似乎只有一次谈及咏物雅词的评判标准,那就是凡例中的"词固宜雅,亦先贵择题"。这段表述虽然很简短,不过很重要,后人可以此为契机,探究从清代初年到清代中叶雅词评判标准的转变。

冯金伯认为王士禛等人的私语、秘戏诸题"近于亵",其言下之意就是与"雅"相违背。然而,清初诸家并不这样认为,邹祗谟评董以宁《百媚娘·为阮亭题青溪册叶,同程邨、金粟作》云:"青溪遗事八首,阮亭首唱《菩萨蛮》调,仆与金粟继和,虽语本空中,丽字浓情,写生欲活。文友以中调角胜,如温、韦之后,继以秦、柳,艳而不促,雅而尽致。潘景升《鸾啸》诸篇,梅禹金《青泥》一记,睹此香奁,应惭伧父。"[1]相近的情况也出

---

[1] 邹祗谟、王士禛辑《倚声初集》卷一三。

现在有关朱彝尊词的评语中。冯金伯认为《沁园春》咏美人诸作"于体乃涉侧艳",因而只选择包括朱彝尊《沁园春·乳》在内的五家六首,"稍寓别裁之意"。反观清代初年,蒋景祁在其《瑶华集》中收录朱彝尊的相关词作达13首之多,并给予很高的评价:"艳情冶思,贵以典雅出之,方不落《黄莺》《挂枝》声口。如竹垞《沁园春》诸作,摹画刻露,庶几靖节《闲情》之遗,非他家可到。"①同一批词人的同一类词作,在清代初年被朋辈视为"雅"词,至清代中叶被冯金伯视为与"雅"有违,甚至连词题都"近于亵",这样的反差与不同时期对于"雅"的不同认识有关。

清代初年,明代社会生活的种种影响依旧存在。无论是邹祇谟提到的"潘景升《鸾啸》诸篇,梅禹金《青泥》一记",还是蒋景祁提到的"《黄莺》《挂枝》声口",都与明代文学有关。"潘景升"即潘之恒,出生于富商之家,为人放浪不羁,热衷冶游,晚年寓居南京青溪,穷困潦倒。王士禛自称居秦淮时听友人谈旧院遗事,其中恐怕也包括潘之恒的一些传闻逸事。潘氏所著《鸾啸小品》涉及当时的不少名姬,比如卷三"李纫之"条云:"毗陵多丽人,工奏曲,在晋已然。余弱冠从学于兹,私昵刘生、吴生。刘慧而有声;吴美而发艳,每为心动魂销,不足以倾人城国也。逾今四十年,忽遇一姬于绣苏阁中。胡天胡帝,乍阴乍阳,业知为闺秀,不作风尘观矣。"②"梅禹金《青泥》一记"即梅鼎祚的《青泥莲花记》,专门辑录历代倡女事迹。《四库全书总目》指出:"是编记倡女之可取者分七门:一曰记禅、二曰记玄、三曰记忠、四曰记义、五曰记孝、六曰记节、七曰记从。又附《外编》五门:一曰记藻、二曰记用、三曰记豪、四曰记遇、五曰记戒。自谓'寓维风于谐末,奏大雅于曲终'。"③王士禛与朋辈题咏《青溪遗事》画

---

① 蒋景祁《刻瑶华集述》,蒋景祁辑《瑶华集》。
② [明]潘之恒原著,汪效倚辑注《潘之恒曲话》,中国戏剧出版社,1988年,第133页。
③ 《钦定四库全书总目(整理本)》卷一四四,第1921页。

册,在题材方面自然与冶游相关,不过诸家更多是在表达方面下功夫。王氏本人对相关创作颇为自得,他在点评邹祗谟《菩萨蛮·咏青溪遗事画册,和阮亭韵》时指出:"仆复成小词八阕,程邨倚和。春夜挑灯,回环吟叹,觉菖蒲北里,松柏西陵,风景宛然在目。"①另一位参与者邹祗谟也有类似的感觉,他在点评王士禛《菩萨蛮·咏青溪遗事画册同其年、程邨作》时指出:"八首摹画坊曲琐事,可谓尽态极妍,妙处更在淡写轻描,语含蕴藉。昔赵吴兴画马,作马相,李龙眠画观音,作观音相。阮亭拂笺吮毫时,便如杜牧、韩偓身经游历,寻欢窈窕,含睇缠绵,青楼紫陌得此点染,又何必周昉辈以写生论工拙耶?"②王、邹两家的评语,堪称引文中"写生欲活"四字的注脚。各家似乎都受到了画册的启发,以旁观者的角度描绘相关情景,而非像明人那样以亲历者的角度描写相关过程,从而使词呈现出一种让人身临其境的"写生感"。比如,王士禛《菩萨蛮·私语》云:"梧桐花落飞香雪。卷帘一片玲珑月。人月两婵娟。倚阑凭玉肩。 小鬟春睡倦。裙上苔花茜。私语好谁闻。姮娥应羡人。"邹祗谟认为此作"极写无人之态,长生私语,便如仿佛",也并非过誉之辞。与王士禛等人有所不同的是,董以宁选择以中调而非小令参与创作。其《百媚娘·私语》云:"厌舞樽前双柄。说向枕边灯下。几见鲛绡亲裹泪,才信侬言非假。软语商量难待夜。准拟将身嫁。 阿母听来应讶。觅个酒残歌暇。私学长生传密誓,暗觉口脂飘麝。却更满眶秋欲泻。微润樱桃液。"③就风格而言,董以宁对"私语"的呈现虽然与王士禛的"淡写轻描,语含蕴藉"稍有差别,但邹祗谟赞赏其"艳而不促,雅而尽致",并认为此等"香奁"之作是前代《鸢啸小品》《青泥莲花记》难以比拟的。

---

① 邹祗谟、王士禛辑《倚声初集》卷四。
② 邹祗谟、王士禛辑《倚声初集》卷四。
③ 邹祗谟、王士禛辑《倚声初集》卷一三。

至于"《黄莺》《挂枝》",则是明代民间流行的曲调《黄莺儿》和《挂枝儿》。蒋景祁认为词在描写"艳情冶思"时应该避免"《黄莺》《挂枝》声口",其实就暗含着对前代创作有欠"典雅"的批评。比如,明末的周拱辰有《沁园春·美人指甲》,其词云:"深裹红巾,浅拖翠袖,梳头正阑。恰金凫拨动,氲氲香缓,银筝弹罢,大小珠寒。眉梢心上,许多愁绪,更央及尖尖住粉檀。含情处、似剪来湘笋,泪隐成班。　重重花罩朱钿。珍重煞、柔荑多少闲。把归期细数,支残玉枕,旧欢暗记,拍损阑干。漫摘青梅,戏抛红豆,禁得麻姑瘦也怜。闲调笑,书生背痒,欲借纤纤。"①其中的部分词句,比如"更央及尖尖住粉檀"、"珍重煞、柔荑多少闲",显然受到了曲子的影响。在严守词曲之别的清代词学批评家看来,这无疑属于"以传奇手为之"②。朱彝尊的创作则不然,以《瑶华集》和《熙朝咏物雅词》均选录的《沁园春·乳》为例,其词云:"隐约兰胸,菽发初匀,脂凝暗香。似罗罗翠叶,新垂桐子,盈盈紫葯,乍擘莲房。窦小含泉,花翻露蒂,两两巫峰最断肠。添惆怅,有纤袿一抹,即是红墙。　偷将碧玉形相。怪瓜字、初分蓄意藏。把朱栏倚处,横分半截,琼箫只彻,界住中央。量取刀圭,调成药裹,宁断娇儿不断郎。风流句,让屯田柳七,曾赋酥娘。"③据李富孙《曝书亭集词注》可知,朱彝尊的这首词多处用典④,在表达上较之周词也就更为"典雅"了。

从上述事例可以看出,清初词人的创作虽然在题材上对明人有所继承,但在表达上已经探索出有别于明人的方式,那就是以"雅"词让习见题材焕发出新的光彩。正所谓"若无新变,不能代雄",上文提到的清初

---

① 饶宗颐初纂,张璋总纂《全明词》,中华书局,2004年,第1493页。
② [清]吴衡照《莲子居词话》卷三,《词话丛编》,第2461页。
③ 《全清词·顺康卷》,第5321页。
④ 李富孙纂《曝书亭集词注》卷五。

词坛大家在这一方面皆有所建树。

到了清代中叶,朝廷在思想上不断强化钳制、反对异端,在文艺上则不断标举风雅、反对侧艳。梁国治等《御制诗四集跋》云:"自风雅道降,抽华遗实者徒以诗为吟弄陶写之具,博者骋其葩藻,陋者流于侧艳,而于是诗书之道离矣。"①在这样的时代风气下,过往习以为常或者可以接受的题材可能就会变得不合时宜。比如,《四库全书总目》对于梅鼎祚的《青泥莲花记》有所批评:"狭斜之游,人情易溺,惩戒尚不可挽回,鼎祚乃捃摭琐闻,谓冶荡之中,亦有节行。使倚门者得以藉口,狎邪者弥为倾心,虽意主善善从长,实则劝百而讽一矣。"②随之而来的是,私语、秘戏诸题从名家关注逐渐变得少人问津:顺康之际的王士禛、陈维崧、彭孙遹、邹祗谟、董以宁、吴绮、董汉策、张台柱、彭桂、郑景会、罗文颔、范遂、陈祥裔等人均有相关词作,雍乾之际则只剩黄立世、殷圻、吴廷燮等少数词人有相关创作。

对于词史上的《沁园春》咏美人诸作,《四库全书总目》也有所批评:"陶九成《辍耕录》又谓:'改之造语,赡逸有思致。《沁园春》二首,尤纤丽可爱。'今观集中咏美人指甲、美人足二阕,刻画猥亵,颇乖大雅,九成乃独加推许,不及张端义《贵耳集》独取其《南楼》一词为不失赏音矣。"③或许是基于这一原因,冯金伯对相关创作的态度相当审慎,只选取了其中的五家六首。按时代先后,入选词作可分为两个部分——清代初年钱芳标的《息》,董以宁的《肩》《膝》,朱彝尊的《乳》和清代中叶厉鹗的《心》,吴蔚光的《神》。从息、肩、膝、乳到心、神,所咏对象已经开始超出感官所能感知的范畴,在某种程度上甚至趋于抽象化。在六首之中,冯氏对最后

---

① [清]弘历《清高宗御制诗文全集》第八册,台北故宫博物院,1976年。
② 《钦定四库全书总目(整理本)》卷一四四,第1921页。
③ 《钦定四库全书总目(整理本)》卷一九九,第2798页。

一首尤为欣赏。实际上,吴蔚光的创作包括《美人神》《光》《气》《姿》四首,其词序云:"词家此调赋美人者,初间有之。至竹垞前辈集中,俾形揣称,尽态极妍。樊榭征君影、声、心三阕,则几于突过前人矣。乙酉春就试浙江,名流麇集,亡友高东井邀予补咏骨、舌数端,诺而未践,高稿嗣亦散失。越十有八年癸卯,追忆曩事,恍疑隔世。又窃谓美人之所以为美者,其秀在神,其艳在光,其清在气,其媚在姿,何乃都未之及,将毋徒得皮与骨邪?鄙制既就,固不敢远希朱、厉两公,近亦恐难胜高,然自覆视,颇未堕落粗嫫,流传后代,万一不朽业尔。"①乾隆三十年(1765),吴蔚光受其友高文照之邀,拟以《沁园春》"补咏骨、舌数端",然而并未写成。至乾隆四十八年(1783),吴蔚光追忆过往,认为美人之美不在皮、骨,而在神、光、气、姿。所以,他转换歌咏角度,不再拘泥于展示美人的肢体或器官,而是着重传递其神、光、气、姿,从而避免"猥亵"之讥和"侧艳"之嫌。正因为如此,冯金伯特别为之加上按语:"是阕咏美人词美不胜收,兹只尝鼎一脔而已。"②

　　清代初年,词人对于明代盛行的各类题材并不排斥,他们在创作时力图以"雅"的表达来显示自己和前代的区别。到了清代中叶,词人的尚雅意识更为强烈,对于清初流行的题材也有所选择:一方面减少部分词题的创作,比如"私语、秘戏诸题",另一方面推动部分词题的雅化,比如咏美人之神、光、气、姿。相应地,从清代初年到清代中叶,雅词的评判标准也经历了从强调表达到择题与表达并重的转变过程。

---

① 张宏生主编《全清词·雍乾卷》,南京大学出版社,2012年,第6085页。
② 冯金伯编《熙朝咏物雅词》卷一一。李宝嘉对吴词也给予很高评价,其《南亭词话》云:"朱竹垞《茶烟阁体物集》中,咏美人一身几遍,既尽态极妍矣,然有象可摹,有形可指也。后见吴礼部四美词,亦填沁园春调,所咏神光气姿四阕,则更绘月绘影,绘水绘声,美善无以复加。"不过,其所引四词异于原作。《词话丛编》,第3198—3199页)

小　结

　　纵观清代词坛,各类咏物创作一直颇为流行。嘉庆年间,词学家冯金伯充分认识到清代咏物词的重要价值,参照《历代诗馀》《钦定国朝诗别裁集》《钦定词谱》编选了《熙朝咏物雅词》。一方面,冯氏重视"择调",入选数量排名靠前的词调基本反映了清人对典范的传承;另一方面,冯氏也重视"择题",强调咏物词题应符合"雅"的要求。在"择调""择题"的同时,冯氏也重视"择人"。诸家的入选词作数量,体现了冯氏对浙西词派的大力标举和对词史脉络的准确把握。而冯氏对清代前中期咏物雅词的选录,也折射出雅词评判标准从强调表达到择题与表达并重的历史转变。

第五章　重读"南宋"与自辟町畦：
　　常州词派的理论突破

　　嘉庆、道光之际，张惠言、周济等常州诸家先后跻身词坛，逐渐形成了有清一代与浙西双峰并峙的常州词派。对于浙派崇尚的南宋雅词，常派诸家并不轻忽：张惠言认为宋代有八家词达到"渊渊乎文有其质"的高度，姜夔、王沂孙和张炎榜上有名，所占份额接近一半[①]；周济给"世之为词人者"所开示的门径涉及宋代四家，吴文英和王沂孙位列其中，更是占据了"半壁江山"[②]。由此可见，南宋雅词在常州诸家的词学论述中扮演着不可或缺的重要角色。而随着对南宋雅词的重新解读，张、周两家也逐步提出了有别于浙西一派的种种主张，并最终建构起常州一派的理论体系。

---

① 张惠言《词选序》，[清]张惠言辑《词选》，清道光十年宛邻书屋刻本。
② [清]周济《宋四家词选目录序论》，《词话丛编》，第1643页。

一、张惠言:倡导意内言外与手批《山中白云》

嘉庆二年(1797),张惠言在歙县金榜家坐馆,为教授金氏子弟词学而编纂《词选》一书。张氏于唐宋词仅仅选录 44 家的 116 阕,足见其选词态度之严谨。在卷首的《词选序》中,张惠言借重传统资源为"词"重新定义:"传曰,意内而言外谓之词。"这一说法后来被常州词派奉为圭臬,影响深远。不过,在为此说溯源的过程中,学界有着不同的观点,值得重新探究。

张惠言之友陆继辂以张氏的口吻指出此说源于许慎《说文解字》,其《冶秋馆词序》云:"仆年二十有一始学为词,则取乡先生之词读之。迦陵、《弹指》,世所称学苏、辛者也;程村、《蓉渡》,世所称学秦、柳者也。已而读苏、辛之词,则殊不然;已而读秦、柳之词,又殊不然。心疑之,以质先友张皋文。皋文曰:'善哉,子之疑也。虽然,词故无所为苏、辛、秦、柳也。自分苏、辛、秦、柳为界,而词乃衰。且子学诗之日久矣,唐之诗人,四杰为一家,元、白为一家,张、王为一家,此气格之偶相似者也。家始大于高、岑,而高、岑不相似;益大于李、杜,而李、杜不相似。子亦务求其意而已矣。许氏云:意内而言外谓之词。凡文辞皆然,而词尤有然者。'"① 然而,张德瀛并不认同陆氏的观点,其《词徵》云:"词与辞通,亦作词。《周易孟氏章句》曰,意内而言外也,《释文》沿之。小徐《说文系传》曰,音内而言外也,《韵会》沿之。言发于意,意为之主,故曰意内。言宣于音,音为之倡,故曰音内。其旨同矣。"并于其后注曰:"《周易章句》,汉孟喜撰。喜字长卿,东海兰陵人,事迹具《汉书·儒林传》。喜与施雠、梁丘贺

---

① [清]陆继辂《崇百药斋续集》卷三,清道光四年合肥学舍刻本。

同受业于田王孙,传田何之易。世以意内言外为许慎语,非其始也。"①如此一来,张惠言的说法则从许慎的《说文解字》上溯到孟喜的《周易章句》,这不仅可以契合张惠言作为易学大师的身份,而且可以彰显《词选序》对于词体的推尊。基于上述原因,张德瀛的观点在后世得到了更多的认同。

张德瀛提到的孟喜《周易章句》,即《汉书·艺文志》所载《章句》孟氏二篇。张舜徽先生指出:"《隋志》云:'梁丘、施氏,亡于西晋';又著录孟喜《周易章句》八卷,《注》云:'残缺'。考之《旧唐志》尚有,《宋志》则无,是孟氏之书,殆亡于唐宋之间。"②陆德明《经典释文·序录·注解传述人》记载了孟氏《章句》在唐初的保存情况,"孟喜《章句》十卷"下注曰:"无上经,《七录》云:又下经无《旅》至《节》,无上《系》。"③成于唐代的《经典释文》《周易正义》和《周易集解》曾引用孟氏佚文,后世据以辑佚者包括清代朱彝尊的《孟氏周易章句》、王谟的《周易章句一卷》、孙堂的《孟喜周易章句一卷》、张惠言的《周易孟氏》、黄奭的《孟喜易章句一卷附逸象》、马国翰的《周易孟氏章句二卷附孟氏易图卦气图》、胡薇元的《周易孟喜章句附孟氏易图》等。

在诸家之中,张惠言的辑佚态度最为审慎。由于陆德明所见孟氏《章句》无上经和《系辞》上,张氏所辑《周易孟氏》亦只有"下经"和"《系辞》下"。④ 另外,"许慎《说文叙》虽云《易》用孟氏,实亦兼采他家",张氏

---

① [清]张德瀛《词徵》卷一,《词话丛编》,第4075页。
② 张舜徽《汉书艺文志通释》,湖北教育出版社,1990年,第17—18页。
③ [唐]陆德明撰,张一弓点校《经典释文》,上海古籍出版社,2012年,第7页。
④ 参见[清]张惠言《易义别录》。[清]阮元、王先谦编《清经解 清经解续编》第7册,卷一二三四,上海书店,1988年,第118—119页。

"仅以《说文》所引《易》附后存参"。① 按,许慎《说文解字》在引《易》时皆以"易曰"标注,比如其释"禔"云:"安福也。从示是声。《易》曰:禔既平。"②《说文》释"词"为"意内而言外也"时并未提及"易曰"③,故张惠言所辑《周易孟氏》中并未收录相关内容。比张惠言时代稍晚的马国翰则不然,其《周易孟氏章句序》云:"许慎《说文序》云《易》用孟氏,而所著《五经异义》引孟、京说。又虞翻自言世传孟氏《易》,则许、虞二家所引与今《易》异者,皆佚说也。又蔡邕熹平中奉诏书石经,《易》用三家本,《释文》引石经止一条,凡邕所引《易》,必本石经,并据辑录。"④然而,马氏在实际操作中并未遵循本已涉嫌滥收的辑佚体例。陆德明《经典释文》中《周易·系辞上》征引了《说文》的"词者,意内而言外也"⑤,马国翰将此句收入《周易孟氏章句》,并注曰:"《释文》引《说文》。"⑥其实,许慎在释义时并未提及"易曰",且陆德明所据孟喜《章句》"无上《系》",因而此句显系误收。张德瀛在《词徵》中提到"《周易孟氏章句》曰,意内而言外也,《释文》沿之",应该就是源自马国翰的辑佚。

既然张惠言并不认为"意内而言外谓之词"源于孟氏《章句》,那么他为何又在句首冠以"传曰"二字? 其实,包括《词选序》在内,"传曰"在张氏《茗柯文编》中一共出现了七次,所引内容大多不牵涉《易传》。比如,《江氏墓图记》中"传曰"之后的内容似源于郭璞的《葬书》,《文质论》中"传曰"之后的内容似源于班固的《白虎通德论》,《周生字说(代)》中两处

---

① 孙启治、陈建华编撰《中国古佚书辑本目录解题》,上海古籍出版社,2017 年,第 7 页。
② [汉]许慎《说文解字》卷一上,中华书局影印,1963 年,第 7 页。
③ 许慎《说文解字》卷九上,第 186 页。
④ [汉]孟喜《周易孟氏章句》卷下,[清]马国翰辑《玉函山房辑佚书》,上海古籍出版社,1990 年,第 75 页。
⑤ 陆德明撰、张一弓点校《经典释文》,第 45 页。
⑥ 马国翰辑《玉函山房辑佚书》,第 82 页。

"传曰"之后的内容似分别源于《左传》和《礼记》,《吴兴施氏家谱序(代)》中两处"传曰"之后的内容似分别源于《白虎通德论》和《礼记》。① 因此,《茗柯文编》中"传"所涵盖的范畴远超《易传》。赵翼在《陔馀丛考》中指出:"古人著书,凡发明义理,记载故事,皆谓之传。《孟子》曰:于传有之。谓古书也。左、公、穀作《春秋传》,所以传《春秋》之旨也。伏生弟子作《尚书大传》,孔安国作《尚书传》,所以传《尚书》之义也。《大学》分经、传,《韩非子》亦分经、传,皆所以传经之意也。故孔颖达云:大率秦、汉之际,解书者多名为传。又汉世称《论语》《孝经》并谓之传。汉武谓东方朔云:传曰,时然后言,人不厌其言。东平王与其太师策书云:传曰,陈力就列,不能者止。成帝赐翟方进书云:传曰,高而不危,所以长守贵也。是汉时所谓传,凡古书及说经皆名之,非专以叙一人之事也。"②后来,这样的说法并未因《史记》《汉书》等史传的出现而消失。比如,晋张华《博物志》云:"圣人制作曰经,贤者著述曰传。"③再比如,宋司马光《〈投壶新格〉序》云:"传曰:'张而不弛,文武弗能也。弛而不张,文武弗为也。一张一弛,文武之道也。'"④其所引源自《礼记》,仍以"传曰"冠于句首。由此可见,张惠言在引用《礼记》《左传》《说文解字》《白虎通德论》《葬书》等前人著作时加上"传曰"二字并无不可之处,更何况《说文解字》作为小学著作,本身也是解经之作。

秦汉时称古人著述为"传",其后沿用者代不乏人。"传曰"二字在张惠言《茗柯文编》中出现数次,且所引内容多不涉及《易传》。许慎《说文

---

① [清]张惠言著,黄立新校点《茗柯文编》,上海古籍出版社,1984年,第76、165、214—215、220—222页。
② [清]赵翼著,栾保群、吕宗力校点《陔馀丛考》卷五,河北人民出版社,1990年,第71页。
③ [晋]张华等撰,王根林等校点《博物志(外七种)》,上海古籍出版社,2012年,第27页。
④ [宋]司马光撰,李之亮笺注《司马温公集编年笺注》第五册,巴蜀书社,2009年,第143—144页。

解字》在引《易》时皆以"易曰"标注,而其释"词"为"意内而言外也"时并未提及"易曰"。张惠言未将此句辑入《周易孟氏》,其《词选序》中的"意内而言外谓之词"当渊源许氏《说文》。马国翰的辑佚有失审慎,其《周易孟氏章句》辑入"《释文》引《说文》"的"词者,意内而言外也"。张德瀛未深究其中原委,误认为张惠言所述源于孟氏《章句》。加之张惠言本人乃易学大师,后之学者遂多从张德瀛之说。

在提出"意内而言外谓之词"之后,张惠言进一步加以阐释:"其缘情造端,兴于微言,以相感动。极命风谣里巷男女哀乐,以道贤人君子幽约怨悱不能自言之情。低徊要眇以喻其致。盖《诗》之比兴,变风之义,骚人之歌,则近之矣。然以其文小,其声哀,放者为之,或跌荡靡丽,杂以昌狂俳优。然要其至者,莫不恻隐盱愉,感物而发,触类条鬯,各有所归,非苟为雕琢曼辞而已。"他认为词人表面上是在描写"风谣里巷男女哀乐",实际上只是借以表达"贤人君子幽约怨悱不能自言之情"。从这一角度来说,词在某种程度上是与《诗经》相近的。既然诗三百以比兴著称,那么词中亦可有比兴存焉。况周颐对此有着简要概括:"意内者何?言中有寄托也。"①

正是基于"意内言外"的标准,张惠言展开了《词选》的编纂工作。在诸家之中,张氏对"其言深美闳约"的温庭筠最为欣赏,一共选录了18首温词,冠绝唐宋。与此同时,张惠言对浙派推崇的南宋雅词也颇为看重:"宋之词家,号为极盛,然张先、苏轼、秦观、周邦彦、辛弃疾、姜夔、王沂孙、张炎渊渊乎文有其质焉。其荡而不反,傲而不理,枝而不物。柳永、黄庭坚、刘过、吴文英之伦,亦各引一端,以取重于当世。"具体而言,姜夔、史达祖、王沂孙、张炎分别有3首、1首、4首、1首入选。

---

① [清]况周颐原著,孙克强辑考《蕙风词话 广蕙风词话》,中州古籍出版社,2003年,第153页。

第五章 重读"南宋"与自辟町畦：常州词派的理论突破　145

虽然张惠言编纂《词选》"大概是根据朱彝尊的《词综》一书"①，但其对南宋雅词的解读思路却并未沿袭浙派。许昂霄的《词综偶评》和张惠言的《词选》均点评了姜夔的名作《暗香》《疏影》，不过两家在阐释角度上有着很大的不同：

表 5-1　许昂霄、张惠言评姜夔《暗香》《疏影》对比表

《词综》	许昂霄《词综偶评》②	张惠言《词选》
姜夔《暗香·石湖咏梅》	词中之有白石，犹文中之有昌黎也。世固也以昌黎为穿凿生割者，则以白石为生硬也亦宜。	题曰"石湖咏梅"，此为石湖作也。时石湖盖有隐遁之志，故作此二词以沮之。白石《石湖仙》云："须信石湖仙，似鸥吏飘然引去。"末云："闻好语，明年定在槐府。"此与同意。首章言己尝有用世之志，今老无能，但望之石湖也。
《疏影·前题》	"但暗忆江南江北"，借用法。"莫似春风"三句，翻案法。作词之法贵倒装，贵借用，贵翻案。读此二阕，秘钥已尽启矣。	此章更以二帝之愤发之，故有昭君之句。

通过比对不难发现：许昂霄似乎主要着眼于"言"的层面，以具体词句指出白石词中的"借用法""翻案法"；张惠言似乎主要着眼于"意"的层面，通过词句和典故揭示白石在词中所寄寓的情感。

后来，张惠言又"在他去世前的四、五年中"③手批过张炎的《山中白云词》。巧合的是，许昂霄也手批过《山中白云词》，他们关于玉田词作的诸多评语可以更为充分地展示两家之间不同的解读思路。④ 以许、张两

---

① 吴宏一《常州派词学研究》，见吴宏一《清代词学四论》，联经出版事业公司，1990 年，第 164 页。
② [清]许昂霄《词综偶评》，《词话丛编》，第 1576 页。
③ 徐永年《张皋文手批〈山中白云〉跋》，徐立编《徐无闻论文集》，文物出版社，2003 年，第 147—148 页。
④ 参见马兴荣辑《张皋文手批〈山中白云词〉》，《词学》第 15 辑，华东师范大学出版社，2004 年，第 286—287 页。[清]许昂霄手批《山中白云词偶评》，葛渭君编《词话丛编补编》，中华书局，2013 年，第 1013—1018 页。

家对《山中白云词》卷一诸作的点评为例：

表 5-2　许昂霄、张惠言评张炎《山中白云词》对比表

《山中白云词》	许昂霄评语	张惠言评语
《高阳台·西湖春感》	淡淡写来，泠泠自转，此境不大易到。	"接叶巢莺。"眉批："陆文奎跋语所云，淳祐、景定间，王邸侯馆，歌舞升平，君王处乐，不知老之将至。馀情哀思，听者泪落，君亦因是弃家客游无方者，此词盖其时作也。时叔夏年二十八耳。此后皆入元年作。""见说新愁，如今也到鸥边。"旁批："言隐亦不可得也。"
《扫花游·台城春饮，醉馀偶赋，不知词之所以然》	上阕结句引起下半阕。	"可惜空帘，误却归来燕子。"眉批："戴序云：'家钱塘十年，久之又去，东游山阴、四明、天台间，若少遇者。'此感所贤所知之贫若死，而遇之者不足赖，将弃之归也。"
《疏影·余于庚寅岁北归，与西湖诸友夜酌，因有感于旧游，寄周草窗》	先说旧游，后说北归。于事则顺叙，于法则为的鉴。	眉批："此'庚寅北归'之词，当编在前。'旧游'，谓宋时。""闭门约住青山色，自容与、吟床清绝。"眉批："盖决栖隐之志。"
《水龙吟·白莲》	"小舟夜悄"三句，何减陆鲁望"月晓风清"之句。	眉批："咏物清丽，然不如王中仙者，托意浅也。"
《满庭芳·小春》	"便而今"二句，折笔即为"小"字添音。"阳和"句，承上再用宕笔。	"晴皎霜花，晓镕冰羽，开帘觉道寒轻。误闻啼鸟，生意又园林。"眉批："此亦所为少有遇者耶。"

无论是点明《扫花游》上下阕之间的关系，还是指出《满庭芳》中的折笔、宕笔，许昂霄对于张炎词的考察仍主要聚焦在"言"的层面。张惠言则根据《山中白云词》中戴表元《送张叔夏西游序》、陆文奎《玉田词题辞》等序跋考察梳理张炎的活动轨迹、推测张词的创作时间，进而试图通过词之"言"来探求词之"意"。

由于张炎身为贵胄之后、身处易代之际，张惠言在手批《山中白云词》时着重探求了玉田词中的初服之意和隐遁之意。

《词选》卷一录温庭筠《菩萨蛮》（小山重叠金明灭），张惠言评曰："此

感士不遇也。篇法仿佛《长门赋》,而用节节逆叙。此章从梦晓后,领起'懒起'二字,含后文情事,'照花'四句,《离骚》初服之意。""初服"一词,语出《离骚》"退将复修吾初服",意为"故将复去,修吾初始清洁之服"。①张惠言将"照花前后镜"等四句阐释为"《离骚》初服之意"或许令人费解,不过他本人对此应该颇为得意,在手批张炎词时仍延续着这一思路。《山中白云词》卷一《解连环·孤雁》下片云:"谁怜旅愁荏苒。谩长门夜悄,锦筝弹怨。想伴侣、犹宿芦花,也曾念春前,去程应转。暮雨相呼,怕蓦地、玉关重见。未羞他、双燕归来,画帘半卷。"张惠言批曰:"此盖在都时自寓之作。芦花伴侣,画帘双燕,指在山不出者而言,明己之必遂初服也。当次在前,编者之误。"②在这里,张惠言将"在山不出"与"遂初服"联系起来,入元后绝意仕进就意味着有"初服之意"。同样的,卷二《绮罗香·红叶》有"万里飞霜,千林落木,寒艳不招春妒",张惠言批曰:"此是都下之作,误次于此。此可见玉田非有宦情。"③虽然张炎的《解连环·孤雁》和《绮罗香·红叶》未必均为"都下之作",其创作初衷也未必是表达"初服之意",但正所谓"作者之用心未必然,而读者之用心何必不然"④,张惠言结合词句所进行的解读似乎也可以聊备一说。

上文提到,《词选》卷二收录姜夔的《暗香》和《疏影》,张惠言在点评时谈到范成大的"隐遁之志"和姜夔的"用世之志"。如果说姜夔和范成大在其所处的时代还可以徘徊于"用世"与"隐遁"之间,那么张炎在其所处的时代就几乎没有这样的回旋馀地了:用世则有违初服之意,隐遁似乎就成了唯一的选择。在手批《山中白云词》时,张惠言对于其中的隐遁

---

① [宋]洪兴祖撰,白化文等点校,《楚辞补注》,中华书局,1983年,第17页。
② 马兴荣辑《张皋文手批〈山中白云词〉》,《词学》第15辑,第281页。
③ 马兴荣辑《张皋文手批〈山中白云词〉》,《词学》第15辑,第281页。
④ [清]谭献《复堂词录序》,《词话丛编》,第3987页。

之意相当关注。卷一《忆旧游·登蓬莱阁》有"看卧龙和梦,飞入秋冥",张惠言批曰:"此应因当时遗者有出山者,而决志隐遁也。"①卷四《甘州·题戚五云云山图》有"无心好,休教出岫,只在深山",张惠言批曰:"相招深隐,此玉田本色,故处处及之。"②而按照张惠言的阐释思路,张炎的词集名称也与隐遁之意有关。卷三《甘州·寄李筠房》有"空山远,白云休赠,只赠梅花",张惠言批曰:"'白云',出岫之物,故曰'休赠'。'梅花',耐寒也。"③"白云"本乃"出岫之物",但"休教出岫,只在深山",他认为张炎或因此将词集命名为"山中白云词"。

从《词选》到手批《山中白云词》,张惠言对于词"意"的探求也趋于合理。《词选》卷二收无名氏《绿意·荷叶》,张氏评曰:"此伤君子负枉而死,盖似李纲、赵鼎之流。'回首当年汉舞'云者,言其自结主知,不肯远引。结语,喜其已死而心得白也。"在手批张炎词集时,他方才知晓该词实乃张炎所作,于是对过往的评语进行了调整:"此首自寓其意,遗簪不展,当年心苦可知。'浣纱人'即前'卧横紫笛'之辈,恐其罗而致之,不得终其志也。'回首当年汉舞'者,庚辰入都也,彼时憔恐失身,故曰'怕飞去谩绾,留仙裙褶。'幸而青衫未脱,尚带故香,况今老矣,何所求乎。玉田庚寅之归,西风吹折时也。自此得长啸湖山,故曰'喜静看、匹练秋光'也。刻《词选》时未见此集,从《词综》作无名氏,所解未当也。"④调整后的评语虽仍不免"深文罗织"之嫌,但这种及时修正的举动也反映了张惠言在词学批评时的严肃态度。如果天假之年,张惠言或许可以将其与浙派异趣的词学主张进一步加以完善。

---

① 马兴荣辑《张皋文手批〈山中白云词〉》,《词学》第15辑,第281页。
② 马兴荣辑《张皋文手批〈山中白云词〉》,《词学》第15辑,第283页。
③ 马兴荣辑《张皋文手批〈山中白云词〉》,《词学》第15辑,第283页。
④ 马兴荣辑《张皋文手批〈山中白云词〉》,《词学》第15辑,第284页。

在浙西词派方兴未艾之际,张惠言借鉴《说文解字》对"词"的释义,开始以"意内言外"之旨统摄自己的词学主张。他并没有因为南宋雅词受到浙西的推崇而对其有所排斥,相反,他对南宋雅词给予了充分的重视。无论是撰写《词选序》时的建构宋代词史,还是手批《山中白云词》时的探求张炎词意,张惠言都对南宋雅词这一重要资源进行了妥善利用。

二、董氏父子:论词主清与编选《续词选》

张惠言词学的直接传承者是董士锡。士锡字晋卿,一字损甫,惠言之甥,后又为惠言之婿。正是在张惠言推出《词选》的嘉庆二年(1797),十六岁的董士锡"从舅氏张皋文游","承其指授,为古文、赋、诗、词,皆精妙"。① 虽然董氏的《齐物论斋文集》中只有《周保绪词叙》和《餐花吟馆词叙》这两篇词论②,但论者不难从中找寻出张惠言词学的影响。

张惠言在《词选序》中倡导意内言外,崇尚比兴寄托,董士锡深以为然,其《周保绪词叙》云:"周子保绪工于为词,隐其志意,专于比兴,以寄其不欲明言之旨。故依喻深至,温良可风。"至于张惠言在《词选序》中对宋代词史的建构,董士锡也有所继承,其《餐花吟馆词叙》云:

　　昔柳耆卿、康伯可未尝学问,乃以其鄙媟之辞,缘饰音律,以投时好,而词品以坏。姜白石、张玉田出,力矫其弊,为清雅

---

① [清]缪荃孙校辑《国朝常州词录》卷一九,清光绪刻本。张惠言《记江安甫所钞易说》云:"余以嘉庆丙辰(嘉庆元年,1796)至歙,居江村江氏。明年,余书稍稍成。时余之甥董士锡从余,与安甫年相及,相善,并请受《易》,各写读之。"(张惠言著,黄立新校点《茗柯文编》,第120页)

② [清]董士锡《齐物论斋文集》卷二,清道光二十年刻本。

之制,而词品以尊。虽然,不合五代、全宋以观之,不能极词之变也;不读秦少游、周美成、苏子瞻、辛幼安之别集,不能撷词之盛也。元明至今,姜、张盛行,而秦、周、苏、辛之传响几绝,则以浙西六家独宗姜、张之故。盖尝论之,秦之长,清以和,周之长,清以折,而同趋于丽;苏、辛之长,清以雄;姜、张之长,清以逸。而苏、辛不自调律,但以文辞相高,以成一格,此其异也。六子者,两宋诸家皆不能过焉。然学秦病平,学周病涩,学苏病疏,学辛病纵,学姜、张病肤。盖取其丽与雄与逸,而遗其清,则五病杂见,而三长亦渐以失。

张惠言所认可的宋代词人,包括张先、苏轼、秦观、周邦彦、辛弃疾、姜夔、王沂孙、张炎,而董士锡所欣赏的是秦、周、苏、辛、姜、张六家,较之张惠言列举的八家只是少了张先和王沂孙。与此同时,董士锡对于宋词也有着自己的体认,他以一"清"字统摄两宋六家:秦观、周邦彦的清丽,苏轼、辛弃疾的清雄,姜夔、张炎的清逸。

其实,"清"是一个重要的文学批评范畴。自先秦以来,历代以"清"论诗文者比比皆是,至宋代更是出现了清淡、清雅、清空等诸多概念。① 钟振振先生指出:"'清空'至迟是南宋后期文学批评家已明确使用的一个诗学审美标准,大抵包括如下内容:近于古淡、自然、朴素,境界较广阔,不尚雕琢。张炎《词源》率先将其引进词学领域,并补充了若干增项。其一为'峭拔'。这是因为当时词以绮丽、软媚为传统,'清空'之词与'绮丽软媚'之词相比,自然显得'峭拔'。其二,'清空'的对立面为'质实'。

---

① 相关问题,可参见汪涌豪著《范畴论》,复旦大学出版社,1999年,第132—138页。

其三,词中多用虚字则'清空',多用实字则'质实'。"[1]清代初年,为矫治鄙俗淫艳之风,众多词论家纷纷提出以"清"为核心的风格概念[2],浙西词派则特别推出了以姜夔、张炎为代表的南宋雅词。董士锡的论词主清,很明显是受到前代词论尤其是浙派主张的影响。当然,他对于"浙西六家独宗姜、张"也有所不满,认为"不读秦少游、周美成、苏子瞻、辛幼安之别集,不能撷词之盛也"。因此,他所认可的词学风格,不仅包括姜、张的清逸,同时也包括秦、周的清丽和苏、辛的清雄。

不过,周济对于董士锡的相关记载似乎与上文所引《餐花吟馆词叙》相冲突,其嘉庆十七年(1812)《词辨自序》云:

> 余年十六学为词,甲子(嘉庆九年,1804)始识武进董晋卿。……晋卿初好玉田,余曰:"玉田意尽于言,不足好。"余不喜清真,而晋卿推其沉着拗怒,比之少陵。牴牾者一年,晋卿益厌玉田,而余遂笃好清真。既予以少游多庸格,为浅钝者所易托。白石疏放,酝酿不深。而晋卿深诋竹山粗鄙。牴牾又一年,予始薄竹山,然终不能好少游也。[3]

根据这则追忆,吴宏一在其《常州派词家年表》的"嘉庆十年(1805)"条下指出:"周济与董士锡切劘词学。董士锡厌张炎、蒋捷,周济乃笃好周邦彦而厌姜夔、秦观。"[4]其实,周济的表述未必完全可信,至少其中有关董

---

[1] 钟振振《南宋张炎〈词源〉"清空"论界说》,《文学评论》2014年第3期,第198页。
[2] 曹明升、沙先一《清:清代前期词学风格论的核心范畴》,《江海学刊》2017年第3期,第203页。
[3] [清]周济《介存斋论词杂著》,《词话丛编》,第1637页。
[4] 吴宏一《常州派词学研究》,吴宏一《清代词学四论》,第255页。

士锡对张炎的态度就存在疑问。据严骏生《餐花吟馆词钞》可知,董氏此序作于道光七年(1827)。① 即便周济在嘉庆十七年的追忆所言非虚,也最多只能说明董士锡对于张炎的态度曾经在嘉庆十年前后发生过波动,并不能以此来否定董士锡在道光七年的表述。况且在这篇《餐花吟馆词叙》中,董士锡对于张炎只有表彰,绝无厌弃。

董士锡之子董毅,字子远,所著有《蜕学斋词》。道光十年(1830)夏,董毅携所编《续词选》稿本至山东馆陶,拜访《词选》的另一位编者、张惠言之弟张琦。② 张琦序之云:"《词选》之刻,多有病其太严者,拟续选而未果。今夏,外孙董毅子远来署,携有录本,适惬我心,爱序而刊之,亦先兄之志也。"③尽管张琦没有具体说明《续词选》有哪些方面适惬其心,但论者可以通过比较两部词选进行考察。

表 5-3　《词选》《续词选》所收宋人入选词作数目表

词人	《词选》	《续词选》
柳　永		2
张　先	3	
苏　轼	4	3
黄庭坚		
秦　观	10	8
周邦彦	4	7
康与之		
辛弃疾	6	2
姜　夔	3	7
刘　过		1
高观国		1

① [清]严骏生《餐花吟馆词钞》,清道光间刻本。
② 吴宏一《常州派词学研究》,吴宏一《清代词学四论》,第 265 页。
③ 张琦《续词选序》,[清]董毅辑《续词选》,清道光十年刻本。

续　表

词人	《词选》	《续词选》
史达祖	1	3
吴文英		2
蒋　捷		1
周　密		2
王沂孙	4	4
张　炎	1	23

《词综》卷三一至卷三六是补遗部分，补人和补词各三卷。董毅的《续词选》，亦是从补人和补词两个方面着手。就补人而言，柳永、刘过、高观国、吴文英、蒋捷、周密的入选颇为引人注目。张惠言《词选序》指出："其荡而不反，傲而不理，枝而不物。柳永、黄庭坚、刘过、吴文英之伦，亦各引一端，以取重于当世。"董士锡则对柳永持相对否定的态度，其《餐花吟馆词叙》指出："昔柳耆卿、康伯可未尝学问，乃以其鄙嫚之辞，缘饰音律，以投时好，而词品以坏。"在权衡了其外祖、其父的词学主张后，董毅收录了柳永、刘过、吴文英三家，未收黄庭坚、康与之。而高观国、蒋捷、周密三家是当时浙西词派崇尚的典范词人，董毅也酌情予以收录。就补词而言，除张先以外，苏轼、秦观、周邦彦、辛弃疾、姜夔、王沂孙、张炎等词人均有所增补。上文提到，张惠言所推崇的宋代词人是张先、苏轼、秦观、周邦彦、辛弃疾、姜夔、王沂孙、张炎，而董士锡所欣赏的是秦、周、苏、辛、姜、张，前者的八家囊括后者的六家。或许是因为《词选》收录三首张先词作，已不可谓少，或许是因为董毅对张先并不十分认可，《续词选》未增补张先词作。

当然，整部《续词选》中最为值得关注的是张炎，董毅收录其词作竟达二十三首之多，可谓冠绝两宋。在讨论董氏《续词选》为何适惬张琦心意时，张炎的大幅增选是无论如何都无法回避的核心问题。对此，论者仍可以通过比较来一探究竟。

表 5-4 《续词选》所收张炎词作一览表

《词综》	《山中白云词》①	张惠言批语②	《续词选》
南浦·春水	1.1 南浦·春水	前本似在宋作,此本似入元以后作,或晚年取少作改之,托意遂别。	1 南浦·春水
	1.3 忆旧游·大都长春宫,即旧之太极宫也。		2 忆旧游·大都长春宫,即旧之太极宫也。
壶中天·夜渡古黄河,与沈尧道、曾子敬同赋。	1.5 壶中天·夜渡古黄河,与沈尧道、曾子敬同赋。	观此词,则玉田入都亦有所不得已欤?	3 壶中天·夜渡古黄河,与沈尧道、曾子敬同赋。
台城路·庚辰会江兰坡于蓟北,恍然如梦,回忆旧游,已十八年矣。	1.10 台城路·庚辰秋九月之北,遇汪菊坡,一见若惊,相对如梦,回忆旧游,已十八年矣,因赋此词。		4 台城路·庚辰秋九月之北,遇汪菊坡,因赋此词。
甘州·饯沈秋江	1.12 甘州·庚寅岁,沈尧道同余北归,各处杭越。逾岁,尧道来问寂寞,语笑数日,又复别去。赋此曲并寄赵学舟。	玉田以庚辰北行,庚寅南归,前后十年,时年四十三。戴表元赠序所谓:"垂及强仕,丧其行资。"正此时矣。	5 甘州·饯沈尧道,并寄赵学舟。
扫花游·高疏寮东野园	1.14 扫花游·赋高疏寮东墅园		6 扫花游·赋高疏寮东墅园
渡江云·久客山阴,王菊存问予近作,书以寄之。	1.21 渡江云·山阴久客,一再逢春,回忆西杭,渺然愁思。		7 渡江云·山阴久客,一再逢春,回忆西杭,渺然愁思。
琐窗寒(乱雨敲春)	1.22 琐窗寒·旅窗孤寂,雨意垂垂,买舟西渡未能也,赋此为钱塘故人韩竹间问。	此及第二卷《洞仙歌》皆王中仙亡后作。中仙于山阴与玉田泛舟,第二卷有《湘月》二调。	8 琐窗寒·旅窗孤寂,雨意垂垂,买舟西渡未能也,赋此为钱塘故人韩竹间问。

---

① 数字标明词作所在卷数及位次,比如"1.1"即卷一第一首。
② 表中张惠言批语多为节引,原文参见马兴荣辑《张皋文手批〈山中白云词〉》,《词学》第 15 辑。

续　表

《词综》	《山中白云词》	张惠言批语	《续词选》
解连环·孤雁	1.30 解连环·孤雁	此盖在都时自寓之作。芦花伴侣,画帘双燕,指在山不出者而言,明己之必遂初服也。	9 解连环·孤雁
	1.32 忆旧游·登蓬莱阁	此应因当时遗者有出山者,而决志隐遁也。	10 忆旧游·登蓬莱阁
月下笛·甬东积翠山舍	2.6 月下笛·孤游万竹山中,闲门落叶,愁思黯然,因动黍离之感,时寓甬东积翠山舍。		11 月下笛·孤游万竹山中,闲门落叶,愁思黯然,因动黍离之感,时寓甬东积翠山舍。
绮罗香·红叶	2.8 绮罗香·红叶	此可见玉田非有宦情。	12 绮罗香·红叶
	2.16 疏影·梅影		13 疏影·梅影
	2.22 梅子黄时雨·病后别罗江诸友		14 梅子黄时雨·病后别罗江诸友
	2.29 渡江云·怀归		15 渡江云·怀归
	3.9 庆清朝·韩亦颜归隐两水之滨,殆未逊王右丞辋川沜。予从之游,盘花旋竹,散怀吟眺,一任所适,太白去后,三百年无此乐也。		16 庆清朝·韩亦颜归隐两水之滨,予从之游,散怀吟眺,一任所适,太白去后,三百年无此乐也。
	3.11 探春慢·雪霁		17 探春慢·雪霁
	3.13 渡江云·次赵元父韵		18 渡江云·次赵元父韵
	3.20 台城路·送周方山游吴	亦是应酬家数,然毕竟雅言,玉田此种最多。	19 台城路·送周方山游吴
	3.23 长亭怨·旧居有感	杨柳绿阴,其犹有恢复之思耶。否则,弃予阴雨之感也。	20 长亭怨·旧居有感

续　表

《词综》	《山中白云词》	张惠言批语	《续词选》
	3.24 甘州·寄李筠房	"荷衣"以下,勤①李勿轻出也。"那人家",元氏也。"白云",出岫之物,故曰"休赠"。"梅花",耐寒也。	21 甘州·寄李筠房
	4.21 忆旧游·寄友		22 忆旧游·寄友
	8.17 声声慢·寄叶书隐		23 声声慢·寄叶书隐

从《续词选》所录诸作的词题以及诸作在《山中白云词》中的次序可以看出,董毅的续编工作肯定参照了《山中白云词》。董士锡、董毅父子虽然没有提及张惠言的手批《山中白云词》,但董毅对于张炎词的增补很有可能受到了张惠言批语的影响。其一,董毅所收录的张炎词作,大多是张惠言认为有所寄托的。如上表所示,《忆旧游·登蓬莱阁》和《甘州·寄李筠房》并不见于朱彝尊、汪森的《词综》,不过这两首词得到了张惠言的认可,被认为有所寄托。其二,董毅在选录词作时对一些词题进行了删节处理,这符合张惠言对词题的看法。比如,《山中白云词》卷四有《声声慢·西湖》,别本词题作"与王碧山泛舟鉴曲,王揖隐吹箫,余倚歌而和。天阔秋高,光景奇绝,与姜白石垂虹夜游同一清致也"。② 张惠言批曰:"不过偶然即景则可,如别本题,碧山、玉田当不如此不知痛痒也。"这一态度在《续词选》中也有所延续,董毅选录《台城路·庚辰秋九月之北,遇汪菊坡,一见若惊,相对如梦,回忆旧游,已十八年矣,因赋此词》和《甘州·庚寅岁,沈尧道同余北归,各处杭越。逾岁,尧道来问寂寞,语笑数日,又复别去。赋此曲并寄赵学舟》时,将词题分别精简为"庚

---

① 按,当作"劝"。
② 张炎撰,吴则虞校辑《山中白云词》,第 68 页。

辰秋九月之北,遇汪菊坡,因赋此词"和"饯沈尧道,并寄赵学舟"。其三,董毅没有选录一首受到张惠言批评的张炎词作,即便是当时公认的玉田名篇。比如,张炎的《水龙吟·白莲》是《乐府补题》中的名篇,清代追和者甚众。不过,张惠言认为该词"咏物清丽,然不如王中仙者,托意浅也",而《续词选》也并未收录此词。虽然目前尚不能断定董氏父子与张惠言手批《山中白云词》之间是否存在直接关联,但从《续词选》适惬张琦之心可以看出,董选确实是"渊源张氏,不愧外家宗风"①。

从论词主清的董士锡赞赏姜夔、张炎的"清以逸",到编选《续词选》的董毅大量增选张炎词作,董氏父子对于南宋雅词的态度在很大程度上继承了张惠言的词学主张。不过,与张惠言稍有不同的是,董士锡已经开始对"浙西六家独宗姜、张"有所批评,而这些倾向后来在周济身上体现得尤为明显。

三、周济:"南北分宗"与"江浙别派"

道光三年(1823),周济在《味隽斋词自序》中指出:"词之为技,小矣。然考之于昔,南北分宗,征之于今,江浙别派,是亦有故焉。吾郡自皋文、子居两先生开辟榛莽,以《国风》《离骚》之旨趣,铸温韦周辛之面目,一时作者竞出,晋卿集其成。"②其实,从清代词史的发展脉络来看,嘉道之际词风的南北转向、词派的浙常代兴,都与周济有着莫大的关联。

周济(1781—1839)自称"年十六学为词",当是嘉庆元年(1796)前后。此时,浙西一派正笼罩词坛,姜张词风盛行,周济初学词时亦"服膺

---

① 董贻清《蜕学斋词识》,[清]董毅《蜕学斋词》,民国铅印本。
② [清]周济著,段晓华点校《周济词集辑校》,华东师范大学出版社,2016年,第1页。

白石,而以稼轩为外道"。① 这段被周济视为"瞽人扪籥"的学词经历,因董士锡的出现而发生改变。前文提到,周济《词辨自序》中对于董士锡词论的相关记载与董氏《餐花吟馆词叙》之间存在矛盾,不过周氏对自身词学转变的记载应该较为可信。嘉庆九年,周济与董士锡订交,开始探讨词学。周氏最初"不喜清真",而董氏"推其沉着拗怒,比之少陵";一年后,周氏开始"笃好清真",并认为"少游多庸格,为浅钝者所易托。白石疏放,酝酿不深";又一年后,周氏"始薄竹山,然终不能好少游"。从"服膺白石"到批评白石,从"不喜清真"到"笃好清真",周济对自己的词学宗尚开始进行全面的调整。

嘉庆十七年(1812),周济追忆"厄于黄流"的《词辨》十卷,"仅存正变两卷",此为今之所传《词辨》二卷。在卷首的《介存斋论词杂著》中,周济阐述了自己对于两宋词的重新思考。

汪森在《词综序》中构建的南宋雅词谱系包括姜夔、史达祖、高观国、张辑、吴文英、赵以夫、蒋捷、周密、陈允衡、王沂孙、张炎、张翥等人,其中的大多数词家并未得到周济的推崇。对于当时词坛普遍宗尚的姜夔、张炎,周济在第四则词话中就指出姜、张均非巨擘:"近人颇知北宋之妙,然终不免有姜、张二字横亘胸中。岂知姜、张在南宋,亦非巨擘乎。论词之人,叔夏晚出,既与碧山同时,又与梦窗别派,是以过尊白石,但主清空。后人不能细研词中曲折深浅之故,群聚而和之,并为一谈,亦固其所也。"至于具体原因,周济也作了相应说明。其评姜夔云:"白石词如明七子诗,看是高格响调,不耐人细思。白石以诗法入词,门径浅狭,如孙过庭书,但便后人模仿。白石好为小序,序即是词,词仍是序,反覆再观,如同嚼蜡矣。词序序作词缘起,以此意词中未备也。今人论院本,尚知曲白

---

① 周济《介存斋论词杂著》,《词话丛编》,第 1634 页。

相生,不许复沓,而独津津于白石词序,一何可笑。"其评张炎云:"叔夏所以不及前人处,只在字句上着功夫,不肯换意。若其用意佳者,即字字珠辉玉映,不可指摘。近人喜学玉田,亦为修饰字句易,换意难。"除姜、张之外,史达祖、蒋捷、周密、陈允平、高观国均受到不同程度的指摘。比如,其评史达祖云:"梅溪甚有心思,而用笔多涉尖巧,非大家数,所谓一钩勒即薄者。梅溪词中喜用偷字,足以定其品格矣。"其评蒋捷云:"竹山薄有才情,未窥雅操。"其评周密云:"公谨敲金戛玉,嚼雪盥花,新妙无与为匹。公谨只是词人,颇有名心,未能自克。故虽才情诣力,色色绝人,终不能超然遐举。"其评陈允平、高观国云:"西麓疲软凡庸,无有是处,书中有馆阁书,西麓殆馆阁词也。西麓不善学少游,少游中行,西麓乡愿。竹屋得名甚盛,而其词一无可观,当由社中标榜而成耳。然较之西麓,尚少厌气。"当然,南宋雅词一脉也有受到周济追捧的词家。其评吴文英云:"梦窗每于空际转身,非具大神力不能。梦窗非无生涩处,总胜空滑。况其佳者,天光云影,摇荡绿波,抚玩无斁,追寻已远。君特意思甚感慨,而寄情闲散,使人不易测其中之所有。"其评王沂孙云:"中仙最多故国之感,故着力不多,天分高绝,所谓意能尊体也。中仙最近叔夏一派,然玉田自逊其深远。"由此可见,浙西词派所标举的众多词人,似乎只有吴、王两家能够进入周济的法眼。而在南宋雅词谱系之外,周济对南宋的辛弃疾亦颇为看重:"稼轩不平之鸣,随处辄发,有英雄语,无学问语,故往往锋颖太露。然其才情富艳,思力果锐,南北两朝,实无其匹,无怪流传之广且久也。世以苏、辛并称,苏之自在处,辛偶能到。辛之当行处,苏必不能到。二公之词,不可同日语也。后人以粗豪学稼轩,非徒无其才,并无其情。稼轩固是才大,然情至处,后人万不能及。"[1]

---

[1] 周济《介存斋论词杂著》,《词话丛编》,第1629—1635页。

与浙派形成鲜明对比的是,周济在两宋词中更为看重北宋:"北宋词,下者在南宋下,以其不能空,且不知寄托也。高者在南宋上,以其能实,且能无寄托也。南宋则下不犯北宋拙率之病,高不到北宋浑涵之诣。"在北宋词家之中,周济又以周邦彦为第一。其实,周邦彦在清代词坛一直颇受重视。尽管朱彝尊对于清真词几乎没有专门的论述①,但据李富孙《曝书亭集词注》统计,两宋词家中被朱彝尊借鉴得最多的当数周邦彦,多达 26 处。正因为如此,李富孙在《曝书亭集词注序》中称朱词"实能兼清真、白石、梅溪、玉田之长"②。或许是由于周邦彦的北宋词人身份,宣扬南宋雅词的朱彝尊在词论中较少提及清真。后来,厉鹗以画派的南北宗论词,才弥补了朱氏词论中的缺憾:"尝以词譬之画,画家以南宗胜北宗。稼轩、后村诸人,词之北宗也;清真、白石诸人,词之南宗也。"③不过,厉鹗对清真的推重仍远不及周济对清真的尊崇:"美成思力,独绝千古,如颜平原书,虽未臻两晋,而唐初之法,至此大备。后有作者,莫能出其范围矣,读得清真词多,觉他人所作,都不十分经意。钩勒之妙,无如清真。他人一钩勒便薄,清真愈钩勒愈浑厚。"④至此,周济完成了从"服膺白石"到"笃好清真"的宗尚转变,而围绕着王沂孙、吴文英、辛弃疾、周邦彦的学词门径似乎也隐然成形。

---

① 朱彝尊《曝书亭集》卷八《席上赠陆生三首》其三云:"前身定是周邦彦,醉里能歌《片玉词》。"卷四〇《孟彦林词序》云:"宋以词名家者,浙东西为多。钱唐之周邦彦、孙惟信,张炎、仇远,秀州之吕渭老,吴兴之张先,此浙西之最著者也。"同卷《群雅集序》云:"徽宗以大晟名乐,时则有若周邦彦、曹组、辛次膺、万俟雅言,皆明于宫调,无相夺伦者也。"朱彝尊著,王利民等校点《曝书亭全集》,第 140、455、456 页。
② 李富孙《曝书亭集词注序》,李富孙纂《曝书亭集词注》。
③ 《樊榭山房集》文集卷四《张今涪红螺词序》。厉鹗著,董兆熊注,陈九思标校《樊榭山房集》,第 753—754 页。
④ 周济《介存斋论词杂著》,《词话丛编》,第 1632 页。

第五章 重读"南宋"与自辟町畦:常州词派的理论突破

学界一般认为,周济于道光十二年(1832)推出《宋四家词选》。① 对于这一选本,朱惠国在结合《止庵遗集》朱印本进行考辨后指出:"如果将《宋四家词选目录序论》和《宋四家词筏序》相比较:前者是一私人抄本,经几人转手,并历经战乱而刻印,由于是'孤存',该抄本是否经抄录者、转手者删改、整理,甚至《宋四家词选》的名称是否是周济所题的原名都无法证实;后者保存于《止庵遗稿》中,该书在周济死后的次年,即道光二十年(西元一八四〇年)由其友人刻印,应该比较可靠。只是该书长期不为人知,故实际影响不大。我们认为,《宋四家词筏序》更接近周济原意。"②

在《宋四家词筏序》中,周济对于当时词坛姜张之风盛行的局面提出了尖锐的批评:"近世之为词者,莫不低首姜张,以温韦为锱撮,巾帼秦贺,筝琶柳周,伧楚苏辛,一若文人学士清雅闲放之制作,惟南宋为正宗,南宋诸公又惟姜张为山斗。呜乎!何其陋也。词本近矣,又域于其至近者,可乎?宜其千躯同面,千面同声,若鸡之咿咿,雀之足足,一耳无馀也。"为此,他标举周邦彦、辛弃疾、王沂孙、吴文英四家,并指示学词之法:"学者务逆而溯之:先之以碧山,餍切事物,言今指远,声容调度,一一可循,学者所由成章也;继之以梦窗,奇思壮彩,腾天潜渊,使夫柔情憔志,皆有瑰伟卓荦之观,斯斐然矣;进之以稼轩,感慨时事,系怀君国,而后体尊;要之以清真,圭方璧圆,琢磨谢巧,夜光照乘,前后举彻,能事毕矣。"③

---

① 周济《宋四家词选目录序论》云:"余少嗜此,中更三变。年逾五十,始识康庄。……道光十有二年冬十一月八日,止庵周济记于春水怀人之舍。"(《词话丛编》,第 1646 页)
② 参见朱惠国《周济词学论著考略》,《词学》第 16 辑,华东师范大学出版社,2006 年,第 178—179 页。
③ 周济《宋四家词筏序》,周济著,段晓华辑校《周济词集辑校》,第 154—155 页。

在阐述词学主张的同时，周济也不时谈及自己的词学渊源，那就是经由董士锡而上溯到张惠言。严迪昌先生指出："张惠言的被推崇，是后来推源溯渊时的追尊。"①从种种迹象来看，这样的追尊自有其依据存焉。张惠言对于浙西词派的态度颇为微妙，其《词选序》云："故自宋之亡而正声绝，元之末而规距隳。以至于今，四百馀年，作者十数，谅其所是，互有繁变，皆可谓安蔽乖方，迷不知门户者也。"如果从元至正二十八年（1368）顺帝北遁开始算起，至清嘉庆二年（1797）张惠言撰《词选序》，之间相差429年，正好与"四百馀年"相符。虽然张惠言没有直接提及浙西词派，但是其言下之意早已呼之欲出。张氏的弟子蒋学沂则表达得更为明确，其《藕湖词自序》云："余尝受填词法于编修张先生。先生之言曰：'词者，诗之馀也。词学始于唐季六朝，至南北宋为极盛。后人为之，或流于放，或伤于纤巧。故元明以下无词，国朝乾隆间始有人起而振之。'则先生自谓也。"②无论是夫子自道，还是弟子追忆，师徒二人的相关表述都可以表明，张惠言本人确实有着超越浙西、重返正声的宏愿。

作为嫡传弟子，董士锡自然深知张惠言对于浙西词派某种程度的不满。他比其师更进一步，开始直接点出浙西词派存在的问题："元明至今，姜、张盛行，而秦、周、苏、辛之传响几绝，则以浙西六家独宗姜、张之故。"他认为浙派"独宗姜、张"的取径过于狭窄，主张将师法的典范扩充为秦、周、苏、辛、姜、张六家。

"受法"于董士锡的周济，虽然在理论上服膺《词选》的"意内言外"之说，但在持论上却绝非亦步亦趋。比如，张惠言在《词选》中推崇温、韦，周济最初亦受影响，其《介存斋论词杂著》第三则词话"温韦之别"云："词

---

① 严迪昌《清词史》，第429页。
② 蒋学沂《藕湖词自序》，[清]蒋学沂《藕湖词》，民国二十五年刻本。

第五章　重读"南宋"与自辟町畦:常州词派的理论突破　163

有高下之别,有轻重之别,飞卿下语镇纸,端己揭响入云,可谓极两者之能事。"在具体评价温庭筠时,周济又特别引用了张惠言的观点:"皋文曰:'飞卿之词,深美闳约。'信然。飞卿酝酿最深,故其言不怒不慑,备刚柔之气。针缕之密,南宋人始露痕迹。花间极有浑厚气象,如飞卿则神理超越,不复可以迹象求矣。然细绎之,正字字有脉络。"至撰写《宋四家词筏序》时,周济又改变了过往的看法。在先后点出王沂孙、吴文英、辛弃疾、周邦彦四家之长后,周济指出:"何以无温韦？曰长沙地小,不足回旋,能者可自得之,不能者不能强也。"①而周济与张惠言、董士锡的"各存岸略"②,在有关姜、张的问题上体现得尤为明显。上文提到,无论是张惠言认可的宋八家,还是董士锡认可的宋六家,其中都包括姜夔、张炎。在《介存斋论词杂著》中,周济就指出"姜、张在南宋,亦非巨擘"。而在《宋四家词筏序》中,周济更是抨击近世为词者"惟姜张为山斗"的做法"何其陋也"。周济此举的目的,不仅在于贬抑浙派的主张,更在于宣扬常派的主张。谭献指出:"翰风与哲兄同撰宛邻词选,虽町畦未辟,而奥窔始开。"③如果说张惠言兄弟的词史贡献是为常州一派开"奥窔",那么周济的词史贡献就是为常州一派辟"町畦"。《宋四家词选目录序论》或许不如《宋四家词筏序》接近周济原意,但前者在词坛的实际影响要远超后者。在《宋四家词选目录序论》中,周济对浙西一派展开了全面的"清算"——"纠弹姜、张,剟刺陈、史,芟夷卢、高"。其中,周济对姜、张的"纠弹"最为引人注目。其评姜夔云:"白石号为宗工,然亦有俗滥处、寒酸处、补凑处、敷衍处、支处、复处,不可不知。白石小序甚可观,苦与词复。若序其缘起,不犯词境,斯为两美已。"其评张炎云:"玉田才本不高,专恃

---

① 周济《宋四家词筏序》,周济著,段晓华辑校《周济词集辑校》,第155页。
② 周济《介存斋论词杂著》,《词话丛编》,第1637页。
③ 谭献《复堂词话》,《词话丛编》,第4009页。

磨砻雕琢，装头作脚，处处妥当，后人翕然宗之。然如《南浦》之赋春水，《疏影》之赋梅影，逐韵凑成，豪无脉络，而户诵不已，真耳食也。其他宅句安章，偶出风致，乍见可喜，深味索然者，悉从沙汰。笔以行意也，不行须换笔。换笔不行，便须换意。玉田惟换笔不换意。"①这恐怕是姜张词自问世以来所遭受的最为苛刻的批评。陈匪石先生虽然认为周济对姜夔的评论"似有失当之处"，"所指为俗滥、寒酸、补凑、敷衍、重复者，仍南宋末季之眼光，未必即白石之败笔"，但是对周济的矫枉过正之论仍表示赞赏："至其纠弹姜、张，剟刺陈、史，芟夷卢、高，在举世竞尚南宋之时，实独抒己见，义各有当。"②在周济看来，浙派独宗姜张的学词门径着实不可取，学词者就应当选择自己所开示的门径，从王沂孙入手，经吴文英、辛弃疾以至周邦彦之"浑化"。龙榆生先生认为："一种学术宗派之建立，必有其所标之特殊宗旨，力足以振废起衰，乃能使学者景从，蔚成风会。"③正是在周济的努力下，常州词学才得以彻底摆脱浙西的影响，以全新的理论主张引领当时的词坛风尚，正如谭献指言："近时颇有人讲南唐、北宋，清真、梦窗、中仙之绪既昌，玉田、石帚渐为已陈之刍狗。周介存有'从有寄托入，以无寄托出'之论，然后体益尊，学益大。"④

当然，周济对于浙派的主张也并非全盘否定，而是有所借鉴。周济在《介存斋论词杂著》中对初学词者提出了两条建议：一是"求空，空则灵气往来"，二是"求有寄托，有寄托则表里相宣，斐然成章"。⑤ 其中，"寄托"是常派词学的核心关切，周济倡导初学者"求有寄托"自是题中应有

---

① 周济《宋四家词选目录序论》，《词话丛编》，第 1646、1644 页。
② 陈匪石《声执》卷下，《词话丛编》，第 4965 页。
③ 龙榆生《论常州词派》，龙榆生《龙榆生全集》第三卷，上海古籍出版社，2015 年，第 494 页。
④ 谭献《复堂词话》，《词话丛编》，第 3999 页。
⑤ 周济《介存斋论词杂著》，《词话丛编》，第 1630 页。

之义。相比之下,所谓的"求空"更为值得关注。周济认为"空"在词中体现为"灵气往来",这就与张炎提到的"清空"颇为接近,比如"姜白石词如野云孤飞,去留无迹。"① 当"清空"从浙西尊崇的最高标准变成周济设定的入门要求,姜夔、张炎的词史地位自然随之发生变动。在南宋雅词诸家之中,王沂孙的创作既"最近叔夏一派",又"最多故国之感"②,因而被周济选为学词之入门,也就是所谓的"问途碧山"。由此可见,即便周济强调常州与浙西之别,但常、浙两派之间的主张仍然存在融通之处。至于周济本人的创作,其实也受到南宋雅词的影响。以《味隽斋词》为例,词集中调寄《疏影》《暗香》《扬州慢》《南浦》之作并不在少数。周济倡导"初学词求空",应当与其自身的创作经验有关。

对于浙西一派标举的南宋雅词,周济在整体上持相对批评的态度。不过,周济在建构理论的过程中却将吴文英、王沂孙两家置于不可替代的核心地位。沿着张惠言"意内言外"的理论方向,周济提出"问途碧山,历梦窗、稼轩,以还清真之浑化"的学词门径,在嘉道之际有力地推动了词学风尚的南北转向和词学宗派的浙常代兴,成为清代词坛的旗帜性人物。

小　结

在浙西一派笼罩词坛之际,张惠言受《说文解字》的启发,提出"意内言外"之说。张氏于宋代认可八位词家,包括姜夔、王沂孙和张炎,并没有因为浙派对南宋雅词的热烈追捧而对其有所排斥。在手批《山中白云

---

① 相关问题可参见孙克强《周济词学思想的变化与常州词派理论的完善》,《中国文学研究》第九辑,中国文联出版社,2007 年,第 258 页。
② 周济《介存斋论词杂著》,《词话丛编》,第 1635 页。

词》的过程中,张惠言采取了有别于浙派的解读方式,通过词之"言"探求词之"意"。得张氏词学嫡传的董士锡论词主"清",于宋代词人推尊六家,姜夔、张炎亦位列其中。其子董毅推出《续词选》,增选了大量张炎词作。"受法"于董士锡的周济则"纠弹姜、张",选择王沂孙、吴文英、辛弃疾、周邦彦构成常州一派的学词门径,从而完成了自辟町畦的历史任务。

第六章　由南溯源：陈廷焯雅词观念的演进

陈廷焯(1853—1892)是晚清时期著述丰硕的著名词学家。陈氏的词学，最初受浙西词派的影响。同治十三年(1874)，他编撰完成《云韶集》二十六卷，卷首《词坛丛话》一卷。这部选本收录的范围虽然涵盖唐词、五代十国词、宋词、金词、元词、明词和清词，但宋词尤其是南宋雅词无疑是其讨论的一大重点。《云韶集序》云："有唐一代，太白、子同首开其体，继至白、温踵事增华，至五代而规模益备，至两宋乃集其大成。北宋方回、美成各有千古，南宋自鄱阳白石出，竹屋、梅溪、梦窗、草窗、西麓、竹山、碧山、玉田诸家，起而羽翼之，出《风》入《雅》，词至是蔑以加矣。"[1]其后，他逐渐受常州词派的影响，分别于光绪十六年(1890)和光绪十七年(1891)编撰完成《词则》四集二十四卷、《白雨斋词话》十卷，转而调整论调，力求"上溯《风》《骚》"，"为探本之论"，"语正始之原"。[2] 有鉴于此，本章拟由南宋雅词入手，结合陈廷焯在不同阶段的词学著述，探究其雅词观念的演进历程。

---

[1] 陈廷焯《云韶集序》，陈廷焯撰，孙克强主编《白雨斋词话全编》，第20页。
[2] 陈廷焯《白雨斋词话·自序》，陈廷焯撰，孙克强主编《白雨斋词话全编》，第1161页。

一、《云韶集》：依准《词综》与宗尚雅正

一般而言，清代的词学家往往借助词选或词话来承载自己的词学观念。陈廷焯对两种载体均相当重视，先后撰成《云韶集》《词则》两种选本和《词坛丛话》《白雨斋词话》两种词话。其中，《词坛丛话》位于《云韶集》卷首，自然可以算作词选的组成部分，这与清初邹祗谟、王士禛的《倚声初集》较为相像。纵观整部《云韶集》，浙西词派对陈廷焯的影响表现得颇为明显。《云韶集序》云："余因不揣谫陋，汇历朝词为二十六卷，以竹垞太史《词综》为准，一洗《花间》《草堂》之习。惜太史所录至元而止，顷阅《御选历代诗馀》《四库全书提要》暨吴中陆氏、华亭夏氏《词选》，并采撷诸家诗话、传记，中又得青浦王氏所选《明词综》及《国朝词综》，可谓先获我心，减其五六，增以二三，汇为是集。"①陈氏对浙西词学的接受，不仅体现在选词时取材浙派诸选上，而且体现在论词时借鉴浙派诸家上。经过比对，屈兴国先生指出："《词坛丛话》部分条目尝取朱彝尊《词综·发凡》及夏秉衡《清绮轩词选·发凡》中套语移入。"②而在上述诸多选本

---

① 陈廷焯《云韶集序》，陈廷焯撰，孙克强主编《白雨斋词话全编》，第 20 页。
② 参见［清］陈廷焯著、屈兴国校注《白雨斋词话足本校注》，齐鲁书社，1983 年，第 894—897 页。当然，陈廷焯编撰《云韶集》之所以主要参考已有的词选，与其自身所能接触的词籍相对有限也不无关系。比如，《词坛丛话》第二五则云："白石词中之仙也，惜其乐府五卷，今仅存二十馀阕。自国初已然，今更无论矣。当于各书肆中，以及穷乡僻壤，遍访之。"此处对于姜夔词的介绍，沿用了《词综发凡》的说法："姜尧章氏最为杰出，惜乎《白石乐府》五卷，今仅存二十馀阕也。"其实，在同治十三年《云韶集》成书之前，姜夔词已有多种刻本行于世。不过，陈廷焯当时对此事并不知晓，反而计划遍访各地以求之。同样的情况也出现在张炎小传中，陈廷焯沿用《词综》卷二一的说法，声称张氏有《玉田词》三卷，殊不知《玉田词》只有二卷，而张氏之《山中白云词》八卷也早有多种刻本流传。陈氏对姜、张词集的存世版本不甚了解，也从一个侧面反映了清代词籍刊刻与传播情况的复杂性。

第六章　由南溯源：陈廷焯雅词观念的演进　　169

之中,对陈氏影响最大的当数朱彝尊、汪森的《词综》。

　　《词综》在陈廷焯心目中享有崇高的地位,《词坛丛话》云:"竹垞所选《词综》,自唐至元,凡三十八卷,一以雅正为宗,诚千古词坛之圭臬也。"①在框架设计方面,《云韶集》就对《词综》多所借鉴。《词综》前三十卷为唐、五代十国、宋、金、元词,后六卷分别补人、补词。《云韶集》凡二十六卷,前二十三卷为唐、五代十国、宋、金、元、明、清词,卷二四补词,卷二五补人,卷二六为杂体。在词人介绍方面,《云韶集》更是沿用了《词综》的体例,依次罗列词人的姓名、字号、爵里、词集,附之以词家评语。在两个选本重叠的元以前部分,陈廷焯基本沿袭了《词综》的词人介绍,只是补充了一些相应的内容。而在同曲异调、作品归属、词作分段等存在争议的问题上,《云韶集》大多遵从《词综》之说。比如,《词坛丛话》云:"四声二十八调,各有其伦。柳屯田《乐章集》,有同一曲名,字数长短不齐,分入各调者。姜白石《湘月》词注云:此《念奴娇》之鬲指声也。则曲同字数同,而《湘月》《念奴娇》,调实不同,合之为一非矣。词固有一曲而各异其名者。是集悉本竹垞《词综》之例,不敢更易。审音者度无勿知,似不必比而同之也。"②又比如,《云韶集》卷一于冯延巳名下收录《蝶恋花》(庭院深深深几许),陈氏批曰:"此词他本皆云欧阳永叔作,惟朱竹垞《词综》独云冯延巳作。竹垞博览群书,必有所据也。"③再比如,《云韶集》卷五收录张孝祥《六州歌头》(长淮望断),陈氏批曰:"历朝词选,自起处至'亦膻腥'为第一段,自'隔水'至'且休兵'为第二段,自'冠盖使'至

---

① 陈廷焯《词坛丛话》第五一则,陈廷焯撰,孙克强主编《白雨斋词话全编》,第 10 页。按,"三十八"当作"三十六"。
② 陈廷焯《词坛丛话》第一〇一则,陈廷焯撰,孙克强主编《白雨斋词话全编》,第 17 页。
③ 陈廷焯编选《云韶集》卷一。

末为第三段。于调未合,今从竹垞《词综》分为二段为正。"①即便后来陈廷焯编选《词则》时并不认同朱彝尊在理论上的主张,但他依旧认可朱氏在文献上的论断。

推尊南宋雅词是朱彝尊、汪森编纂《词综》的主要目的,这在《云韶集》中也有着显著的体现。汪森在《词综序》中勾勒了南宋雅词的发展脉络:"鄱阳姜夔出,句琢字炼,归于醇雅。于是史达祖、高观国羽翼之,张辑、吴文英师之于前,赵以夫、蒋捷、周密、陈允衡、王沂孙、张炎、张翥效之于后,譬之于乐,舞《箾》至于九变,而词之能事毕矣。"陈廷焯在论及姜夔时回应了汪氏的观点:"白石词,如白云在空,随风变灭,独有千古。同时史达祖、高观国两家,直欲与白石并驱,然终让一步。他如张辑、吴文英、赵以夫、蒋捷、周密、陈允平、王沂孙诸家,各极其盛,然未有出白石之范围者。惟玉田词,风流疏快,视白石稍逊,当与梅溪、竹屋,并峙千古。"②两相对比可以发现,除了元人张翥以外,陈廷焯对南宋雅词的整体认识,似乎只在张炎一家之上与汪森稍有不同。《云韶集》卷九收录张炎词,陈氏评曰:"玉田词亦是取法白石,而风度高超,襟期旷远,不独入白石之室,几欲与之颉颃。"③这样的论调,或许可以视作清代词坛姜张并举的馀波。除此之外,陈廷焯对吴文英的评价也有所提高。尽管张炎曾批评吴文英词"如七宝楼台,眩人眼目,碎拆下来,不成片段"④,但清初词家对梦窗词依旧表示认可,比如,曹贞吉在《秋锦山房词序》中指出:"尝谓南宋词人如梦窗之密、玉田之疏,必兼之乃工。"陈廷焯深以为然,

---

① 陈廷焯《云韶集辑评》卷五,陈廷焯撰,孙克强主编《白雨斋词话全编》,第135—136页。
② 陈廷焯《词坛丛话》第二六则,陈廷焯撰,孙克强主编《白雨斋词话全编》,第6页。
③ 陈廷焯《云韶集辑评》卷九,陈廷焯撰,孙克强主编《白雨斋词话全编》,第207页。
④ 张炎《词源》卷下,《词话丛编》,第259页。

他在评价朱彝尊时连续讨论了这一话题：

> 词贵疏密相间。昔人谓梦窗之密，玉田之疏，必兼之乃工。然兼之实难。竹垞词，人知其疏矣，未知其密也。
>
> 昔人谓吴梦窗词，如七宝楼台，拆碎下来，不成片段。余谓张玉田词，如镜花水月，万籁空虚。兼两家之妙者，竹垞也。①

在第一则词话中，陈廷焯在前半部分转述了曹贞吉的观点，进而在后半部分指出，自称"倚新声、玉田差近"的朱彝尊在创作中其实也兼取梦窗，因而其词能达到"疏密相间"的境界。在第二则词话中，陈廷焯分别以前人的"七宝楼台，拆碎下来，不成片段"和自己的"镜花水月，万籁空虚"来形容吴文英的"质实"与张炎的"清空"。陈氏认为朱彝尊词兼吴、张之妙，这显示出他对"质实"的认可态度。陈廷焯的这番观点，应该源自其对梦窗词的精细研读，正如其评《倦寻芳》（暮帆挂雨）云："读梦窗词须息心静气，方知其炼字炼句，用意用笔之妙，世人讥其太晦者，正粗心浮气，不善读梦窗词耳。"在他看来，"梦窗以旷逸之才，发沉静之思，直入白石清空之室，当与梅溪并驱"。②

不过，在推尊南宋的同时，陈廷焯也崇尚北宋，用他自己的话来说就是"以两宋为宗"③，这也成为朱规陈随中的一抹异色。在《词坛丛话》的最初部分，陈廷焯就充分阐明了这一立场：

---

① 陈廷焯《词坛丛话》第四九、五〇则，陈廷焯撰，孙克强主编《白雨斋词话全编》，第10页。
② 陈廷焯《云韶集辑评》卷八，陈廷焯撰，孙克强主编《白雨斋词话全编》，第185页。
③ 陈廷焯《词坛丛话》第一〇七则，陈廷焯撰，孙克强主编《白雨斋词话全编》，第18页。

> 词至于宋,声色大开,八音俱备,论词者以北宋为最。竹垞独推南宋,洵独得之境,后人往往宗其说。然平心而论,风格之高,断推北宋。且要言不烦,以少胜多,南宋诸家,或未之闻焉。南宋非不尚风格,然不免有生硬处,且太着力,终不若北宋之自然也。
>
> 北宋间有俚词,间有冗语。南宋则一归纯正,此北宋不及南宋处。
>
> 北宋词,《诗》中之风也;南宋词,《诗》中之雅也。不可偏废,世人亦何必妄为轩轾。①

在陈廷焯看来,朱彝尊的"独推南宋"固有其"独得之境",但亦有可议之处。总体而言,北宋词虽"间有俚词,间有冗语",但"风格之高,断推北宋";南宋词虽"不免有生硬处,且太着力",但能"一归纯正"。因此,他认为后人在探讨词的南北宋之争时当"平心而论",切不可"妄为轩轾"。相应地,在推举两宋典范词人时,陈廷焯也并未独尊白石,而是将北宋的贺铸、周邦彦和南宋的姜夔一起尊为"圣于词者"。

至于《云韶集》的选词标准,同样深受朱彝尊《词综》的影响,正如陈廷焯所述:"余选此集,自唐迄元,悉本先生《词综》,略为增减,大旨以雅正为宗,所以成先生之志也。"②朱彝尊在《词综发凡》中指出,"宋人选词,多以雅为目"。③ 因此,他和汪森接续宋人的传统,在编纂过程中选取醇雅词作、宣扬浙派主张。在尚雅风气笼罩词坛之际,陈廷焯上承竹

---

① 陈廷焯《词坛丛话》第五、六、七则,陈廷焯撰,孙克强主编《白雨斋词话全编》,第3—4页。
② 陈廷焯《云韶集辑评》卷一五,陈廷焯撰,孙克强主编《白雨斋词话全编》,第375页。
③ 朱彝尊《词综发凡》,朱彝尊、汪森编《词综》,第7页。

垞之志,拈出"雅正"以统摄《云韶集》。不过,由于时代的变迁、学养的差异,陈廷焯对雅词的理解并未沿袭《词综》,而是在继承中有所发展。

陈廷焯对于"雅正"的界定,其实相对宽泛,《词坛丛话》云:"是集所选,一以雅正为宗。纯正者十之四五,刚健者十之二三,工丽者十之一二。其一切淫词滥语,及应酬无聊之作,概不入选。"①换言之,入选《云韶集》的雅正之词,既包括纯正者,也包括刚健者,还包括工丽者。至于何为纯正者、何为刚健者、何为工丽者,陈氏在《云韶集》中虽未明言,但其后来编纂的《词则》或可提供参照。在《词则》中,陈氏"择其尤雅者"编为《大雅集》,"取纵横排奡感激豪宕者"编为《放歌集》,"取尽态极妍哀感顽艳者"编为《闲情集》,取"一切清圆柔脆争奇斗巧者"编为《别调集》。②纯正者似可对应《大雅集》,刚健者似可对应《放歌集》,工丽者似可对应《闲情集》与《别调集》。

在具体论述时,陈廷焯所宗尚的"雅正"包括但不限于汪森《词综序》所标举的"醇雅"。在《云韶集》中,"骚雅""风雅""闲雅""婉雅""雅秀""和雅""纯雅""精雅"等范畴的出现频率较之"醇雅"要高得多。其中,"纯雅"虽在字音上与"醇雅"一致,但两者的意涵不尽相同。汪森《词综序》云:"鄱阳姜夔出,句琢字炼,归于醇雅。"而陈廷焯《词坛丛话》云:"词中之有姜白石,犹诗中之有渊明也。琢句炼字,归于纯雅。"③很明显,陈氏是想以"纯雅"取代汪氏的"醇雅"。上文提到,陈氏认为"南宋则一归纯正,此北宋不及南宋处"。而在《云韶集》的评价体系中,姜夔是南宋唯一一位"圣于词者",自然是纯正者的重要代表。这样看来,"纯雅"也就比"醇雅"更加合乎"雅正"的标准。当然,后人也不能仅仅依据"南宋则

---

① 陈廷焯《词坛丛话》第九三则,陈廷焯撰,孙克强主编《白雨斋词话全编》,第15页。
② 陈廷焯《词则总序》,陈廷焯撰,孙克强主编《白雨斋词话全编》,第696页。
③ 陈廷焯《词坛丛话》第二四则,陈廷焯撰,孙克强主编《白雨斋词话全编》,第5页。

一归纯正,此北宋不及南宋处",就认为纯正者只包括南宋雅词而不包括北宋词。毕竟,北宋只是"间有俚词,间有伉语",而朱彝尊所选欧阳修词也"极为纯雅"①。

在点评词作时,陈廷焯的着眼点包括但不限于汪森所说的"句琢字炼"。除了注重词人的"炼字""炼句"以外,他还注重"炼意""炼骨""炼气""炼格"。比如,《云韶集》卷六评姜夔《念奴娇》(闹红一舸)云:"此词炼字炼句,炼意炼骨,归于纯雅,真词中集大成者。楚骚化境。'高柳'三语,风雅绝世,他手不乏风采,总无此雅致也。"②所谓"炼意"一说早已有之,宋魏庆之《诗人玉屑》卷八引《金针格》云:"炼句不如炼字,炼字不如炼意,炼意不如炼格;以声律为窍,物象为骨,意格为髓。"③清王士禛《诗问》卷四云:"问:又云炼句不如炼字,炼字不如炼意。意何以炼?答:炼意或谓安顿章法,惨淡经营处耳。"④其实,就创作而言,"安顿章法"的重要性应该远超锤炼字句。正因为如此,浙派中人在醉心于炼字、炼句的同时,也开始强调炼意。比如,厉鹗评张四科词曰:"张渔川词,删削靡曼,归于骚雅。其研词炼意,以乐笑翁为法。读响山一编,觉白云未远也。"⑤陈元鼎评张炳堃词云:"著作之富,不数月又得数十首,炼意炼句,直入山中白云之室。"⑥或许是由于张惠言倡导"意内言外",常派中人在论词时也言及"炼意"。蒋敦复指出:"迩年词学大盛,俱墨守秀水朱氏之说,专宗姜张,域于南渡诸家,罕及《花庵词选》者,况《花间》乎?敦复尝

---

① 陈廷焯《云韶集辑评》卷二,陈廷焯撰,孙克强主编《白雨斋词话全编》,第57页。
② 陈廷焯《云韶集辑评》卷六,陈廷焯撰,孙克强主编《白雨斋词话全编》,第151页。
③ [宋]魏庆之著、王仲闻点校《诗人玉屑》,中华书局,2007年,第240页。
④ [清]王士禛等《诗问》卷四,张寅彭编纂,杨焄点校《清诗话全编·顺治康熙雍正期》,上海古籍出版社,2018年,第4176—4177页。
⑤ 冯金伯《词苑萃编》卷八,《词话丛编》,第1953页。
⑥ 陈元鼎同治四年(1865)题识,[清]张炳堃《抱山楼词录》,清光绪十五年刻本。

欲救之,作词话,以有厚入无间及炼意炼字句之法告人,尊词品故也。"①至于其具体涵义,王韬也在《芬陀利室词话序》中加以说明:"余亦谓词之一道,易流于纤丽空滑,欲反其弊,往往变为质木,或过作谨严,味同嚼蜡矣。故炼意炼辞,断不可少,炼意所谓添几层意思也,炼辞所谓多几分渲染也。"②由是观之,无论是浙派中人,还是常派中人,各家都相当重视"炼意"的作用。至于陈廷焯的观点是受哪一家的启发,一时之间恐怕很难考证。陈氏对"炼意"等方面的关注似乎可以表明,尽管他当时奉《词综》为圭臬,但他的雅词观念并不为《词综》所囿。

在陈廷焯强调"一以雅正为宗"时,《云韶集》中有一类词尤为值得关注,那就是艳词。由于艳词的地位相对特殊,陈氏在《词坛丛话》中特别强调了选录标准:"词虽不避艳冶,亦不可流于秽亵。……是集所选艳词,皆以婉雅为宗。"③在实际操作中,陈廷焯有时也能严守标准。比如,《云韶集》卷一四收录高士奇的《双调望江南》(堪忆处),陈氏评曰:"婉艳有情,艳词如此便足,便觉风雅,否则失之流。"④然而,在不少场合中,陈廷焯未能坚守立场,仅涉及"凄艳"的评语就多达上百条。比如,陈氏奉周邦彦为"圣于词者",《云韶集》卷四收录其多首艳词。陈氏评《忆秦娥》(香馥馥)云:"艳丽无比。风流凄艳,令读者忍俊不禁。"评《过秦楼》(水浴清蟾)云:"婉约芊丽。凄艳绝世,满纸是泪,而笔墨极尽飞舞之致。"⑤其实,上述两阕在清真词中并非上乘之作,后来也没有入选《词则》。之所以会出现这类现象,与陈廷焯的学词经历不无关系,《词坛丛话》云:

---

① 蒋敦复咸丰八年(1858)跋,[清]潘遵璈《香隐盦词》,清光绪八年刻本。
② 王韬《芬陀利室词话序》,[清]蒋敦复《芬陀利室词话》,《词话丛编》,第3627页。
③ 陈廷焯《词坛丛话》第一○二则,陈廷焯撰、孙克强主编《白雨斋词话全编》,第17页。
④ 陈廷焯《云韶集辑评》卷一四,陈廷焯撰、孙克强主编《白雨斋词话全编》,第354页。
⑤ 陈廷焯《云韶集辑评》卷四,陈廷焯撰、孙克强主编《白雨斋词话全编》,第95、96页。

"余十七八岁,便嗜倚声。古人老去填词,余愧学之早矣。余初好为艳词,四五年来,屏削殆尽。"①可是,四五年的时间恐怕尚不足以将其对艳词的偏好"屏削殆尽"。而当"雅正"的选词标准因相对宽泛而不够清晰时,一些不尽雅正的艳词就可能乘虚而入了。

陈廷焯的《云韶集》,虽然在框架设计、词人介绍等诸多方面深受朱彝尊《词综》的影响,但他不仅推尊南宋,而且崇尚北宋,呈现出"以两宋为宗"的论词旨趣。陈氏以"雅正"为选词标准,提倡"纯雅",在注重"炼字炼句"的同时也注重"炼意炼骨",展现了对浙西词学的继承与发展。

二、《词则》:服膺《词选》与鼓吹沉郁

《云韶集》所收词人词作止于道光初年,陈廷焯曾计划进行续编:"是集所选,自汉迄道光初年而止。我朝文教蔚兴,词学盛行。海内诸名家,各有集本,岂无合作。惜余年少,限于见闻,又僻处东南,交游未广。仅就管窥之见,录为是集。而道光已后诸名家,俟续集再当补入。"②不过,其后陈廷焯的词学主张发生重大转变,续集一事也就无从谈起,取而代之的是"七易稿而后成"③的《词则》。

陈廷焯的词学转向,与几位师友的影响密不可分,其自述云:"余词得力处,半由蒿庵(庄棫)一言,半由道农(王耕心)、子薪(李慎传)辩论之功也。"④在三人之中,庄棫所扮演的角色最为重要。

---

① 陈廷焯《词坛丛话》第九三则,陈廷焯撰,孙克强主编《白雨斋词话全编》,第15页。
② 陈廷焯《词坛丛话》第一一一则,陈廷焯撰,孙克强主编《白雨斋词话全编》,第18页。
③ 陈廷焯《白雨斋词话》卷七,第一三则,陈廷焯撰,孙克强主编《白雨斋词话全编》,第1269页。
④ 陈廷焯《白雨斋词话》卷七,第六〇则,陈廷焯撰,孙克强主编《白雨斋词话全编》,第1281页。

中白病殁时,年甫半百。生平与余觌面,不过数次,晤时必谈论竟夕。余出旧作与观,语余曰:"子于此道,可以穷极高妙,然仓卒不能臻斯境也。"又曰:"子知清真、白石矣,未知碧山也。悟得碧山,而后可以穷极高妙。"(此言在中白病殁之前一年。)余初不知其言之恳至也。十馀年来,潜心于碧山,较曩时所作,境地迥别,识力亦开。乃悟先生之言,嘉惠不浅。思以近作就正于先生,而九原已不可作,特记其言如此。

近人为词,习绮语者,托言温、韦。衍游词者,貌为姜、史。扬湖海者,倚于苏、辛。近今之弊,实六百馀年来之通病也。余初为倚声,亦蹈此习。自丙子年与希祖先生遇后,旧作一概付丙,所存不过己卯后数十阕,大旨归于忠厚,不敢有背《风》、《骚》之旨。过此以往,精益求精,思欲鼓吹蒿庵,共成茗柯复古之志。蒿庵有知,当亦心许。①

庄棫(1830—1878),一名忠棫,字希祖,号中白,为陈廷焯之姨表叔,著有《蒿庵词》。据陈廷焯所述,他和庄棫之间的见面次数并不多,但每次都相谈甚欢。光绪二年(丙子,1876),陈廷焯与庄棫相遇,呈上旧作向庄氏请益。庄氏的教诲让陈廷焯意识到,自己过往的创作亦有"六百馀年来之通病"存焉:或"托言温、韦",或"貌为姜、史",或"倚于苏、辛",只是优孟衣冠,不能臻于高妙之境。陈氏幡然醒悟,将旧作付之一炬。光绪三年(1877),即庄棫"病殁之前一年",庄氏又提醒陈廷焯:在师法周邦彦、姜夔的同时须留意王沂孙,因为只有"悟得碧山",方可"穷极高妙"。正

---

① 陈廷焯《白雨斋词话》卷六,第三、二六则,陈廷焯撰,孙克强主编《白雨斋词话全编》,第1249、1255页。

是在这位长辈的引导下,陈廷焯编纂词选时不再"以竹垞太史《词综》为准",转而大谈"《风》《骚》之旨",希慕"茗柯复古之志"。

在光绪十六年的《词则总序》中,陈廷焯指出:"卓哉皋文,《词选》一编,宗风赖以不灭,可谓独具只眼矣。"①这样一来,《词综》"千古词坛之圭臬"的尊号也就宣告易主:"皋文《词选》一编,可称精当。识见之超,有过于竹垞十倍者,古今选本,以此为最。"②不过在服膺《词选》的同时,陈廷焯也指出其不尽如人意之处:"惜篇幅狭隘,不足以见诸贤之面目。而去取未当者,十亦有二三。"有鉴于此,陈氏决定重新编纂词选,其《词则总序》云:"余窃不自揣,自唐迄今,择其尤雅者五百馀阕,汇为一集,名曰《大雅》。长吟短讽,觉南龥雅化,湘汉骚音,至今犹在人间也。顾境以地迁,才有偏至,执是以寻源,不能执是以穷变。《大雅》而外,爰取纵横排奡感激豪宕者四百馀阕为一集,名曰《放歌》。取尽态极妍哀感顽艳者六百馀阕为一集,名曰《闲情》。其一切清圆柔脆争奇斗巧者,别录一集,得六百馀阕,名曰《别调》。《大雅》为正,三集副之,而总名之曰《词则》。求诸《大雅》,固有馀师。即遁而之他,亦即可于《放歌》《闲情》《别调》中求大雅,不至入于歧趋。古乐虽亡,流风未阒,好古之士,庶几得所宗焉。"③

在七易其稿的过程中,陈廷焯不仅对词体起源重新展开论述,而且对词史脉络重新进行勾勒。

词体起源几乎是每一部词选编者都需要着手讨论的问题。陈廷焯认同汪森"自有诗而长短句即寓焉"④的观点,其《云韶集序》云:"《康衢》

---

① 陈廷焯《词则总序》,陈廷焯撰,孙克强主编《白雨斋词话全编》,第696页。
② 陈廷焯《大雅集》卷六,陈廷焯撰,孙克强主编《白雨斋词话全编》,第790页。
③ 陈廷焯《词则总序》,陈廷焯撰,孙克强主编《白雨斋词话全编》,第696页。
④ 汪森《词综序》,朱彝尊、汪森编《词综》,第1页。

《击壤》,诗之先声,而词之原也。《诗》亡而后《骚》作;《骚》亡而后乐府作。魏、晋以后,竞尚排偶,陈、隋之间否亦极矣,虽欲不为律体而有所不能。自五七言各分古、律、绝,传于伶官乐部,而古乐府亡,长短句无所依,词于是作焉。词也者,所以补诗之阙,而非诗之馀也。"①陈序指出,词与诗同出一脉,都源自上古民歌。从文体的角度来看,从诗到词经历了"《诗》—《骚》—乐府—词"的发展过程。后来,他又看到了张惠言关于词体起源的讨论:"词者,盖出于唐之诗人,采乐府之音以制新律,因系其词,故曰词。传曰:意内而言外谓之词。其缘情造端,兴于微言,以相感动。极命风谣里巷男女哀乐,以道贤人君子幽约怨悱不能自言之情。低徊要眇以喻其致。盖《诗》之比兴,变风之义,骚人之歌,则近之矣。"②张惠言虽然没有将词的起源追溯到上古民歌,但他将词与"《诗》之比兴,变风之义,骚人之歌"联系起来,大幅提高了词体的历史地位。受其影响,陈廷焯对词体起源提出了新的论述,《词则总序》云:"风骚既息,乐府代兴。自五七言盛行于唐,长短句无所依,词于是作焉。词也者,乐府之变调、风骚之流派也。"③陈廷焯不再拘泥于词体是否源于"《康衢》《击壤》",而是突出词与"风骚"之间的关系。他将"《诗》—《骚》—乐府—词"发展过程中的《诗》《骚》合而观之,从而得出词是"乐府之变调、风骚之流派"的结论。

既然陈廷焯转而认为词"本诸《风》《骚》"④,那么其过往对词史脉络的勾勒就需要进行相应的调整。上文提到,《云韶集》是"以两宋为宗",以贺铸、周邦彦、姜夔为"圣于词者"。而在《词则》中,陈氏认为"温、韦发

---

① 陈廷焯《云韶集序》,陈廷焯撰,孙克强主编《白雨斋词话全编》,第 20 页。
② 张惠言《词选序》,张惠言辑《词选》。
③ 陈廷焯《词则总序》,陈廷焯撰,孙克强主编《白雨斋词话全编》,第 696 页。
④ 陈廷焯《大雅集序》,陈廷焯撰,孙克强主编《白雨斋词话全编》,第 697 页。

其端,两宋名贤畅其绪",属"风雅正宗"①,并以周邦彦、秦观、姜夔、王沂孙为"圣于词者"②。因此,下表将以温韦及两宋八名家为例,展示《云韶集》与《词则》对词史脉络的梳理。

表 6-1 《云韶集》《词则·大雅集》词人、词作评语对比表

词人	《云韶集》	《词则·大雅集》
温庭筠	飞卿词绮语撩人,开五代风气。飞卿词以情胜,以韵胜,最悦人目;然视太白、子同、乐天风格,已隔一层。	(词评)飞卿短古,深得屈子之妙。《菩萨蛮》诸阕,亦全是楚骚变相,徒赏其芊丽,误矣!
韦庄	端己词凄艳入人骨髓,飞卿之流亚也。	(词评)词至端己,语渐疏,情意却深厚,虽不及飞卿之沉郁,亦古今绝构也。
秦观	少游词缠绵婉约,出柳耆卿之右。少游词于婉约中,亦时有俊快处,是真正作家。	(词评)起伏照应,六章如一章,仿佛飞卿《菩萨蛮》遗意。
贺铸	词至方回,悲壮风流,抑扬顿挫,兼晏、欧、秦、柳之长,备苏、黄、辛、陆之体,一时尽掩古人。两宋词人除清真、白石两家外,莫敢与先生抗手。	(词评)此词应有所指,骚情雅意,哀怨无端,读者亦不自知何以心醉也。
周邦彦	词至美成,开阖动荡,包扫一切。读之如登太华之山,如掬西江之水,使人品概自高,尘垢涤尽,两宋作者除白石、方回,莫与争锋矣。	(词评)苍凉沉郁,开白石、碧山一派。(词评)美成小令于温、韦、晏、欧外别开境界,遂为南宋诸名家所祖。
姜夔	白石词亦是祖述清真,而高者令美成却步。……若白石神清意远,不独方回、清真不得专美于前,直欲合唐、宋、元、明诸家,尽归笼罩矣。	白石词,清虚骚雅,前无古人,后无来者,真词中之圣也。
高观国	竹屋、梅溪、梦窗、草窗诸家,大致远祖清真,近师白石。诸家中,梅溪、梦窗尤臻绝顶。	(词评)白石《暗香》《疏影》已成绝调,除碧山外,后人无能为继。

---

① 陈廷焯《词则总序》,陈廷焯撰,孙克强主编《白雨斋词话全编》,第 696 页。
② 陈廷焯《大雅集》卷四,陈廷焯撰,孙克强主编《白雨斋词话全编》,第 749 页。

续　表

词人	《云韶集》	《词则·大雅集》
史达祖	梅溪词,祖述自是清真,而取法全师白石,其高处虽令美成、尧章为之,当不过是。	(词评)白石、梅溪皆祖清真,白石化矣,梅溪或稍逊焉,然高者亦未尝不化,如此篇是也。
吴文英	南宋自姜尧章出,直追清真,度越千古。竹屋、梅溪为其羽翼,后有作者,远莫能及。梦窗以旷逸之才,发沉静之思,直入白石清空之室,当与梅溪并驱。	梦窗词能于超逸中见沉郁,不及碧山、梅溪之厚,而才气较胜。 (词评)笔意逼近美成。
周密	草窗词亦是取法白石,而精深雅秀,尽有独至处。	草窗词,刻意学清真,句法字法,居然逼似,惟气体终觉不逮。
王沂孙	碧山词自是取法白石,风流飘洒,如春云秋月,令人爱不释手。碧山词与陈西麓仿佛,但陈以和雅胜,王以清丽胜,要皆师白石而得其正者。	王碧山词,品最高,味最厚,意境最深,力量最沉。感时伤事之言,而出以缠绵忠爱,诗中之曹子建、杜子美也。词人有此,庶几无憾。
张炎	两宋作者前推方回、清真,后推白石、梅溪,余谓玉田词可上继清真,近追白石,出同时诸君之右,梅溪、竹屋似仍让此君一步。	玉田词,感时伤事,与碧山同一机轴,沉厚微逊碧山,其高者颇有姜白石意趣。

如果按时代论,上述诸名家分别属于唐五代、北宋和南宋。在《云韶集》中,陈廷焯对词人进行总评时主要着眼于其所处的时代,这一点在温、韦和南宋词人身上体现得较为明显。当时的陈廷焯"以两宋为宗",对唐五代词不甚措意,只是认为温庭筠"开五代风气",而韦庄乃其"流亚"。在评价南宋词人的过程中,陈廷焯虽不时指出诸家对清真的"祖述",但重点却在展示其他词人对姜夔的师法:从高观国的"近师白石"到史达祖的"取法全师白石",从吴文英的"直入白石清空之室"到周密的"亦是取法白石",从王沂孙的"自是取法白石"到张炎的"近追白石",未列入表格的张辑、赵以夫、蒋捷、陈允平亦是如此。至点评王沂孙时,陈廷焯更是指出:"碧山学白石得其清者,他如西麓得白石之雅,竹山得白石之俊快,梦窗、草窗得白石之神,竹屋、梅溪得白石之貌,玉田得其骨,仲举得其格,

盖诸家皆有专司,白石其总萃也。"①而在《词则》中,陈廷焯不再囿于时代的界限,由南宋诸家入手,一路上溯到"《风》《骚》之旨"。在重新点评南宋诸家的过程中,陈廷焯一定程度上淡化了姜夔对南宋词坛的"笼罩",开始揭示周邦彦对南宋词人的影响,包括"白石、梅溪皆祖清真",吴文英的"笔意逼近美成",以及周密的"刻意学清真"。在点评北宋词人时,陈廷焯着力挖掘诸家的承前启后之处:陈氏称秦观《如梦令》(门外鸦啼杨柳)等六阕"仿佛飞卿《菩萨蛮》遗意",贺铸《踏莎行》(杨柳回塘)有"骚情雅意"存焉,周邦彦《齐天乐》(绿芜雕尽台城路)"开白石、碧山一派",《菩萨蛮》(银河宛转三千曲)"为南宋诸名家所祖"。② 至于唐五代的温韦,则得到了迥异于《云韶集》的高度评价。比如,陈氏称温氏的《菩萨蛮》(小山重叠金明灭)"深得屈子之妙",而《菩萨蛮》诸阕"全是楚骚变相"。这样一来,陈廷焯就成功地呼应了其在《词则总序》中有关词体起源的论述。

在重新论述词体起源、勾勒词史脉络的同时,陈廷焯将"沉郁"作为雅词的评判标准,其《大雅集序》云:"古之为词者,志有所属,而故郁其辞;情有所感,而或隐其义。而要皆本诸《风》《骚》,归于忠厚。自新声竞作,怀才之士,皆不免为风气所囿,务取悦人,不复求本原所在。迦陵以豪放为苏、辛,而失其沉郁;竹垞以清和为姜、史,而昧厥旨归,下此者更无论矣。"③此处有关词的古、新之别,需要结合《词则总序》来理解:"温、韦发其端,两宋名贤畅其绪。风雅正宗,于斯不坠。金元而后,竞尚新

---

① 陈廷焯《云韶集辑评》卷九,陈廷焯撰,孙克强主编《白雨斋词话全编》,第 203 页。
② 陈廷焯《大雅集》卷二,陈廷焯撰,孙克强主编《白雨斋词话全编》,第 717、719、721 页。
③ 陈廷焯《大雅集序》,陈廷焯撰,孙克强主编《白雨斋词话全编》,第 697 页。

声。众喙争鸣,古调绝响。"①在陈廷焯心目中,唐、五代、宋词属于古调,金、元、明、清词属于新声。而他所崇尚的"沉郁",主要见之于古调。

自杜甫被奉为典范以来,"沉郁"一词往往和杜诗紧密相连。陈廷焯"少为诗歌,一以少陵杜氏为宗,杜以外不屑道也"②,对诗歌批评中的"沉郁"说自然相当熟悉。早在编纂《云韶集》时,他就将"沉郁"引入词的批评体系中。而在编纂《词则》时,他更是不断鼓吹"沉郁"。不过,从《云韶集》到《词则》,"沉郁"的意涵发生了变化。那些在《云韶集》中获评"沉郁"的词人、词作,后来的遭遇有着很大的差异。

表6-2 《云韶集》《词则》词人、词作评语对比表

词人词作	《云韶集》	《词则》
晁补之	卷三 (总评)无咎词沉郁顿挫,几欲与秦七、黄九并驱。	《放歌集》卷一 (无总评)
朱服 《渔家傲》(小雨纤纤风细细)	卷三 遣词琢句,精湛绝伦,仿佛范文正笔法。沉郁悲壮,笔墨淋漓,小儒何足知之。	《放歌集》卷一 慨当以慷。
赵鼎臣 《念奴娇》(旧游何处)	卷三 遣词亦倜傥风流。敲碎玉唾壶,舞倒清锋剑,悲壮淋漓,沉郁顿挫。	《放歌集》卷一 (无评)
周邦彦 《兰陵王》(柳阴直)	卷四 意与人同,而笔力之高压遍今古。又沉郁,又劲直,有独往独来之概。	《大雅集》卷二 一则曰"登临望故国",再则曰"闲寻旧踪迹",至收笔"沉思前事,似梦里,泪暗滴",遥遥挽合,妙有许多说不出处。欲语复咽,是为沉郁。
周邦彦 《齐天乐》(绿芜凋尽台城路)	卷四 只起二句便觉黯然销魂。下字用意无不精炼。沉郁苍凉,太白"西风残照"后有嗣音矣。	《大雅集》卷二 苍凉沉郁,开白石、碧山一派。

---

① 陈廷焯《词则总序》,陈廷焯撰,孙克强主编《白雨斋词话全编》,第696页。
② 王耕心《白雨斋词话叙》,陈廷焯撰,孙克强主编《白雨斋词话全编》,第1340页。

续　表

词人词作	《云韶集》	《词则》
李弥逊 《菩萨蛮》(江城烽火连三月)	卷四 沉郁之气溢于言表。笔致高绝，不落恒径。	《放歌集》卷一 怨而郁，正妙在不多说。
辛弃疾 《贺新郎》(绿树听鹈鴂)	卷五 悲郁。沉郁顿挫，姿态绝世。换头处起势崚嶒。悲歌顿挫。	《大雅集》卷二 沉郁苍凉，跳跃动荡，古今无此笔力。
辛弃疾 《摸鱼儿》(更能消几番风雨)	卷五 怨而怒矣，然沉郁顿宕，笔势飞舞，千古所无。"春且住"三字一喝，怒甚。胸中抑郁不禁全露，其免于祸也，辛矣。结得愈凄凉，愈悲郁。	《大雅集》卷二 "更能消"三字，从千回万转中倒折出来，有力如虎。怨而怒矣，姿态飞动，极沉郁顿挫之致。
辛弃疾 《浪淘沙》(身世酒杯中)	卷五 沉郁顿挫中自觉眉飞色舞。笔力雄大，辟易千人。结数语如闻霜钟，如听秋风，读者神色都变。	《放歌集》卷一 粗莽。必如稼轩，乃可偶一为之，馀子不能学也。结三语，忽有所悟，不知其何所感。
陆游 《双头莲》(华发星星)	卷六 沉郁顿挫，极淋漓宛转之致。明是哀时伤事，一片血泪，而说来一丝不露，意境虽极悲凉，遣词却极婉约，那得不令人心折。	
陆游 《感皇恩》(小阁倚秋空)	卷六 空有壮心，谁人许我。悲壮沉郁，盖亦情不自禁也。无可奈何，不如归去，我不忍卒读。	
朱彝尊	卷一五 (总评)竹垞词，小令之工，兼唐、宋、金、元诸家，而奄有众长；长调之妙，尤为沉郁顿挫，独往独来，取法南宋而不泥于南宋，先生真人杰哉！	《大雅集》卷五 (总评)竹垞、其年，在国初可称两雄，而心折秀水者尤众，至以为神明乎姜、史。本朝作者虽多，莫之能过。其实朱、陈两家皆非词中正声，其年气魄沉雄而未能深厚，竹垞措词温雅而未达渊微。求一篇如两宋诸公之沉郁顿挫，颇不易得，余不敢随声附和也。
王又曾 《齐天乐》(东风扶上春云顶)	卷二〇 写景处雄阔壮丽，沉郁苍凉兼而有之。无限凄感。	

词人词作	《云韶集》	续　表 《词则》
吴会 《满江红》（头白周郎）	卷二五 直起老。骨力苍雄，飞沙走石。后半阕淋淋漓漓，沉郁顿挫，令我读之欲歌欲泣。	《放歌集》卷六 笔力雄健。 浏漓顿挫，情词兼胜。

就词人而言，晁补之、朱彝尊均未能保留"殊荣"：前者的词作未能入选《大雅集》，首见于《放歌集》；后者虽有 8 首入选《大雅集》，但被认为求一篇沉郁之作而不易得，且其"艳体"受到青睐，有 72 首入选《闲情集》。就词作而言，《云韶集》中的 12 首"沉郁"之作有着近乎迥异的境遇：陆游的《双头莲》（华发星星）、《感皇恩》（小阁倚秋空）和王又曾的《齐天乐》（东风扶上春云顶）落选《词则》；朱服的《渔家傲》（小雨纤纤风细细）、赵鼎臣的《念奴娇》（旧游何处）、李弥逊的《菩萨蛮》（江城烽火连三月）、辛弃疾的《浪淘沙》（身世酒杯中）、吴会的《满江红》（头白周郎）虽入选《放歌集》，但均未获得"沉郁"的评价；周邦彦的《兰陵王》（柳阴直）、《齐天乐》（绿芜凋尽台城路）和辛弃疾的《贺新郎》（绿树听鹈鴂）、《摸鱼儿》（更能消几番风雨）则继续得到了"沉郁"的评价，然而只占 12 首词的三分之一。从朱服的"笔墨淋漓"到赵鼎臣的"悲壮淋漓"，从周邦彦的"独往独来"到李弥逊的"溢于言表"，从辛弃疾的"眉飞色舞"到陆游的"情不自禁"，从王又曾的"雄阔壮丽"到吴会的"飞沙走石"，《云韶集》中的"沉郁"大多指向充沛情感的酣畅抒发。无怪乎上表中的不少词作，都入选了收录"纵横排奡感激豪宕者"的《放歌集》。而在《词则》中，"沉郁"主要指向深沉情感的含蓄表达。在评论温庭筠《更漏子》（星斗稀）和周邦彦《兰陵王》（柳阴直）时，陈廷焯均提及"欲语复咽"：前者"中含无限情事"，后者"妙有许多说不出处"。[①] 在评论庄棫《青门引》（梦里

---

① 陈廷焯《大雅集》卷一、卷二，陈廷焯撰，孙克强主编《白雨斋词话全编》，第 703、721 页。

流莺啭)时,陈氏盛赞其"情怀万种,欲言难言,极沉郁之致"。① 与上述评语形成鲜明对比的是,陈廷焯批评陈维崧"只是一发无馀,不及稼轩之浑厚沉郁"。②

在庄棫等人的影响下,一度依准《词综》的陈廷焯转而服膺《词选》,七易其稿后完成《词则》的编纂。在新的选本中,陈氏不仅重新讨论词体起源,指出词是"乐府之变调、风骚之流派",而且重新勾勒词史脉络,从南宋雅词入手,一路追溯到"《风》《骚》之旨"。与此同时,他将"沉郁"作为雅词的评判标准,倡导深沉情感的含蓄表达。

三、《白雨斋词话》:全面梳理与弥合浙常

光绪十七年,也就是《词则》编纂完成的后一年,陈廷焯又完成了《白雨斋词话》的编撰工作。词选和词话的竣工时间如此接近,且两者之间的很多内容几乎一致,这很容易让人联想起之前的《云韶集》和《词坛丛话》。不过,《白雨斋词话》之于《词则》,与《词坛丛话》之于《云韶集》有很大的不同:《词坛丛话》位于《云韶集》的卷首,是词选的有机组成部分;《白雨斋词话》并不隶属于《词则》,其完成时间也足足晚了一年半。而更为重要的是,《白雨斋词话》较之《词则》又融入了一些新的说法和新的构想。比如,陈氏在编纂《词则》时服膺《词选》,最多认为张选有"篇幅狭隘"和"去取未当"之嫌,但他在《白雨斋词话》中就对张选略有批评:"作词贵求其本原,而文藻亦不可不讲。求之《词选》,以探其本。博之《词综》,以广其才。按之《词律》,以合其法。词之道,几尽于是。惟本之所

---

① 陈廷焯《大雅集》卷六,陈廷焯撰,孙克强主编《白雨斋词话全编》,第801页。
② 陈廷焯《大雅集》卷五,陈廷焯撰,孙克强主编《白雨斋词话全编》,第773页。

在,未易骤探。第求诸《词选》,尚不足臻无上妙谛。此余不得已撰述此编,推诸《风》《骚》,以尽精义。知我罪我,一任天下也。"①又比如,陈氏在《白雨斋词话》中谈到"拟辑古今二十九家词选"②,其编选目的很可能是以其取代《词则》。如果陈廷焯将《二十九家词选》编纂成书,那么《白雨斋词话》就在很大程度上具备了承前启后的意义。可惜天不假年,陈氏在《白雨斋词话》编成后的第二年就因病离世。这样一来,《白雨斋词话》便可以视作当时陈氏对自身词学观点的一次全面梳理。

在《词则》中,由于选本体例的限制,陈廷焯的评论大多是三言两语、点到为止,自然谈不上系统、深入。而在《白雨斋词话》中,由于词话的范畴相对宽泛,陈廷焯可以在已有评论的基础上从容地展开论述。纵观《白雨斋词话》,对脉络的完善和对沉郁的阐发是梳理工作的两个主要方面。

转向常州词派之后,陈廷焯基于新的词学主张重新勾勒了词史脉络。不过,《词则》所呈现的脉络尚不够完善:陈氏虽然开始突出包括姜夔在内的南宋诸家对于周邦彦的师法,但其他环节上仍有所欠缺。在《词则》中,陈廷焯只是点出了温、韦与"楚骚"之间的关系,较少论及其对后世的影响。在《白雨斋词话》中,陈廷焯详细论述了温、韦的词史地位:"温、韦创古者也。晏、欧继温、韦之后,面目未改,神理全非,异乎温、韦者也。苏、辛、周、秦之于温、韦,貌变而神不变。声色大开,本原则一。南宋诸名家,大旨亦不悖于温、韦,而各立门户,别有千古。元、明庸庸碌碌,无所短长。至陈、朱辈出,而古意全失,温、韦之风,不可复作矣。贞下起元,往而必复。皋文唱于前,蒿庵成于后。《风》《雅》正宗,赖以不

---

① 陈廷焯《白雨斋词话》卷九,第一〇则,陈廷焯撰,孙克强主编《白雨斋词话全编》,第1304页。
② 陈廷焯《白雨斋词话》卷一〇,第二九则,陈廷焯撰,孙克强主编《白雨斋词话全编》,第1326页。

坠。好古之士，又可得寻其绪焉。"①在他眼中，温韦是词之"创古者"，代表了"《风》《雅》正宗"。历代词人对温韦的接受，既反映出"古意"的传承与发展，更折射出词体的盛衰与兴亡，正如《白雨斋词话》开篇第一则云："词兴于唐，盛于宋，衰于元，亡于明，而再振于我国初，大畅厥旨于乾嘉以还也。"②除了温、韦之外，陈廷焯对于秦、周也有着更为充分的论述。在《词则》中，陈廷焯认为秦观词有"飞卿《菩萨蛮》遗意"，周邦彦"开白石、碧山一派"。在《白雨斋词话》中，陈廷焯进一步揭示了秦、周的承前启后之处：秦观"近开美成，导其先路，远祖温、韦，取其神不袭其貌"，周邦彦则"前收苏、秦之终，后开姜、史之始"。③ 点评南宋词人时，陈氏也在《词则》的基础上进一步突出其对秦、周的学习：李清照"其源自从淮海、大晟来"，史达祖《玉蝴蝶》一词则"幽怨似少游，清切如美成"。④ 清初浙西诸家重南宋而轻北宋，没有看到秦、周对南宋的影响，陈廷焯对此甚为不满："国初多宗北宋，竹垞独取南宋，分虎、符曾佐之，而风气一变。然北宋、南宋，不可偏废。南宋白石、梅溪、梦窗、碧山、玉田辈，固是高绝，北宋如东坡、少游、方回、美成诸公，亦岂易及耶？况周、秦两家，实为南宋导其先路。数典忘祖，其谓之何？"⑤至于朱彝尊自诩的"不师秦七，不师黄九，倚新声、玉田差近"，同样遭到了陈氏的猛烈批评：秦七和黄九

---

① 陈廷焯《白雨斋词话》卷一〇，第三〇则，陈廷焯撰，孙克强主编《白雨斋词话全编》，第1327页。
② 陈廷焯《白雨斋词话》卷一，第一则，陈廷焯撰，孙克强主编《白雨斋词话全编》，第1163页。
③ 陈廷焯《白雨斋词话》卷一，第三九、四九则，陈廷焯撰，孙克强主编《白雨斋词话全编》，第1170、1171页。
④ 陈廷焯《白雨斋词话》卷二，第八〇、一八则，陈廷焯撰，孙克强主编《白雨斋词话全编》，第1196、1182页。
⑤ 陈廷焯《白雨斋词话》卷三，第一八则，陈廷焯撰，孙克强主编《白雨斋词话全编》，第1202页。

显然不能并称,且"不知秦七"就不能知玉田。① 在不断完善词史脉络的同时,陈廷焯还为后学提供了一个简明扼要的版本:"千古词宗,温、韦发其源,周、秦竟其绪,白石、碧山,各出机杼,以开来学。"②

相较于对脉络的完善,对沉郁的阐发恐怕是更为核心的问题。虽然陈廷焯在《词则》中提及"沉郁"超过三十次,但他并没有对"沉郁"进行明确的定义。在《白雨斋词话自序》中,陈廷焯开宗明义:"萧斋岑寂,撰词话十卷,本诸《风》《骚》,正其情性,温厚以为体,沉郁以为用,引以千端,衷诸一是。"③他将诗教中的"温厚"说和哲学中的体用观结合起来,以"温厚"为词的内在根本,以"沉郁"为词的外在表现。他在词话部分对自序中的提法进行了补充说明,指出"诗与词同体异用":"温厚和平,诗词一本也。然为诗者,既得其本,而措词则以平远雍穆为正,沉郁顿挫为变。特变而不失其正,即于平远雍穆中,亦不可无沉郁顿挫也。词则以温厚和平为本,而措语即以沉郁顿挫为正,更不必以平远雍穆为贵。"④在明确了"温厚以为体,沉郁以为用"的论词旨趣之后,陈廷焯对"沉郁"一词进行了界定:"所谓沉郁者,意在笔先,神馀言外。写怨夫思妇之怀,寓孽子孤臣之感。凡交情之冷淡,身世之飘零,皆可于一草一木发之。而发之又必若隐若现,欲露不露,反复缠绵,终不许一语道破。匪独体格之高,亦见性情之厚。"⑤其中,第一句是"沉郁"的核心定义,第二句是对

---

① 陈廷焯《白雨斋词话》卷三,第五二、五三则,陈廷焯撰,孙克强主编《白雨斋词话全编》,第 1208 页。
② 陈廷焯《白雨斋词话》卷六,第二则,陈廷焯撰,孙克强主编《白雨斋词话全编》,第 1249 页。
③ 陈廷焯《白雨斋词话自序》,陈廷焯撰,孙克强主编《白雨斋词话全编》,第 1162 页。
④ 陈廷焯《白雨斋词话》卷一〇,第三九则,陈廷焯撰,孙克强主编《白雨斋词话全编》,第 1329 页。
⑤ 陈廷焯《白雨斋词话》卷一,第一〇则,陈廷焯撰,孙克强主编《白雨斋词话全编》,第 1165 页。

创作内容的要求,第三句是对创作手法的要求,第四句是对创作风格的要求,第五句是其词学价值。

　　陈廷焯对"沉郁"所下的定义,很可能是受到了张惠言的启发。张惠言曾借钱伯坰之口论述过"意在笔先"与诗、文的关系:"吾曩于古人之书,见其法而已。今吾见拓于石者,则如见其未刻时;见其书也,则如见其未书时。夫意在笔先者,非作意而临笔也。笔之所以入,墨之所以出,魏、晋、唐、宋诸家之所以得失,熟之于中而会之于心。当其执笔也,繇乎其若存,攸攸乎其若行,冥冥乎,成成乎,忽然遇之,而不知所以然,故曰意。意者,非法也,而未始离乎法。其养之也有源,其出之也有物,故法有尽而意无穷。吾于为诗,亦见其若是焉。岂惟诗与书,夫古文,亦若是则已耳!"① 后来,张惠言的弟子蒋学沂继承并发展了其师的观点:"传曰:'意内而言外谓之词。'……赵子昂之跋兰亭曰:'得其用笔。'张皋闻先生之与钱鲁斯论古文,喻之作书曰:'意在笔先。'夫意在笔先者,非作意而临笔也,善乎笔之所以入,墨之所以出,诸名家之得失熟于中而会于心,故曰意。意者,非法也,法有尽而意无定。吾于为词亦见其若是焉矣。"② 陈廷焯在《云韶集》《词则》《白雨斋词话》中均未提及蒋学沂,或许并没有读过蒋氏的相关表述,但他完全有可能像蒋氏那样,沿着张惠言的思路将"意在笔先"与词联系起来,毕竟他们都熟悉张氏的"意内言外"之说,从诗、文到词又只有一步之遥。而创作内容上要求的"写怨夫思妇之怀,寓孽子孤臣之感",更是与《词选序》中的"极命风谣里巷男女哀乐,以道贤人君子幽约怨悱不能自言之情"别无二致。值得注意的是,创作手法上要求的"凡交情之冷淡,身世之飘零,皆可于一草一木发之",其实就对应着《词选序》提到的"《诗》之比兴。"③ 巧合的是,陈廷焯对"兴"的

---

① 张惠言《送钱鲁斯序》,张惠言著,黄立新校点《茗柯文编》,第70页。
② 蒋学沂《有竹居词序》,[清]蒋学沂《菰米山房文钞》,清钞本。
③ 参见龙榆生《词学十讲》第九讲《论比兴》,龙榆生《龙榆生全集》第二卷,第117页。

界定与对"沉郁"的界定非常接近:"所谓兴者,意在笔先,神馀言外,极虚极活,极沉极郁,若远若近,可喻不可喻,反覆缠绵,都归忠厚。"①也许在陈廷焯眼中,词作能否达到"沉郁"之高境,很大程度上取决于词人对于"兴"的理解和把握。

在全面梳理词学观点的过程中,陈廷焯对于浙西词派和常州词派有了更为深刻的体认,而《白雨斋词话》中的一些主张也在不同程度上展现出弥合浙、常两派的态势。

汪森的《词综序》推崇"句琢字炼",陈廷焯虽认为"此四字甚浅陋,不知本原之言"②,但也并未因此而排斥"炼字琢句"。《白雨斋词话》卷七云:"炼字琢句,原属词中末技。然择言贵雅,亦不可不慎。古人词有竟体高妙,而一句小疵,致令通篇减色者。"③正因为如此,陈廷焯对前人词作中的"炼字琢句"之处一直相当关注,对张炎等人的"工于造句"更是颇为欣赏。《白雨斋词话》卷二云:"玉田工于造句,每令人拍案叫绝。如《忆旧游》云:'古台半压琪树,引袖拂寒星。'结云:'鹤衣散影都是云。'《壶中天》云:'扣舷歌断,海蟾飞上孤白。'《渡江云》云:'山空天入海,倚楼望极,风急暮潮初。'……此类皆精警无匹,然不及碧山处正在此。盖碧山已几于浑化,并无惊奇可喜之句令人叹赏,所以为高,所以为大。"④在将十三首玉田词中令人拍案叫绝的佳句一一罗列之后,陈氏再以寥寥

---

① 陈廷焯《白雨斋词话》卷八,第二六则,陈廷焯撰,孙克强主编《白雨斋词话全编》,第1291页。
② 陈廷焯《白雨斋词话》卷一〇,第二六则,陈廷焯撰,孙克强主编《白雨斋词话全编》,第1325页。
③ 陈廷焯《白雨斋词话》卷七,第五四则,陈廷焯撰,孙克强主编《白雨斋词话全编》,第1279页。
④ 陈廷焯《白雨斋词话》卷二,第七〇则,陈廷焯撰,孙克强主编《白雨斋词话全编》,第1193—1194页。

数语指出"工于造句"正是张炎不及王沂孙之处,不免让人产生"曲终奏雅"之感。

除了"句琢字炼"之外,陈廷焯对于汪森所构建的南宋雅词谱系也多有批评:"汪玉峰之序《词综》云:'言情者或失之俚,使事者或失之伉。鄱阳姜夔出,句琢字炼,归于醇雅。于是史达祖、高观国羽翼之。张辑、吴文英师之于前,赵以夫、蒋捷、周密、陈允衡、王沂孙、张炎、张翥效之于后。譬之于乐,舞箾至于九变,而词之能事毕矣。'此论盖阿附竹垞之意,而不知词中源流正变也。窃谓白石一家,如闲云野鹤,超然物外,未易学步。竹屋所造之境,不见高妙,乌能为之羽翼?至梅溪则全祖清真,与白石分道扬镳,判然两途。东泽得诗法于白石,却有似处。词则取径狭小,去白石甚远。梦窗才情横逸,斟酌于周、秦、姜、史之外,自树一帜,亦不专师白石也。《虚斋乐府》,较之小山、淮海,则嫌平浅;方之美成、梅溪,则嫌伉坠,似郁不纾,亦是一病,绝非取径于白石。竹山则全袭辛、刘之貌,而益以疏快。直率无味,与白石尤属歧途。草窗、西麓两家,则皆以清真为宗,而草窗得其姿态,西麓得其意趣。草窗间有与白石相似处,而亦十难获一。碧山则源出《风》《骚》,兼采众美,托体最高,与白石亦最异。至玉田乃全祖白石,面目虽变,托根有归,可为白石羽翼。仲举则规模于南宋诸家,而意味渐失,亦非专师白石。总之,谓白石拔帜于周、秦之外,与之各有千古则可;谓南宋名家以迄仲举皆取法于白石,则吾不谓然也。"[1]陈廷焯批评汪森的《词综序》未能揭示"词中源流正变",并对汪氏之所述逐一进行辨析。汪序认为,从史达祖、高观国一直到张翥,诸家均师法于姜夔。陈氏则指出,史达祖、周密、陈允平是以周邦彦为宗,张

---

[1] 陈廷焯《白雨斋词话》卷一〇,第二六则,陈廷焯撰,孙克强主编《白雨斋词话全编》,第 1325 页。

辑、赵以夫、蒋捷并非取径姜夔,"不专师白石"的吴文英于周、秦、姜、史之外自成一家,"托体最高"的王沂孙"与白石亦最异","全祖白石"的张炎较之高观国更适合担任姜夔之羽翼。

尽管陈廷焯对《词综》颇有批评,但他所拟辑的《古今二十九家词选》仍在很大程度上受到了《词综》的影响。按照陈氏的编辑规划[①],新词选两宋阶段的编排方案如下图所示:

表 6-3 《古今二十九家词选》两宋阶段编排方案表

卷次	朝代	正选	附选
卷二	北宋	欧阳修	晏殊
		晏几道	
		张先	
卷三		苏轼	
		秦观	柳永、毛滂、赵长卿
卷四		贺铸	
		周邦彦	陈克、晁冲之
卷五	南宋	辛弃疾	朱敦儒、黄公度、刘克庄、张孝祥、刘过、陆游、蒋捷
卷六		姜夔	
		高观国	
		史达祖	
卷七		吴文英	
卷八		陈允平	
		周密	
卷九		王沂孙	
卷一〇		张炎	
	元	张翥	彭元逊、元好问(金)

---

① 陈廷焯《白雨斋词话》卷一〇,第二九则,陈廷焯撰,孙克强主编《白雨斋词话全编》,第 1326—1327 页。

就正选部分的词人数量而言,北宋七家,南宋九家,其中南宋雅词占八家。就词作卷数而言,北宋三卷,南宋接近六卷,其中南宋雅词接近五卷。从这些数据可以看出,陈廷焯在制定编选计划时非常看重南宋雅词。而这样的比例设置,与《词综》颇为相像。在《词综》的前三十卷中,卷四至卷二五为宋词。除释道、闺秀二卷外,北宋词七卷,南宋词十三卷,南宋雅词七卷。与此同时,陈廷焯对于入选诸家的卷帙编排,也与他批评的汪森《词综序》有吻合之处。姜夔与"不见高妙"的高观国、"全祖清真"的史达祖合为一卷,似乎仍以高、史为白石之羽翼。而张炎与张翥的合为一卷,又不免让人想起《词综序》中的"张炎、张翥效之于后"。

在陈廷焯生前,其外甥包荣翰曾请求将《白雨斋词话》刊行于世,但陈氏并不同意:"于是编历数十寒暑,识与年进,稿凡五易,安知将来不更有进于此者乎?"① 作为一位致力于揭示"词中源流正变"的理论家,陈廷焯从未故步自封,而是不断推进自己的词学思考。从光绪十六年的《词则》到光绪十七年的《白雨斋词话》,陈廷焯的词学思想依旧处于"识与年进"的发展轨道。在《白雨斋词话》中,陈氏从完善脉络、阐发"沉郁"等方面对自己的词学观点进行了一次全面梳理,其中的一些词学主张在不同程度上呈现出弥合浙西、常州两派的趋势。

小　结

同治十三年,陈廷焯完成了包括《词坛丛话》在内的《云韶集》。这部词选依准《词综》,以"雅正"为选词标准,在推尊南宋的同时崇尚北宋,展现了对浙西词学的继承与发展。后来,在庄棫等人的影响下,陈廷焯转

---

① 包荣翰《白雨斋词话跋》,陈廷焯撰,孙克强主编《白雨斋词话全编》,第1341页。

而服膺《词选》。光绪十六年,陈廷焯历经七稿,完成《词则》的编纂。在新的词选中,陈氏由南宋雅词入手,一路追溯到词体的起源,视"沉郁"为雅词的评判标准。至光绪十七年,"识与年进"的陈廷焯又完成了《白雨斋词话》的编撰。在这部词话中,陈氏全面梳理了自己的词学观点,其中的一些主张在不同程度上体现了浙西与常州两派词学思想的弥合。

第七章　融通两宋：清末民初的宋四家典范

　　清末民初之际，郑文焯、陈锐等词学家开始将南宋的姜夔、吴文英和北宋的柳永、周邦彦合而论之。比如，郑氏在与朱祖谋讨论词学时指出："周、柳、姜、吴为两宋词坛巨子，来哲之楷素，乐祖之渊源……今之学者，当用力于此四家，熟读深思，选某名章迥句，反复索其来历，求其工力于实灵。"①再比如，陈锐也在其《词比》中指出："大抵词自五季以降，以耆卿为先圣，美成为先师。白石道人崛起南渡之馀，明心见性，居然成佛作祖，而四明吴君特以其轶才，贯串百氏，蔚为大宗，令人有观止之叹。"②柳永、

---

① 郑文焯《与朱祖谋书》（其五二），郑文焯著、孙克强、杨传庆辑校《大鹤山人词话》，南开大学出版社，2009 年，第 282 页。
② 陈锐《词比》，赵维江、侯卓均著《陈锐词学整理与研究》，河南文艺出版社，2016 年，第 162 页。杨柏岭《郑文焯"慢曲宋四家"词说》指出："由郑、陈二人彼此尊重、相互接纳又各抒己见的交往过程，可基本判断出两人崇尚柳、周、姜、吴四家，绝非'不约而同'之举。尤其是从陈锐《抱碧斋词话》对'宋四家'并无清晰之论，到《词比》中逻辑严密地予以揭示，当有受到大鹤影响的可能。"（《文学遗产》2021 年第 1 期，第 145 页）

第七章　融通两宋：清末民初的宋四家典范　　197

周邦彦、姜夔、吴文英在清代词坛经历怎样的升沉起伏？郑文焯、陈锐等人为何以周、柳、姜、吴并称？诸家又是如何通过自身的创作来呼应理论主张的？这就是本章所要讨论的问题。

一、道光年间的典范调整

柳、周、姜、吴四家中的姜夔和吴文英，均为南宋雅词一脉的重要作家。在《词综序》中，汪森建构了包括姜夔、史达祖、高观国、张辑、吴文英、赵以夫、蒋捷、周密、陈允平、王沂孙、张炎、张翥在内的雅词谱系。或许是由于汪序所列词家多达十二位，朱彝尊选择以姜夔、张炎两家作为南宋雅词的代表，提出了流传至今的"家白石而户玉田"之说。当然，这样的并称也具有一定的开放性。除了姜张并称之外，朱彝尊本人还在其《水调歌头·送钮玉樵宰项城》中自称"吾最爱姜史"。在浙派领袖的示范下，清代学者在论及南宋雅词时往往根据自己的理解和具体的情境提出相应的词家并称，其中也包括姜吴并称。

清初词坛对于姜夔、吴文英的理解，在很大程度上受到张炎《词源》的启发。张氏以姜夔、吴文英为例，提出了著名的"清空""质实"之说："词要清空，不要质实。清空则古雅峭拔，质实则凝涩晦昧。姜白石词如野云孤飞，去留无迹。吴梦窗词如七宝楼台，眩人眼目，碎拆下来，不成片段。"张炎对姜、吴的高下之分是否恰当固然见仁见智，但"清空"和"质实"这一对批评范畴无疑可以概括两家词的美感特质。在评价王晫《峡流词》时，施闰章就援引了张氏的观点："词贵清空，不尚质实，盖清空则灵，质实则滞，所以梦窗、白石未免有偏胜之弊耳。词名峡流，则全以气胜，能使清空、质实相为表里，此丹麓之词在所必传也夫？"①有的学者虽

---

① 施闰章《峡流词题词》，[清]王晫《峡流词》，《百名家词钞》本。

然没有沿用《词源》中的说法,但把姜夔和吴文英视为两种不同的美学风貌的代表。比如,王绍曾评胡荣所作词云:"词虽贵乎南唐北宋,而姜白石、吴梦窗甚有驾于古人上矣。今读容安新词,流畅似姜,华藻似吴,无苏荀雄犷难遏之势,真当代词笔也。"①又比如,黄郑琚评孔传铁词云:"秋云舒卷,姜白石之清新;奇锦辉煌,吴梦窗之藻丽。"②然而在姜张词风盛行之际,相较于姜夔的"流畅"和"清新",吴文英的"华藻"和"藻丽"就不免稍逊一筹。《四库全书总目》在对吴文英表示认可的同时也引用了前人的若干批评,《梦窗稿》提要云:"沈泰嘉《乐府指迷》称其'深得清真之妙,但用事下语太晦处,人不易知'。张炎《乐府指迷》亦称其'如七宝楼台,炫人眼目,拆碎下来,不成片段'。所短所长,评品皆为平允。盖其天分不及周邦彦,而研炼之功则过之。词家之有文英,亦如诗家之有李商隐也。"③

至道光年间,属于浙派范围、以戈载为代表的"后吴中七子"开始高度重视吴文英的典范价值。值得一提的是,戈载对于吴文英的认识,也有一个发展演变的过程。道光四年(1824),戈氏在《梦玉词序》中指出:"宋代名家之词,缜密莫过于梦窗,清空莫过于玉田。之二家者,若相反而实相济也。盖梦窗七宝装成,肉胜于骨,而不免有晦处。玉田一气流转,情生于文,而不免有滑处。"④所谓的"七宝装成""不免有晦处",大致延续了《词源》《乐府指迷》的批评。道光十七年(1837),戈氏的《宋七家词选》刊行于世,其中卷四吴文英词跋云:"梦窗从吴履斋诸公游,晚年好填词,以绵丽为尚。运意深远,用笔幽邃,炼字炼句,迥不犹人。貌观之

---

① 《容安诗草·诗馀·诗馀总评》,[清]胡荣《容安诗草》,清康熙刻本。
② 黄郑琚《清涛词跋》,[清]孔传铁《清涛词》,清康熙刻本。
③ 《钦定四库全书总目(整理本)》卷一九九,第2797页。
④ 戈载《梦玉词序》,[清]陈裴之《梦玉词》,清道光四年刻本。

雕绩满眼,而实有灵气行乎其间。细心吟绎,觉味美于回,引人入胜,既不病其晦涩,亦不见其堆垛,此与清真、梅溪、白石并为词学之正宗,一脉真传,特稍变其面目耳。犹之玉溪生之诗,藻采组织,而神韵流转,旨趣永长,未可妄讥其獭祭也。"①戈氏彻底改变了自己之前对于吴文英有所批评的论调,转而完全从正面的角度说明梦窗词为何会招致"雕绩满眼""晦涩""堆垛"之讥。另外,他还在词跋中指出:"自来填词家得其门者或寡矣,近惟吾友朱酉生善学之,予则有志未逮,而极爱其词,故所选较多。""朱酉生"即朱绶,亦为"后吴中七子"之一。朱氏填词,自称"清真、白石、梅溪、碧山皆所笃嗜,而私淑之愿尤在梦窗、草窗"。②戈载则特别关注朱氏对梦窗的师法,其道光二十年(1840)《知止堂词录序》云:"酉生骚资雅骨,弄拍摅情,其意缭曲,其味隽永。以缜密为尚,以绵丽为宗,要自有清灵之气行乎其间。故组织而无襞绩之痕,酝酿而无滞之病。梦窗以后,一人而已。夫词莫盛于宋,而粗疏者有之,冶靡者有之,质直者有之,浮滑者有之。梦窗力矫其弊,创为此格,犹唐诗中之有玉溪生也。元惟张蜕严称最,明则一代无词,国初朱竹垞、成容若、厉樊榭为三名家,然皆非学梦窗者。其馀能词之人,二百年来不可枚举。动曰规摹姜、张,望张之门者固多,登张之堂者已少,入张之室者更少,遑论姜乎?惟倪米楼专心向往,可谓有志之士。至梦窗,则无人顾而问焉。若酉生者,为于举世不为之日,且精于律,严于韵,亦如梦窗之一笔不苟,是非好学深思,

---

① [清]戈载辑《宋七家词选》卷四,光绪十一年曼陀罗华阁重刊本。按,先著、程洪《词洁》卷四评吴文英《珍珠帘》(密沉炉暖馀烟袅)云:"用笔拗折,不使一犹人字,虽极雕嵌,复有灵气行乎其间。今之治词者,高手知师法姜、史,梦窗一种,未见有取途涉津者,亦斯道中之广陵散也。"(《词话丛编》,第1360页)戈氏所谓"貌观之雕绩满眼,而实有灵气行乎其间",或许是受到了《词洁》的启发。
② 朱绶《缇锦词自序》,[清]朱绶《知止堂词录》,清道光刻本。

岂易臻此?"①从《梦玉词序》的"缜密莫过于梦窗"、《宋七家词选》的"以绵丽为尚"到《知止堂词录序》的"以缜密为尚,以绵丽为宗",从《宋七家词选》的"有灵气行乎其间"到《知止堂词录序》的"自有清灵之气行乎其间",戈载是在将朱绶标举为"梦窗以后,一人而已"。在他看来,吴文英效法李商隐开创缜密绵丽的词风,目的在于矫正宋代词坛的粗疏、冶靡、质直、浮滑之弊。而朱绶师法当时"无人顾而问"的梦窗词,其中固然有个人偏好的因素存焉,但"力矫其弊"的用意也不可忽视。楼俨曾自称"学白石词之清空,而渐流于率",类似的情况在清代词坛恐怕绝非个案。朱绶的创作态度相当审慎,"如梦窗之一笔不苟",这在一定程度上可以矫正当时普遍存在的"动曰规摹姜、张"之弊。

同样是在道光年间,常州词派的代表人物周济认为吴文英"奇思壮采,腾天潜渊,返南宋之清泚,为北宋之稼挚",堪称"领袖一代"的重要词人。对于张惠言《词选》的"不取梦窗",他并不苟同:"梦窗立意高,取径远,皆非馀子所及。惟过嗜饾饤,以此被议。若其虚实并到之作,虽清真不过也。"②尽管"戈载与周济的著述中未见有二人交游的记述"③,但两位渊源迥异的词学家却在评价梦窗词的问题上有着不谋而合之处。戈氏和周氏均不再拘泥于梦窗词的"雕缋"和"饾饤",前者主要关注梦窗的"运意"和"用笔",后者则主要关注梦窗的"立意"和"取径"。正是在诸家的共同推动下,吴文英逐渐成为晚清词坛备受推崇的典范之一。

与梦窗词的地位不断上升形成鲜明对比的是,白石词的地位开始受到一定程度的冲击。一方面,姜夔的典范地位依旧得到很多词论家的充

---

① 戈载《知止堂词录序》,朱绶《知止堂词录》。
② 周济《宋四家词选目录序论》,《词话丛编》,第1643—1644页。
③ 沙先一《清代吴中词派研究》,人民文学出版社,2004年,第39页。

分认可，比如戈载《宋七家词选》卷三姜夔词跋云："白石之词，清气盘空，如野云孤飞，去留无迹。其高远峭拔之致，前无古人，后无来者，真词中之圣也。"另一方面，周济出于开宗立派的目的全力纠弹姜夔，不仅明言白石在南宋并非巨擘①，而且罗列其词的种种不足之处②。随着后来周氏词学的不断传播，常州后学对于姜夔的批评也愈演愈烈，甚至一度声称"石帚渐为已陈之刍狗"③。

朱彝尊极力宣扬"词至南宋，始极其工，至宋季而始极其变"的理论主张，因此，虽然朱氏在创作时对北宋的周邦彦颇多借鉴④，但在论词时却较少提及周氏。其实，周氏与宋季诸家之间存在着明显的传承关系，比朱彝尊年辈稍晚的先著就曾指出："宋末诸家，皆从美成出。"⑤后来，另一位浙派中坚厉鹗则在论词时高度重视周邦彦的典范意义。在《张今涪红螺词序》中，厉鹗借画论以论词："尝以词譬之画，画家以南宗胜北宗。稼轩、后村诸人，词之北宗也；清真、白石诸人，词之南宗也。"其言下之意，画家是以南宗胜北宗，词家亦是如此，而词家之南宗是以周邦彦、姜夔为代表的。在《吴尺凫玲珑帘词序》中，厉鹗沿着《张今涪红螺词序》的思路进一步推崇清真："南宗词派，推吾乡周清真，婉约隐秀，律吕谐协，为倚声家所宗。"⑥厉鹗对周邦彦的态度迥异于朱彝尊，应该是受到了吴焯的影响。在为厉鹗《秋林琴雅》作序时，吴焯自述其学词经历云：

---

① 周济《介存斋论词杂著》，《词话丛编》，第 1629 页。
② 周济《宋四家词选目录序论》，《词话丛编》，第 1644 页。
③ 谭献《复堂词话》，《词话丛编》，第 3999 页。
④ 按，据李富孙纂《曝书亭集词注》，朱彝尊于两宋词人中对周邦彦借鉴最多，达二十六处。
⑤ 先著、程洪《词洁辑评》卷三，《词话丛编》，第 1356 页。
⑥ 厉鹗《樊榭山房集》文集卷四，厉鹗著，董兆熊注，陈九思标校《樊榭山房集》，第 753—754 页。

"余弱年从羡门侍郎、竹垞翰林论词,尝取宋末诸家为矩矱,久竟弃去。近与太鸿还往,回理前绪,不禁辗然一笑,思效邯郸之步也。"①吴氏年少时从朱彝尊论词,崇尚南宋雅词,不过"久竟弃去"。厉鹗的《吴尺凫玲珑帘词序》言及吴氏在中年以后的变化:"尺凫之为词也,在中年以后,故寓托既深,揽撷亦富,纡徐幽邃,俶怳绵丽,使人有清真再生之想。予素有是好,与尺凫倡和,见其掐谱寻声,不失刌度,且兢兢于去上二字之分,若宋人禺指、正平诸调,遗论犹未坠者,亦可见其使才之工矣。"由此可见,吴焯在"弃去"宋末诸家后转向了清真,而厉鹗也正是在与吴氏的倡和过程中对清真有了更为深刻的理解。后来,戈载推出《宋七家词选》,于北宋只取周邦彦一家,于南宋仅取"宋末诸家",均属于厉鹗所说的"南宗词派"。《宋七家词选》卷一周邦彦词跋云:"清真之词,其意澹远,其气浑厚,其音节又复清妍和雅,最为词家之正宗,所选更极精粹无憾,故列为七家之首焉。"戈氏以清真为"七家之首",其目的也是突出清真之于南宋雅词的重要影响。

与此同时,常州词派的代表人物周济则更为明确地推举周邦彦为词学的最高典范。在《介存斋论词杂著》中,周氏对清真不吝溢美:"美成思力,独绝千古,如颜平原书,虽未臻两晋,而唐初之法,至此大备。后有作者,莫能出其范围矣,读得清真词多,觉他人所作,都不十分经意。"②在《宋四家词选》中,周氏尊奉清真为"集大成者",并期望"世之为词人者"能够"问途碧山,历梦窗、稼轩,以还清真之浑化"。周济开示的这一学词门径,被常州后学奉为圭臬,而周邦彦也因此获得了近乎至高无上的词史地位。及至民国年间,陈匪石的《宋词举》仍持此论调:"周邦彦集词学

---

① 吴焯《秋林琴雅序》,厉鹗著,董兆熊注,陈九思标校《樊榭山房集》,第881页。
② 周济《介存斋论词杂著》,《词话丛编》,第1632页。

之大成,前无古人,后无来者,凡两宋之千门万户,《清真》一集几擅其全,世间早有定论矣。"①

　　相对于周邦彦、姜夔、吴文英三家,柳永在清代前中期一直颇受非议。朱彝尊、汪森的《词综》崇尚"句琢字炼,归于醇雅"②,因此,卷五柳永小传所附诸家词评中不乏"多杂以鄙语""多近俚俗""格不高"等批评性话语③。受《词综》影响的词论家,也大多对柳永持批评态度。比如,田同之《西圃词说》载,"王元美论词云:'宁为大雅罪人。'予以为不然。文人之才,何所不寓,大抵比物流连,寄托居多。国风、骚、雅,同扶名教。即宋玉赋美人,亦犹主文谲谏之义。良以端之不得,故长言咏叹,随指以托兴焉。必欲如柳屯田之'兰心蕙性','枕前言下'等言语,不几风雅扫地乎。"④再比如,郭麐在谈到"词之为体,大略有四"时指出:"施朱傅粉,学步习容,如宫女题红,含情幽艳,秦、周、贺、晁诸人是也。柳七则靡曼近俗矣。"⑤倡导"意内而言外谓之词"的张惠言,认为柳永词"荡而不反"⑥,故而其《词选》并未收录柳词。张氏之婿董士锡承其指授,所作《餐花吟馆词叙》也对柳词有所批评:"昔柳耆卿、康伯可未尝学问,乃以其鄙嫚之辞,缘饰音律,以投时好,而词品以坏。"⑦经由董士锡传承张氏词学的周济,在有关柳永的问题上提出了自己独到见解。其《介存斋论词杂著》云:"耆卿为世訾謷久矣,然其铺叙委宛,言近意远,森秀幽淡

---

① 陈匪石编著、钟振振校点《宋词举(外三种)》,第83页。
② 汪森《词综序》,朱彝尊、汪森编《词综》,第1页。
③ 朱彝尊、汪森编《词综》卷五,第71页。
④ [清]田同之《西圃词说》,《词话丛编》,第1452页。
⑤ [清]郭麐《灵芬馆词话》卷一,《词话丛编》,第1503页。
⑥ 张惠言《词选序》,张惠言辑《词选》。
⑦ 董士锡《齐物论斋文集》卷二。

之趣在骨。耆卿乐府多,故恶滥可笑者多,使能珍重下笔,则北宋高手也。"①周济认为柳永多"恶滥可笑"之作实属情有可原,读者应留意柳词的"言近意远"之长和"森秀幽淡之趣"。在《宋四家词选》中,周济点出了柳永与周邦彦之间的词学渊源。周氏指出:"清真浑厚,正于钩勒处见。他人一钩勒便刻削,清真愈钩勒愈浑厚。"在对柳永词进行总体评价时,周济也提及钩勒:"柳词总以平叙见长。或发端、或结尾、或换头,以一二语钩勒提掇,有千钧之力。"而在评论柳永《雨霖铃》(寒蝉凄切)时,周氏又进一步指出:"清真词多从耆卿夺胎,思力沉挚处往往出蓝。然耆卿秀淡幽艳,是不可及。后人撼其乐章,訾为俗笔,真瞽说也。"至于夺胎之处,周济亦举出具体事例,其评柳永《安公子》(远岸收残雨)云:"后阕音节态度,绝类《拜新月慢》,清真'夜色催更'一阕,全从此脱化出来,特较更跌宕耳。"②从逻辑上来看,既然周邦彦是宋代词坛的"集大成者",那么包括柳永在内的北宋诸名家对于清真自然有着不同程度的影响。而根据周济的分析,柳永在题材、技法等诸多方面都得到了周邦彦的认可和学习。即便仅从这一角度出发,后人也不宜以一偏之见对柳永妄加菲薄。

对于柳永、周邦彦、姜夔、吴文英四家的升沉起伏而言,道光年间的相关论述无疑具有承前启后的重要意义。后期浙派的重要代表戈载,沿着厉鹗等浙西前辈的论词思路,推尊周邦彦、姜夔、吴文英等宋代七家。而常州词派的中坚人物周济,则在标举王沂孙、吴文英、辛弃疾、周邦彦的同时,开始重视柳永的词史价值。他们对于柳、周、姜、吴典范地位的调整,也为清末民初的四家并称提供了理论准备。

---

① 周济《介存斋论词杂著》,《词话丛编》,第 1631 页。
② 周济《宋四家词选目录序论》,《词话丛编》,第 1643、1651、1652 页。

二、四家并称的内在理路

在清末民初之际,词体声律的严格讲求、雅词观念的显著变化和词史脉络的重新梳理,是柳永、周邦彦、姜夔、吴文英四家能够并称的重要原因。

清代学人对于词体声律方面的问题一直相当重视,各种讨论也是层出不穷,其中比较具有代表性的著作包括万树的《词律》、陈廷敬等奉敕编撰的《词谱》、凌廷堪的《燕乐考原》、戈载的《词林正韵》等。在研究过程中,凌廷堪盛赞柳、周、姜、吴的精通声律,其《书孙平叔雕云词后》云:"夫句分长短,号曰诗馀;音有抑扬,胎于乐府。檀槽乍按,六幺为最小之弦;铁拨轻笼,七宫乃夹钟之律。由浊而清者,四旦元阙徵音;自高而下者,九阶奚须勾字?燕乐廿八,调久则失传;律准六十,声诬而非实。东都识曲,咸推片玉、屯田;南渡知音,竟数尧章、君特。自馀词客,罕识宫商;譬彼诗人,但知平仄。"①在凌氏的影响下,其弟子张其锦在谈及相关问题时也以四家并称,所作《梅边吹笛谱跋》云:"昔屯田、清真、白石、梦窗诸君皆深于律吕,能自制新声者。"②比凌廷堪年辈稍晚的戈载亦严于声律,所撰《词林正韵》"皆探索于两宋名公周、柳、姜、张等集,以抉其阃奥,包孕宏富,剖断精微"③。然而,戈载的词学主张并未超出浙派的理论范围,所编《宋七家词选》包括周、姜、吴、张诸家,但并不涉及柳永。在词体声律层面对柳、周、姜、吴的深入探究和大力推崇,有赖于其后郑文焯等人的不懈努力。

---

① 凌廷堪《书孙平叔雕云词后》,[清]凌廷堪《校礼堂文集》卷三二,清嘉庆刻本。
② 张其锦《梅边吹笛谱跋》,[清]凌廷堪《梅边吹笛谱》,清光绪刻本。
③ 顾千里《词林正韵序》,[清]戈载撰《词林正韵》,清道光刻本。

郑文焯对于词体声律的深刻体认,建立在其对诸家词集反复批校的基础上。孙克强、杨传庆辑校的《大鹤山人词话》卷一即为词籍批语,涉及《花间集》《唐五代词选》《乐章集》《东坡乐府》《清真集》《白石道人歌曲》《梦窗词》《半塘己稿·校梦龛集》《自评所作词》。郑氏所批校的两宋五家词别集,其中就包括柳、周、姜、吴四家。在四家之中,柳词颇为值得关注。郑文焯在致信陈锐时指出:"独梦华推(柳永)为北宋巨手,扬波于前,又得君推澜于后,遂使大声发海上,亦足表微千古。"①郑氏所言非虚,冯煦指出:"耆卿词,曲处能直,密处能疏,奡处能平,状难状之景,达难达之情,而出之以自然,自是北宋巨手。"不过与此同时,冯氏也提到了历来对柳永的批评:"然好为俳体,词多媟黩。"②郑文焯不认同此类批评,并从词体发展的角度对"俳体""媟黩"之讥进行回应:"盖自南唐二主及正中后,得词体之正者,独《乐章集》可谓专诣已。以前此作者,所谓长短句,皆属小令。至柳三变乃演赞其未备,而曲尽其变,讵得以工为俳体而少之? 尝论乐府原于燕乐,故词者,声之文也,情之华也,非娴于声,深于情,其文必不足以达之,三者具而后可以言工,不綦难乎? 求之两宋,清真外微耆卿其谁欤? 世士恒苦其音节排奡,几不可句读。言如贯珠,又不复易于撷拾,类它词之可以字句剿袭。用是以媟黩相诟病,诚勿学为淫佚。美之者,或附于秦七、黄九之末,诚不自知其浅妄,甚可闵笑也。"③在郑氏看来,柳永于小令盛行之时创制长调慢词,厥功至伟,后人自然不可"以工为俳体而少之"。柳词"音节排奡""言如贯珠",既难于句读,又难于撷拾,世士故而"以媟黩相诟病"。因此,他在批校《乐章集》时特别留意其在词体声律方面的造诣。

---

① [清]陈锐《裒碧斋词话》,《词话丛编》,第4199页。按,梦华即冯煦。
② [清]冯煦《蒿庵词话》,《词话丛编》,第3585—3586页。
③ 郑文焯著,孙克强、杨传庆辑校《大鹤山人词话》,第17页。

第七章　融通两宋：清末民初的宋四家典范　207

以吴文英是词考定字例,悉依柳词无一出入,足征旧语。[《尾犯》(夜雨滴空阶)批语]

清真词有"慢"字,句例与此悉合,但煞拍微异,疑有讹脱。此解入声字律唯第三句之"月"字,下阕第二句"得"字,清真并墨守之,馀悉有出入。[《长相思》(画鼓喧街)批语]

清真亦有是阕,自第三句下上下阕并字律无异,虽与柳词句法少变,而音节正合。[《留客住》(偶登眺)批语]

"碧"字均复,宋人词不忌复均。如清真《西河》重"水"字,亦此例也。[《倾杯乐》(楼锁轻烟)批语]①

通过将柳永词与周邦彦、吴文英两家词进行细致比对,郑氏认为柳词在词体声律的诸多层面对周、吴等人有着很大的影响。而在批校《清真集》《白石道人歌曲》《梦窗词》时,郑氏也同样以词作比对的方式探究诸家的词体声律。

值得注意的是,郑文焯对于词体声律的严格讲求,不仅体现在词学研究上,而且也体现在自身创作上。比如,吴文英《木兰花慢》(紫骝嘶冻草)批语云:"考柳词是阕上下第七句夹协,下四字句并是一字领三字例,三解从同,盖旧律如此,南宋作者渐有出入已。"②在调寄《木兰花慢》时,郑氏自己亦谨守前人旧例:"前夕填得《木兰花慢》一解,即守柳体短协下四字句法。"③再比如,郑氏自评《声声慢·腥庵中丞晚秋宴席,赋示同社》一阕时指出:"此对起词眼最难清典,屡易不惬于心,乃叹石帚、梦窗

---

① 郑文焯著,孙克强、杨传庆辑校《大鹤山人词话》,第 21、23—24、31、40 页。
② 郑文焯著,孙克强、杨传庆辑校《大鹤山人词话》,第 152 页。
③ 郑文焯《与夏敬观书》(其六),郑文焯著,孙克强、杨传庆辑校《大鹤山人词话》,第 227 页。

属对之工雅,真妍手也。盖着力不得,滑溜亦非所宜,故工之至难,世士讵可语此哉?"经过反复修改,郑氏才觉得比较满意:"此起句属对,拘于平侧,取字益难,今得'迟柯'一联,斯吟安矣。又作'阿阁高梧,罘罳疏桂'二语,亦差强人意。一作'阿阶梧坠,厅半槐疏','天香阿阁,凉玉罘罳',此联亦复赡逸,似梦窗。"① 如果郑文焯对于《声声慢》词体特征的了解不够深入,他恐怕就很难领会姜、吴词"属对之工雅",也就很难找寻自身创作的修改方向。正因为如此,张尔田认为:"丈词名满大江南北,而于四上声变尤臻神寤。昔红友严于持律,而所作实不逮;茗柯善言词,而宫调未谙,丈殆兼之矣。"②

清人的雅词观念,与张炎的《词源》有着千丝万缕的联系。张氏认为:"句法中有字面,盖词中一个生硬字用不得。须是深加煅炼,字字敲打得响,歌诵妥溜,方为本色语。如贺方回、吴梦窗,皆善于炼字面,多于温庭筠、李长吉诗中来。字面亦词中之起眼处,不可不留意也。"张氏还认为:"词欲雅而正,志之所之,一为情所役,则失其雅正之音。耆卿、伯可不必论,虽美成亦有所不免。"③ 康熙初年,朱彝尊、汪森的《词综》传承了张炎的上述观点:朱氏特别强调,"言情之作,易流于秽,此宋人选词,多以雅为目";汪氏一方面指出"言情者或失之俚",一方面推崇"句琢字炼,归于醇雅"。与此同时,朱彝尊也在创作层面谈及如何避俗求雅:"词虽小道,为之亦有术矣。去《花庵》《草堂》之陈言,不为所役,俾滓窳涤濯,以孤技自拔于流俗,绮靡矣而不戾乎情,镂琢矣而不伤夫气,夫然后足与古人方驾焉。"④ 不过,一些浙派后学似乎未能全面领会朱氏的经验

---

① 郑文焯著,孙克强、杨传庆辑校《大鹤山人词话》,第205页。
② 郑文焯著,孙克强、杨传庆辑校《大鹤山人词话》,第222页。
③ 张炎《词源》卷下,《词话丛编》,第259、266页。
④ 朱彝尊《孟彦林词序》,朱彝尊著,王利民等校点《曝书亭全集》,第455页。

总结,将主要精力放在词的字句上,"浙派殿军"郭麐曾给予严厉的抨击:"倚声家以姜、张为宗,是矣。然必得其胸中所欲言之意,与其不能尽言之意,而后缠绵委折,如往而复,皆有一唱三叹之致。近人莫不宗法雅词,厌弃浮艳,然多为可解不可解之语,借面装头,口吟舌言,令人求其意旨而不得。此何为者耶? 昔人以鼠空鸟即为诗妖,若此者,亦词妖也。"①对于浙派所创作的雅词,服膺常派学说的郑文焯、陈锐等人自是不以为然。与朋辈讨论词学时,郑氏会反复提及清代词坛普遍存在的"雕润新奇"之习。《与朱祖谋书》其四八云:"国初诸名家,固渊雅而观,而隶事庞杂,雕润新奇,不免芜累。"其五二又云:"近世作者,乃见两宋词眼清新,对仗工丽,遂复移花换叶,涂饰陈陈,窭窣支离,几莫名其所自,是专于词中求生活者,固难语以高诣,而炫博者又或举曲庞杂,雕润新奇,失清空之体,坐掎撼之累,是误于词外作注脚者,亦未足以言正宗也。"②在他眼中,朱彝尊等清初名家的"渊雅"之作不无可观之处,其后为数众多的词人"专于词中求生活",则是与词之正宗相悖。至于当时盛行的梦窗词风,郑文焯亦有所批评:"今之学梦窗者,但知于字面雕润而俭腹羌无故实,绝无蕴藉之功,故藻馈皆俗。虽有妙义,而辞不足以达之,此觉翁所为卓绝千古。自宋以来,鲜能仿佛其一二,知之者盖亦寡矣。"③郑氏认为,部分词人对于梦窗的学习仅止于"字面雕润",所作"藻馈皆俗",与吴词之高境相去甚远。

其实,郑文焯并非不重视字面,其追述往事云:"曩与子复老友谈词,先务尽词表之能事,即玉田所谓字面,为词中起眼,必须字字敲得响也。"然而,字面只是"词表",并不能令郑氏念兹在兹,他指出:"词之为体,又

---

① 郭麐《灵芬馆词话》卷二,《词话丛编》,第1524页。
② 郑文焯著,孙克强、杨传庆辑校《大鹤山人词话》,第280、281页。
③ 郑文焯著,孙克强、杨传庆辑校《大鹤山人词话》,第117页。

在清空,著文益难,必内藏宏富而后咀嚼出之,蕴酿深之。虽浅语直致,要以文而韵;苦言切句,务以淡而永,性灵往来,如香着纸。以是言字面,岂易甄采哉。"①所谓"清空",自然源于张炎的《词源》,但其定义与张氏有着很大的不同:

  梦窗工于练字,故文之以艰涩,其实梦窗清空在骨气,非雕琢薄辞,徒以文掩意也。[吴文英《宴清都》(绣幄鸳鸯柱)批语]
  所贵清空者,曰骨气而已。其实经史百家,悉在镕炼中,而出以高澹,故能骚雅,渊渊乎文有其质。(《与张尔田书》其六)②

自张炎以来,一般认为白石清空而梦窗质实。郑文焯则不然,他认为梦窗清空,且"清空在骨气"。因此,郑氏所谓的"清空",已经从"词表"深入至词之骨气,颇有由表及里、遗貌取神的意味。

既然清空不在词表而在骨气,那么词中即便存在"浅语"和"苦言"也并无大碍。在这样的评价体系中,向来被视为"俚俗"的柳词成为最大的受益者,郑文焯在批校《乐章集》时指出:"耆卿以属景切情,绸缪婉转,百变不穷,自是北宋倚声家妍手。其骨气高健,神均疏宕,实惟清真能与颉颃。"③而在细读耆卿词的过程中,郑文焯也调整了自己的关注重心:"柳词浑妙深美处,全在景中人,人中意,而往复回应,又能托寄清远。达之眼前,不嫌凌杂。诚如化人城郭,唯见非烟非雾光景。殆一片神行,虚灵四荡,不可以迹象求之也。曩尝笑樊榭笺《绝妙好词》,独取其中偶句或

---

① 郑文焯著,孙克强、杨传庆辑校《大鹤山人词话》,第279—280页。
② 郑文焯著,孙克强、杨传庆辑校《大鹤山人词话》,第129、220页。
③ 郑文焯著,孙克强、杨传庆辑校《大鹤山人词话》,第17页。

研炼字目为词眼,实则注意字面之雕润耳。余玩索是集,每与作者着意机括转关处,慎宷揣得,以墨围注之,真词中之眼,如画龙点睛,神观超越,使观者目送其破壁飞去而已,乌得不惊叹叫绝!"① 郑氏认为,以厉鹗为代表的浙西词家,只是在"词表"选取字句作为词眼,而自己所选取的"柳词中神力所注处"才是"真词中之眼"。陈锐曾经感叹:"阳湖派兴,流宕忘返,百年以来,学者始少少讲求雅音。然言清空者喜白石,好秾艳者学梦窗,谐婉工致,则师公谨、叔夏。独柳三变,无人能道其只字已。"② 因此,郑、陈两家在有关柳永的问题上产生了共鸣。郑氏曾与陈氏讨论柳词,对其"发明柳词,尤引为同志"③,而陈氏也曾借阅郑氏手校《乐章集》④。

在批校其他词集时,郑文焯的关注重心同样也不在"词表"。比如,其评清真词曰:"清真风骨,原唐诗人刘梦得、韩致光,与屯田所作异曲同工,其格调之奇高,文采之深美,亦相与颉颃,未易轩轾也。"再比如,其评梦窗词曰:"梦窗词自玉田有'七宝楼台'之喻,世眼恒以恢奇宏丽,目为惊彩绝艳,学之者遂致艰涩,多用代字雕润,甚失梦窗精微之旨。今特选其空灵诸作,以朱笔注之,俾知其行气存神之妙,不得徒于迹象求之。"⑤ 由此可见,郑氏对于词作的评判早已超越基于"词表"的雅俗之辨,开始着重探讨"机括转关""行气存神"等更为深层的问题。王国维所说的"词之雅郑,在神不在貌",正可借以概括诸家对于雅词的全新认识。

---

① 郑文焯著,孙克强、杨传庆辑校《大鹤山人词话》,第 18 页。
② 陈锐《袌碧斋词话》,《词话丛编》,第 4197 页。
③ 陈锐《袌碧斋词话》,《词话丛编》,第 4199 页。
④ 郑文焯著,孙克强、杨传庆辑校《大鹤山人词话》,第 284 页。
⑤ 郑文焯著,孙克强、杨传庆辑校《大鹤山人词话》,第 57、118 页。

郑文焯、陈锐等人对于词史脉络的重新梳理，建立在其对词人词作的精细批校之上。郑氏对词人词作的批校，并不止于词集校勘的层面，而是在此基础上放眼词史，借助一首一首的词作来揭示诸家之间的渊源流变，比如：

> 此类令曲惟柳三变具有其体，真北宋遗音也。［周邦彦《意难忘》（衣染莺黄）批语］
>
> "可怪近来"后几句：触景生情，直写胸臆，北宋风格，惟柳三变有此白描手段。［周邦彦《浣溪沙慢》（水竹旧院落）批语］
>
> 长吉有"梨花落尽成秋苑"之句，白石正用以入词，而改一"色"字协韵。当时如清真、方回多取贺诗隽句为字面。［姜夔《淡黄柳》（空城晓角）批语］
>
> 过片处暗袭白石《疏景》词意。［吴文英《花犯》（小娉婷）批语］
>
> 此调清健在骨，是北宋风格，其高迥不减清真，不能强梦窗焉之也。［吴文英《声声慢》（梅黄金重）批语］①

郑氏的这类批语，在一定程度上可以弥补常派词学中存在的某些不足之处。张惠言《词选》中的评点，主要聚焦于词人词作本身，很少言及其他词人的作品。周济《宋四家词选》中的批语，虽然已经开始点出词人的承

---

① 郑文焯著，孙克强、杨传庆辑校《大鹤山人词话》，第77、80、97、139、155页。按，陈锐对此亦有所揭示，其《裦碧斋词话》云："上三下五八字句，惟屯田独擅，继之者美成而已。"又，"柳词《夜半乐》云：'怒涛渐息，樵风乍起，更闻商旅相呼，片帆高举。泛画鹢，翩翩过南浦。'此种长调，不能不有此大开大阖之笔。后吴梦窗《莺啼序》云：'长波妒盼，遥山羞黛，渔镫分影春江宿，记当时短楫桃根渡。'三四段均用此法。"（《词话丛编》，第4202页）

前启后之处，但这样的批语不仅数量较少，且大多语焉不详。比如，周济评周邦彦《齐天乐》（绿芜凋尽台城路）云："胸中犹有块垒，南宋诸公多模仿之。"①郑文焯的批语则不然，他在细读词作的过程中特别注意"瞻前顾后"，以一种更为具体的点评方式在不同的词人词作之间建立起更为坚实的词史脉络。

在重新梳理词史脉络的同时，郑文焯还点出了四家之间的一个共通点——无一字无来处。《与朱祖谋书》其四八云："间尝熟读周、姜二家名章迥句，一一索其来历，玩其工力。同时同志，剧有新获，相诫每出一篇，各数所举之典，不得陈陈相因。固取材于六朝文藻及得之飞卿、昌谷诗中为多。乃叹周、姜取字至纯粹，若柳、吴则取字至博。近考屯田于二谢诗极多运用，至梦窗更博于史，而镕铸工，顾韵中字例，亦不若周姜之精严已。故造语雅澹，摘文老成，沈义父云：'读唐诗多，故语雅澹。'古人有作，固无一字无来历，岂独词耶？"②一般认为，周、姜、吴词多化用唐人诗句，而柳词"多近俚俗"，但郑氏在批校其《郭郎儿近拍》时指出："又本集《过涧歇》亦有'避畏景，两两舟人夜语'可知，柳词恒见，原于《文选》，耆卿取字不仅在温、李诗中，盖熟于六朝文，故语多艳冶，无一字无来处。"③因此，郑氏认为词人当熔炼经史百家，使"文字真从学问中来"，"有经籍之光"，同时批评"但知于字面雕润而俭腹羌无故实"的词坛流弊。

被学界视为集清季词学之大成的朱祖谋有《宋词三百首》，"录宋词八十七家，而柳永十三首、晏几道十八首、苏轼十二首、周邦彦二十三首、贺铸十二首、姜夔十六首、吴文英二十四首；七家之作，乃占全书三分之

---

① 周济《宋四家词选目录序论》，《词话丛编》，第 1647 页。
② 郑文焯著，孙克强、杨传庆辑校《大鹤山人词话》，第 279—280 页。
③ 郑文焯著，孙克强、杨传庆辑校《大鹤山人词话》，第 24 页。

一以上,俨然推为宗主"。① 在七家之中,柳永、周邦彦、姜夔和吴文英占据四席,且入选数量分别位列第五、第二、第四和第一。由此可见,郑文焯等人对于柳、周、姜、吴四家的推崇,在清末民初词坛具有相当程度的代表性。

三、追和创作的推陈出新

自宋代以来,词人往往借助追和这一创作形式来展现自己对典范的尊崇。在众多追和创作中,方千里的《和清真词》经常被后人提及,《四库全书简明目录》评曰:"千里词规橅邦彦,故追和其韵;如苏轼之和陶。虽天然谐婉,终有芒忽之差;然亦似唐摹晋帖,几于乱真矣。"②此处的"唐摹晋帖,几于乱真"看似褒扬,其实未必尽然。在《四库全书总目》中,三则提要提及"唐摹晋帖"或"唐临晋帖"。卷一六七元范梈撰《范德机诗》提要云:"揭傒斯序其集曰:虞伯生称德机'如唐临晋帖,终未逼真',改评之曰:'范德机诗如秋空行云,晴雷卷雨,纵横变化,出入无朕。又如空山道者,辟谷学仙,瘦骨崚嶒,神气自若。又如豪鹰掠野,独鹤叫群,四顾无人,一碧万里'云云。傒斯之语虽务反虞集之评,未免形容过当,然梈诗格实高,其机杼亦多自运,未尝规规刻画古人,固未可以'唐临晋帖'一语据为定论矣。"卷一八四清李宗渭撰《瓦缶集》提要云:"昔人论林鸿之诗,如唐摹晋帖者,其庶几乎。"卷一八九明袁表、马荧同编《闽中十子诗》提要云:"闽中十子者,一曰福清林鸿,有《膳部集》;……考闽中诗派,多以十子为宗,厥后辗转流传,渐成窠臼。其初已有唐摹晋帖之评,其后遂至

---

① 龙榆生《选词标准论》,龙榆生《龙榆生全集》第三卷,第207页。
② [清]永瑢等《四库全书简明目录》卷二〇,上海古籍出版社,1985年,第890页。

有诗必律,有律必七言;而晋安一派,乃至为世所诟厉,论闽中诗者,尝深病之。要其滥觞之始,不至是也。"①从元代的范梈到明代的林鸿,再到清代的李宗渭,在创作层面带有模仿色彩的诗人似乎很难避免"唐摹(临)晋帖"之嫌,而追和前人的创作就更加难以避免。因此,《四库全书简明目录》对《和清真词》的评价其实是语带保留的,这也从一个侧面反映了清代学人对于追和创作的态度。至清末民初,一些词人虽然继续采用追和的方式向典范"致敬",但已经能够在前人创作的基础上推陈出新。

由于郑文焯、陈锐论词都标举柳永,二人遂互相引为同志。而在创作层面,两家对于柳词也均有所追和。以追和柳氏名篇《雨霖铃》为例:

> 并刀难切。是离肠恨,梦雨都歇。繁华似水流去,回首处,车尘临发。冷落关河送远,有孤雁凄喧。念旧苑、衰柳寒烟,玉笛吹愁满空阔。　铜驼陌上伤今别。更断魂、客里催佳节。黄昏满地花影,依约见、故园秋月。万里清霜,休问香篝、翠被谁设。却怨入、帘底西风,付与残蛩说。(郑文焯《雨霖铃·恨别,和柳屯田》)②

> 西风清切。又疏帘底,菊蕊都歇。关河万里如雾,堪回首处,东门临发。夹道衣冠送酒,但携手凄咽。念故陌、铜狄青芜,热泪经天洒空阔。　江南带水留人别,自掩关、酌客销佳节。三千奏牍何用,金马梦、汉宫残月。此意冥冥,为语云中、

---

① 《钦定四库全书总目(整理本)》,第 2229、2577、2640—2641 页。
② [清]郑文焯《樵风乐府》卷五,民国二年吴氏双照楼刊本。

赠缴休设。算最有、烟柳无情,莫与寒蝉说。(陈锐《雨霖铃·题张次珊通参〈词伐图〉,用屯田韵》)①

通过对比不难看出,郑、陈两家的和作在字数上存在明显的相异之处,郑词第五句作"回首处",而陈词作"堪回首处"。其实,此词在《大鹤山人词翰》稿本中作《雨霖铃·赋别,和柳七均》,其中第五句作"空回首处",亦为四字,后来才删去"空"字。②究其原因,郑文焯在批校《乐章集》至《雨霖铃》时曾予以说明:"宋本无'方'字,真一字千金谱也。'留恋处'句正与下阕'杨柳岸'同律,增一字便差,此未见宋本之误,诸刻并有'方'字,和柳词者亦未之精审音拍耳。"③郑氏在追和时遵循了自己在声律上的发现,因而其词第五句为三字而非四字。与此同时,郑、陈两家的和作在词句上存在明显的相同之处,两首词都化用了柳永《八声甘州》中的名句"关河冷落,残照当楼"。尽管柳永的词作一直颇受非议,但他的这两句往往深得好评。宋赵令畤《侯鲭录》卷七云:"东坡云,世言柳耆卿曲俗,非也。如《八声甘州》云:'霜风凄紧,关河冷落,残照当楼。'此语于诗句,不减唐人高处。"④清田同之《西圃词说》云:"耆卿词以'关河冷落,残照当楼'与'杨柳岸、晓风残月'为佳,非是则淫以亵矣。此不可不辨。"⑤郑文焯与陈锐在追和《雨霖铃》时不约而同地化用"关河冷落",似乎都是想以名篇和名句"强强联合"的方式再现柳词之高境。

更为值得关注的是,郑、陈两家的和作在情感上也存在相似之处。

---

① 赵维江、侯卓均《陈锐词学整理与研究》,第121页。
② 郑文焯著,孙克强、杨传庆辑校《大鹤山人词话》,第213页。
③ 郑文焯著,孙克强、杨传庆辑校《大鹤山人词话》,第25页。
④ [宋]赵令畤撰,孔凡礼点校《侯鲭录》,中华书局,2002年,第183页。
⑤ 田同之《西圃词说》,《词话丛编》,第1453页。

郑文焯在点评《雨霖铃·赋别,和柳七均》时指出:"秋棱馆主谓'设'字均哀宛有小雅遗音,其忠爱离忧流滥词表,不让髯仙'琼楼玉宇'句专美于前也。"①这段话虽然出自同道之口,但郑氏借以自评所作词,足见其充分认可的态度。评语中的"髯仙'琼楼玉宇'",即苏轼的《水调歌头》(明月几时有)。据《复雅歌词》记载,宋神宗读东坡《水调歌头》至"又恐琼楼玉宇,高处不胜寒",感叹"苏轼终是爱君"。② 在清末词坛,很多词论家都是从忠爱的角度理解东坡词的。比如,许玉瑑《苏辛合刻序》云:"苏、辛以忠爱之旨,写忧乐之怀,固与姜、张诸家刻画宫徵,判然异轨。"③冯煦《东坡乐府序》亦云:"东坡夙负时望,横遭谗口;连蹇廿年,飘萧万里。酒边花下,其忠爱之诚,幽忧之隐,旁礴郁积于方寸间者,时一流露。"④郑氏在评语中提到"不让髯仙'琼楼玉宇'句专美于前",其目的就是表明自己的词作中亦有"忠爱离忧"存焉。柳永的《雨霖铃》本是描写恋人离别之作,而郑氏的追和之作虽然名为"恨别",但在其中融入"忠爱离忧"之情,可见其苦心孤诣之所在。至于陈锐的《雨霖铃》,也可以从这一角度进行解读。词的上阕有"念故陌、铜狄青芜,热泪经天洒空阔",其中"铜狄"就是铜人,这几句应是化用了李贺《金铜仙人辞汉歌》中的诗句;词的下阕有"三千奏牍何用",使用的是东方朔三千牍的典故,表明自己的长篇奏疏并未受到君主的重视。因此,即便从这些词句所涉及的语典和事典来看,陈锐在《雨霖铃》中也寄寓了较为明显的忠爱之情。

---

① 郑文焯著,孙克强、杨传庆辑校《大鹤山人词话》,第213页。
② [宋]鲷阳居士撰《复雅歌词》,《词话丛编》,第59页。
③ 许玉瑑《苏辛合刻序》,[清]王鹏运辑《四印斋所刻词》,上海古籍出版社,1989年,第3页。
④ 冯煦《东坡乐府序》,[清]朱孝臧辑校《彊村丛书》,广陵书社,2005年,第210页。

郑文焯等人对于周邦彦词的追和,同样也并不拘泥于原作的内容。以周氏《还京乐》与郑氏追和为例:

> 禁烟近,触处、浮香秀色相料理。正泥花时候,奈何客里,光阴虚费。望箭波无际。迎风漾日黄云委。任去远,中有万点,相思清泪。 到长淮底。过当时楼下,殷勤为说,春来羁旅况味。堪嗟误约乖期,向天涯、自看桃李。想如今、应恨墨盈笺,愁妆照水。怎得青鸾翼,飞归教见憔悴。(周邦彦《还京乐》)①

> 放愁地,说与、沧江旧曲谁重理。纵翠纱笼句,白云笑我,仙才空费。又故山归后,残春事与浮名委。镇断送,明日陌上,看花闲泪。 向清波底。见文章流锦,名花诉尽,东风零落旧味。堪嗟冶叶倡条,傍凡门、艳数桃李。恨迢迢、拌玉剑埋云,金刀断水。料得西楼月,窥人还自憔悴。(郑文焯《还京乐·戊戌春,应都堂试到京。闻有客述焦山僧楼词扇,见者辄吟玩不去手,盖余甲午秋感事作也。今又将骑款段,出国门,放歌于东南山水间,不复与伧儿争道旁苦李矣。和清真韵,感而赋此》)②

周邦彦的《还京乐》主要描写的是游子因春景而产生的对于恋人的思念,俞陛云先生对此词有着很高的评价:"此调上、下阕自'箭波'句至结笔,一气贯注,言万点泪痕,逐流波至长淮尽处,更过当时楼下,想楼中人之念我,笔力如精铜作钩,曲而且劲。言情处则遥想妆楼中恨墨

---

① [宋]周邦彦著,孙虹校注、薛瑞生订补《清真集校注》,中华书局,2002年,第184—185页。
② 郑文焯《樵风乐府》卷四。

愁妆,相思无极,安知独客伤离,亦为伊憔悴,倘归飞有翼,方知两心相忆同深也。"①郑文焯的《还京乐》则不然,主要表现的是自己去国南归的心情。词序中的"款段",典出《后汉书·马援传》:"吾从弟少游常哀吾慷慨多大志,曰:'士生一世,但取衣食裁足,乘下泽车,御款段马,为郡掾史,守坟墓,乡里称善人,斯可矣。致求盈馀,但自苦耳。'"②秦观原字太虚,后改字少游,正是受到这一典故的影响:"往吾少时,如杜牧之强志盛气,好大而见奇,读兵家书,乃与意合,谓功誉可力致,而天下无难事。顾今二虏有可胜之势,愿效至计,以行天诛,回幽、夏之故墟,吊唐、晋之遗人,流声无穷,为计不朽,岂不伟哉!于是字以太虚,以导吾志。今吾年至而虑易,不待蹈险而悔及之。愿还四方之事,归老邑里如马少游,于是字以少游,以识吾过。"③戊戌春试不第之后,郑文焯也像秦观那样"年至而虑易"。他绝意仕进,"不复与伧儿争道旁苦李",遂通过次韵清真抒发感慨,并设想自己放歌于山水之间的场景。通过上述分析可以看出,两首《还京乐》的相同之处,主要体现在词的韵脚上。因此,郑文焯的这首追和之作可谓借他人之酒杯浇自己之块垒。

除了在内容上的变化之外,追和之作在形式上的变化也值得关注。李睿在《论联句词的发展流变》一文中指出:"晚清的联句词出现了一种新的形态,即与追和相结合。"④在郑文焯、张祥龄等人追和姜夔、吴文英的过程中,联句这一创作形式屡屡出现。

光绪十三年(1887)春,郑文焯(叔问)与易顺鼎(实父)、易顺豫(由父)、蒋文鸿(次湘)、张祥龄(子苾)在苏州成立词社,联句追和白石,结集

---

① 俞陛云《唐五代两宋词选释》,第222—223页。
② [南朝宋]范晔撰,[唐]李贤等注《后汉书》卷二四,中华书局,1965年,第838页。
③ 陈师道《秦少游字序》,祝尚书编《宋集序跋汇编》,中华书局,2010年,第785页。
④ 李睿《论联句词的发展流变》,《中国韵文学刊》2020年第1期,第80页。

为《吴波鸥语》。卷首易顺鼎《连句和白石词叙》云:"言词于北宋必曰清真,于南宋必曰白石。顾清真以深美而好之者多,白石以骚雅而学之者盖寡。宋时方千里、杨泽民、陈允平辈,皆和清真词成一集,而《白石道人歌曲》无嗣音,岂非以神品超诣,如孤云野鹤,往来太空,意绝文外,诠遗象表者欤。余于清真词嗜之不深,嗜白石过清真远甚。然生平所作,多出入于东坡、稼轩、玉田、梦窗诸家,于白石洁净精微之诣,未有合也。今年春,与叔问、子苾、叔由举词社于吴,次湘自金陵至。四子皆嗜白石深于余,探幽洞微,穷极幼眇。"①五位词人"和白石词以为乐",所作颇有可观之处:

断霞横组。似独客片帆,漂泊情趣。(湘)柳外移舟,蘋边唤酒,来醉新凉天宇。(实)几回玉箫倦倚,更吹起绿香红舞。(问)漫说与,自俊游零落,归云何处。(由) 芳讯,重问取。人在桂丛,花满西风树。(湘)钏响通帘,灯痕飐水,冉冉飞星如雨。(实)那堪芰衣还做,只赠寻秋吟侣。(问)且须住,纵吴江枫冷,兰桡休去。(苾)(《喜迁莺慢·吴船秋话》)

上方黛色。倚暮云唤我,扁舟横笛。(实)楚客未归,憔悴梅边旧曾折。(由)斜照无人画也,看坏塔、凄凉如笔。(实)怕坐断、境外春波,烟冷渐移席。(由) 鸥国。画舫寂。(实)步石磴访僧,幽绿层积。(湘)素蟾似泣,呼起词仙说相忆。(实)欲采蘋花寄远,奈瞑合、吴天深碧。(由)又细雨、愁万点,矮篷载得。(湘)(《暗香·登楞伽山,夜泛石湖归》)②

---

① [清]张祥龄著、宋桂梅编《张祥龄集》,巴蜀书社,2018年,第45—46页。
② 张祥龄著、宋桂梅编《张祥龄集》,第60、62页。

在悠游吴地时,诸家"诵其词,绎其志,揽其迹,思其人",以群体的创作"遥吟俯唱,发思古之幽情"。从所引词作来看,五位的联句基本是一人数句、轮番登场,这就使得每一位参与者在创作时都需要"瞻前顾后":既要揣摩已有创作所展现的情感基调,又要在此基础上书写自己对词题的理解,还要为后续的创作留下发挥的空间。正因为如此,《吴波鸥语》中的词作多以流连山水、追慕白石为创作主题。另外,联句追和的参与者对原作词体声律的把握可能不尽相同,创作过程中应该也很难有充分的时间来统一认识,这就需要有一位参与者最后进行"统稿"。由于郑文焯对白石有着精深的研究,这一方面的工作主要由郑氏承担,正如易顺鼎所言:"至于刊律寻声,晨钞暝写,则叔问之功为多。"①

光绪二十年(1894)秋,郑文焯与张祥龄(子苾)再次联句,不过这一次的追和对象是吴文英的两首《莺啼序》。以梦窗《莺啼序》(残寒正欺病酒)与两家联句追和之作为例:

残寒正欺病酒,掩沉香绣户。燕来晚、飞入西城,似说春事迟暮。画船载、清明过却,晴烟冉冉吴宫树。念羁情游荡,随风化为轻絮。　十载西湖,傍柳系马,趁娇尘软雾。溯红渐、招入仙溪,锦儿偷寄幽素。倚银屏、春宽梦窄,断红湿、歌纨金缕。暝堤空,轻把斜阳,总还鸥鹭。　幽兰旋老,杜若还生,水乡尚寄旅。别后访、六桥无信,事往花委,瘗玉埋香,几番风雨。长波妒盼,遥山羞黛,渔灯分影春江宿,记当时、短楫桃根渡。青楼仿佛,临分败壁题诗,泪墨惨澹尘土。　危亭望极,草色天涯,叹鬓侵半苎。暗点检、离痕欢唾,尚染鲛绡,䪁凤迷归,破鸾

---

① 易顺鼎《连句和白石词叙》,张祥龄著、宋桂梅编《张祥龄集》,第46页。

慵舞。殷勤待写,书中长恨,蓝霞辽海沉过雁,漫相思、弹入哀筝柱。伤心千里江南,怨曲重招,断魂在否。(吴文英《莺啼序》)①

西闽乍过桂影,倦秋醒闭户。酒边泪、分付黄花,客燕何意来暮。棹歌远、吴山自碧,晴云望转淮南树。怅荒湾残柳,春前柱作风絮。(叔问) 宝扇才疏,画帘十二,换纱烟縠雾。镜波晓、还照离妆,玉容空在纨素。绣帷寒、愁松雪腕,暗销尽、深盟红缕。理芳情,搓做柔丝,绾他闲鹭。(子苾) 桃根旧曲,醉耳重听,过江尚倦旅。叹十载、杜郎吟赏,又断魂处,翠黯红凄,矮篷眠雨。二分月色,璚箫吹破,多情赢得天涯老,更渔灯、趁唤瓜州渡。登临恨晚,荒萤乱点迷楼,照地一片焦土。(叔问) 春风粉黛,晓日绫纨,剩寸萝片芦。笑拾得、才人馀唾,几树官梅,客里狂吟,雪中低舞。扁舟此去,无情烟水,清歌何处催梦觉,感华年、分算成弦柱。隋堤鸦散斜阳,故国庭花,有人唱否。(子苾)(郑文焯《莺啼序·甲午仲秋,薄游江淮,瓜步晚渡,与子苾舟中连句,和梦窗此曲》)②

郑文焯与张祥龄选择追和《莺啼序》,可能与其体式有关。该词调"四段二百四十字,第一段八句四仄韵,第二段十句四仄韵,第三段十四句四仄韵,第四段十四句五仄韵"③,郑、张两家一人一段、交替出场。这样的联句方式,减少了因一人数句、轮番登场所带来的创作顾虑,参与者可以相对自由地抒情言志。吴氏的《莺啼序》,杜文澜本、王鹏运本均有词题,作

---

① [宋]吴文英著、吴蓓笺校《梦窗词汇校笺释集评》,浙江古籍出版社,2007年,第474页。
② 郑文焯《樵风乐府》卷三。
③ 王奕清等编《钦定词谱》卷三九。

"春晚感怀"。刘永济先生指出:"梦窗此词,总的说来,不出悲欢离合四字。前两段主要是写生离,后两段主要是写死别,中间复以羁游之情,今昔之感。"①郑、张两家的追和创作,虽然可以"秋晚感怀"四字概括,但所表现的内容与原作迥异。和作的前两段主要侧重于仲秋瓜步晚渡时的场景描写,后两段主要侧重于朝局风雨飘摇时的情感抒发。尤其是词的结尾三句,化用了李商隐《隋宫》中的"于今腐草无萤火,终古垂杨有暮鸦"和杜牧《泊秦淮》中的"商女不知亡国恨,隔江犹唱后庭花",既贴合了瓜步山附近的扬州、南京两地,又将整首词的情感定格于家国之悲的深沉感喟。

以郑文焯为代表的清末民初词人,尽管仍热衷于追和前代典范,但其创作早已超出亦步亦趋式的"唐摹晋帖",转而在内容和形式上不断推陈出新,使追和之作呈现出新的时代风貌。

小　结

道光年间,柳永、周邦彦、姜夔、吴文英的典范意义面临着一系列的调整。后期浙派的代表人物戈载,沿着浙西前辈的论词思路,推尊周邦彦、姜夔、吴文英等宋代七家;常州词派的中坚人物周济,不仅标举王沂孙、吴文英、辛弃疾、周邦彦四家,而且注意挖掘柳永的词史价值。其后,由于词体声律的严格讲求、雅词观念的显著变化、词史脉络的重新梳理,郑文焯、陈锐等词学家开始将柳、周、姜、吴合而论之,他们的相关讨论在清末民初词坛引起了很大的反响。与此同时,郑文焯、张祥龄等人对于词学典范的追和也跳出了亦步亦趋的窠臼,在内容和形式层面都展现出新的变化。

---

① 刘永济《唐五代两宋词简析　微睇室说词》,中华书局,2010年,第191页。

结　语

从康熙初年朱彝尊编纂《词综》，到清末民初朱祖谋四校《梦窗》，南宋雅词在清代词坛一直备受关注。陈匪石回顾有清一代词学，认为"'宋末'二字足以尽之"，自是颇具洞见。本书将清人对南宋雅词的接受纳入清代词学演进的历史脉络，从不同时期、不同视角讨论了接受过程中的七个重要问题。最后，本书拟从词籍、词作、词史等三个层面对本课题进行总结：

一、词籍层面。南宋雅词之所以能在"声销迹晦"三百馀年后重新进入学界的视野，以朱彝尊、汪森为代表的浙西诸家厥功至伟。在北宋词风盛行之际，他们广泛搜辑各类词学文献，通过《词综》的编纂展示南宋雅词。而编纂过程中发现的《乐府补题》《山中白云词》《绝妙好词》等一系列词籍，也随着浙西一派逐渐进入清代词坛的中心位置。以此为基础，浙西后学不断挖掘、整理相关文献，比如陆钟辉刊行《姜白石诗词合集》，查为仁、厉鹗合笺《绝妙好词》，江昱疏证《山中白云词》和《蘋洲渔笛谱》。《四库全书》集部词曲类所收录的南宋雅词诸家别集，表明清代由

《词综》开启的搜辑、整理工作已经取得了显著的成果。及至常州诸家登上词坛，张惠言、周济等人采取了重新阐释已有文献的方式，在浙西之外自辟町畦。无论是张惠言的《词选》，还是周济的《宋四家词选》，其实都是根据《词综》重新进行了编选。① 而在重新建构理论框架的阶段，个别词作的归属问题自然是相对次要的。比如，周济《宋四家词选》在收录张炎《绿意》时指出："《词综》列入无名氏，记见一本作梦窗词，今不记何本矣。"② 尽管周氏将吴文英标举为"领袖一代"的词人，但他对《绿意》一词是否属于梦窗并不十分在意，也没有进一步加以考订。随着词学研究的逐步深入，清人对于词籍提出了更高的要求。王鹏运与朱祖谋"取清儒治经治史之法，转而治词"，在校订《梦窗词》时确立了正误、校异、补脱、存疑、删复的校词五例③，"而后词家有校勘之学，而后词集有可读之本"。④ 就词籍的整理与刊刻而言，朱彝尊等清初词学家主要应对"有"的问题，朱祖谋等清季词学家主要解决"精"的问题。至于词籍在清代的流传，现存的著录信息多为"泥上偶然留指爪"，而事实上却可能是"鸿飞那复计东西"。当时刊本流传的速度与广度，恐非今人所能想象：康熙四十四年，杜诏参与编纂《御选历代词》时仍"未知有《山中白云》名目"，四年后参与修纂《钦定词谱》时才看到了三十年前就已问世的龚翔麟刊本；同治十三年，陈廷焯编选《云韶集》时并不知晓姜夔和张炎词集早已有多种刻本，仍然沿用着两百年前《词综》的说法。正因为如此，清

---

① 吴宏一在《常州派词学研究》中指出："以《词选》的蓝本，据我的勘对，大概是根据朱彝尊的《词综》一书。"参见吴宏一《清代词学四论》，第 164 页。另外，谭献《复堂日记》载："检阅止庵《宋四家词选》。皆取之竹垞《词综》，出其外仅二三篇。"参见[清]谭献著，范旭仑、牟晓朋整理《复堂日记》，河北教育出版社，2001 年，第 299 页。
② 周济《宋四家词选目录序论》，《词话丛编》，第 1657 页。
③ 王鹏运《梦窗甲乙丙丁稿·述例》，王鹏运辑《四印斋所刻词》，第 887—889 页。
④ 龙榆生《清季四大词人》，龙榆生《龙榆生全集》第三卷，第 71—72 页。

人在创作领域对典范词人的接受,很多时候比词籍著录信息更能反映实际情况。

二、词作层面。当南宋雅词一脉的创作呈现在清代词坛时,浙西、常州两派的审视角度存在一些差异。汪森《词综序》强调"句琢字炼",而张惠言《词选序》倡导"意内言外",两派的区别似乎是一重词之艺,一重词之意。这样的概括当然有一定的道理,但并不全面。在获得《乐府补题》之后,朱彝尊就赞赏过其中的言外之意:"虽有山林友朋之娱,而身世之感,别有凄然言外者,其骚人《橘颂》之遗音乎?"①浙派的另一位巨擘厉鹗,也咏叹过其中的故国之思:"头白遗民涕不禁,《补题》风物在山阴。残蝉身世香莼兴,一片冬青冢畔心。"②由是观之,浙派大家绝非仅仅关注词之艺。不过,包括《乐府补题》在内的雅词佳作并不易学,才力、性情、际遇缺一不可,而浙派中人大多只能借助琢炼字句求得形似。常州词派自然很关注词之意,张惠言在手批《山中白云词》时探求过其中的初服之意和隐遁之意,周济也看重词中的"托意"或者"寄意"。但与此同时,常州诸家也很关注词之艺。张惠言所谓的"意内言外",其实就是"意"与"言"的配合:词人是以"言"达"意",后人是以"言"求"意"。在为课徒授业而编的《词选》中,张惠言不时点出词人的创作技法,比如温庭筠的《菩萨蛮》"篇法仿佛《长门赋》,而用节节逆叙"③。在为开示门径而编的《宋四家词选》中,《目录序论》最后从"词笔"到"煞尾"的一大段文字,更是在全方位地展示各种创作技法。④ 张、周两家之所以如此编纂

---

① 朱彝尊《乐府补题序》,朱彝尊著、王利民等校点《曝书亭全集》,第421页。
② 厉鹗《论词绝句十二首》(其六),厉鹗著,董兆熊注,陈九思标校《樊榭山房集》,第512页。
③ 张惠言辑《词选》卷一。
④ 周济《宋四家词选目录序论》,《词话丛编》,第1645—1646页。

选本,就是希望学词者能够借鉴前人的创作技法并将其落实到自身的创作实践中,进而实现意与艺的统一。转向常州词学的陈廷焯鼓吹"沉郁",崇尚"意在笔先,神馀言外"。在《白雨斋词话》稿本中,陈氏不但点评历代词人词作,而且分析自己的词作。除了追述创作缘起,他还会对阅读效果有所期待:"天下后世,读我词者,皆当兴起无穷哀怨,且养无限忠厚也。"①陈廷焯此举,既是在将自己对前人词作的理解融入自己的创作中,也是想将自己的词作融入常派的统序中。

三、词史层面。清人围绕南宋雅词的种种讨论,最终形成了一个有层次的典范系统,其影响一直延续至今。康熙十七年,汪森在《词综序》中勾勒了南宋雅词的发展轨迹:"鄱阳姜夔出,句琢字炼,归于醇雅。于是史达祖、高观国羽翼之,张辑、吴文英师之于前,赵以夫、蒋捷、周密、陈允衡、王沂孙、张炎、张翥效之于后,譬之于乐,舞《箾》至于九变,而词之能事毕矣。"次年,朱彝尊在《黑蝶斋词序》中再次罗列了诸位词家:"词莫善于姜夔。宗之者,张辑、卢祖皋、史达祖、吴文英、蒋捷、王沂孙、张炎、周密、陈允平、张翥、杨基,皆具夔之一体。"这两段话可以说明几个问题:其一,两份几乎一致的名单凝聚着汪森和朱彝尊的共识,《词综序》中的雅词谱系应当被视作两位编者共同讨论的结果;其二,姜夔是宋季诸家争相师法的典范,在整个谱系中占据着领袖群伦的地位;其三,深受姜夔影响的其他词家,因为年辈的先后被分成不同的代际。从研究者的角度来看,两位编者的论述体现了深厚的学养和敏锐的感知。当时,他们所拥有的资料相当有限,包括《绝妙好词》在内的很多词籍都尚未获睹,但

---

① 陈廷焯《白雨斋词话》卷六,第三五则,陈廷焯撰,孙克强主编《白雨斋词话全编》,第1259页。按,此则不见于八卷本《白雨斋词话》。

他们所绘制的宋季词史图景,却与周密本人的叙构高度契合①。后来,浙派中人不断转述或充实汪森的相关论述,李调元甚至把辛弃疾也纳入其中②。常派中人虽然不认可《词综》的理论主张,但陈廷焯等人也大多只是在既有框架的基础上展开一些修补工作。新文化运动之后,以胡适为代表的现代派词学家开始从文学史的角度重新审视南宋雅词。1927年,胡适在《词选》中将从晚唐到元初的词分为三个段落:"苏东坡以前,是教坊乐工与娼家妓女歌唱的词;东坡到稼轩、后村,是诗人的词;白石以后,直到宋末元初,是词匠的词。"③尽管胡氏基本不认可清人对南宋雅词的评价,但他对第二、三段落的划分在很大程度上借鉴了清人的论述。胡适在总目部分为词人附上了生卒年,辛弃疾是一一四〇至一二〇七,姜夔是约一一五五至一二三五④。按照他的标注,辛、姜两家只相差十五岁,在世时间又存在五十多年的重合,可以说是大致同时。不过,胡适考虑到姜夔对史达祖、吴文英、张炎等人的影响,故而将前后数位"词匠"合在一起进行讨论。⑤ 其后,从刘大杰的《中国文学发展史》,到游国恩的《中国文学史》,再到袁行霈的《中国文学史》,不同时代的文学史著作基本采取"连类论之"的方式来书写南宋雅词的历史⑥。

尽管南宋雅词的创作成就在宋元之际就已经受到追捧,但其词史地

---

① 参见赵惠俊《周密〈效颦十解〉与南宋两浙词学思想建构》,《暨南学报(哲学社会科学版)》2023年第2期,第10—11页。
② 参见李调元《雨村词话序》,《词话丛编》,第1377页。
③ 胡适《词选序》,胡适选注《词选》,商务印书馆1927年,第5页。
④ 按,王睿《姜夔卒年新考》认为姜氏卒于嘉定元年(1208)。《文学遗产》2010年第3期,第159页。
⑤ 胡适《词选序》,胡适选注《词选》,第10页。
⑥ 参见程杰师《宋辽金文学课程纲要》,程杰《宋代文学论丛》,凤凰出版社,2022年,第268—269页。

位却是经过清人的不断经典化才大体奠定的。考察南宋雅词在清代的接受史,既可以从不同的侧面更深入地认识、探讨南宋雅词,也可以从清人的种种表述中体味、分析诸家持论的得失,从而为以后的相关研究提供重要的参考。以此为基础,南宋雅词所蕴含的典范意义必定能得到更大程度的揭示,而清代词学的演进历程也会随之得到更多角度的审视。

附录　清代南宋雅词整理与刊刻年表

康熙六年　　丁未　　1667

太原张学象女士有《梦窗词集》不分卷钞本。是本从明万历二十六年(1598)张廷璋藏旧钞本出，清倪承茂校并跋，今人邓邦述手书题记。①

康熙十年　　辛亥　　1671

陆贻典校《梅溪词》《白石词》。②

康熙十三年　　甲寅　　1674

陆贻典校《梅溪词》。③

---

① 蒋哲伦、杨万里编著《唐宋词书录》，岳麓书社，2007年，第524页。
② 邓子勉《宋金元词籍文献研究》，上海古籍出版社，2008年，第419页。
③ [宋]史达祖撰，雷履平、罗焕章校注《梅溪词》，上海古籍出版社，1988年，第5页。

康熙十七年　　戊午　　1678

朱彝尊、汪森所辑《词综》三十卷本付梓。① 朱彝尊将《乐府补题》携至京师,抄录、整理钱中谐所藏陶宗仪手抄本《山中白云词》三百阕,后交由龚翔麟刊行。②

康熙十八年　　己未　　1679

朱彝尊校《西麓继周集》。③
蒋景祁刊行《乐府补题》。④

康熙二十三年　　甲子　　1684

毛扆用家藏《草窗词》参校《蘋洲渔笛谱》。⑤

康熙二十四年　　乙丑　　1685

柯崇朴小幔亭刊周密《绝妙好词》七卷。⑥

康熙二十八年　　己巳　　1689

侯文灿辑《十名家词》十卷刊行,包括赵以夫《虚斋乐府》一卷。⑦

---

① 《词综·前言》,朱彝尊、汪森编《词综》,第3页。
② 张炎撰,吴则虞校辑《山中白云词》,第167—168页。
③ 邓子勉《宋金元词籍文献研究》,第419页。
④ 闵丰《清初清词选本考论》,2008年,第318页。
⑤ 蒋哲伦、杨万里编著《唐宋词书录》,第554页。
⑥ 蒋哲伦、杨万里编著《唐宋词书录》,第62页。
⑦ 闵丰《清初清词选本考论》,第322页。

毛扆阅《钱塘志》，补钞所载周密词三首。①

　　　　　　康熙三十年　　　辛未　　1691

《词综》三十六卷本由裘杼楼印行。②

　　　　　　康熙三十一年　　　壬申　　1692

先著、程洪所辑《词洁》刊行。③

　　　　　　康熙三十七年　　　戊寅　　1698

高士奇清吟堂印《绝妙好词》七卷。④

　　　　　　康熙五十三年　　　甲午　　1714

陈撰刊朱彝尊辑《白石诗集》一卷词集一卷诸家评论一卷。⑤

　　　　　　康熙五十七年　　　戊戌　　1718

曾时灿刊朱彝尊辑《白石诗集》一卷词集一卷诸家评论一卷。⑥

　　　　　　康熙六十一年　　　壬寅　　1722

曹炳曾城书室重刻龚翔麟本《山中白云词》八卷。⑦

----

① 蒋哲伦、杨万里编著《唐宋词书录》，第554页。
② 《词综·前言》，朱彝尊、汪森编《词综》，第4页。
③ 闵丰《清初清词选本考论》，第324页。
④ 蒋哲伦、杨万里编著《唐宋词书录》，第62页。
⑤ 蒋哲伦、杨万里编著《唐宋词书录》，第462页。
⑥ 蒋哲伦、杨万里编著《唐宋词书录》，第462页。
⑦ 蒋哲伦、杨万里编著《唐宋词书录》，第569页。

另外，康熙间俞兰刊《白石诗钞》一卷词钞一卷。①

雍正三年　　乙巳　　1725

项绹群玉书房精刻《绝妙好词》七卷。②

雍正四年　　丙午　　1726

曹炳曾城书室重印《山中白云词》八卷，有杜诏《山中白云词序》。③

雍正五年　　丁未　　1727

洪正治用陈撰旧版而改其序跋，印《白石诗集》一卷词集一卷诸家评论一卷。④

雍正十年　　壬子　　1732

周耕馀录得楼俨所藏《白石道人歌曲》六卷别集一卷，以贻张奕枢。⑤

乾隆元年　　丙辰　　1736

赵昱重印龚翔麟刻《山中白云词》八卷，有厉鹗《山中白云词题辞》。⑥

---

① 蒋哲伦、杨万里编著《唐宋词书录》，第462页。
② 蒋哲伦、杨万里编著《唐宋词书录》，第62页。
③ 张炎撰，吴则虞校辑《山中白云词》，第170—171、214页。
④ 蒋哲伦、杨万里编著《唐宋词书录》，第462页。
⑤ 夏承焘笺校《姜白石词编年笺校》，第161页。
⑥ 张炎撰，吴则虞校辑《山中白云词》，第168—169页。

宝书堂翻印赵昱本《山中白云词》八卷。①

乾隆二年　　丁巳　　1737

楼俨所藏《白石道人歌曲》六卷别集一卷，由符曾传抄于厉鹗、江炳炎，厉、江二人均自跋抄本。另外，符氏亦将其传抄于陆钟辉。②

乾隆四年　　己未　　1739

江昱批并跋周密《蘋洲渔笛谱》钞本。③

乾隆八年　　癸亥　　1743

陆钟辉刊《姜白石诗词合集九卷附录一卷》。④ "陆氏以'歌曲第二卷、第六卷为数寥寥，因合为四卷'，并别集一卷，诗集三卷，诗说一卷，大乐议一卷，唱酬诗一卷，集事、评论如干条"，四库全书本亦出自陆本。⑤

乾隆九年　　甲子　　1744

姜虬绿有《白石公诗词合集》四卷钞本。⑥

乾隆十四年　　己巳　　1749

张奕枢据宋嘉泰云间本刊《白石道人歌曲》六卷别集一卷。⑦

---

① 蒋哲伦、杨万里编著《唐宋词书录》，第 569 页。
② 夏承焘笺校《姜白石词编年笺校》，第 161、170、192 页。
③ 蒋哲伦、杨万里编著《唐宋词书录》，第 554 页。
④ 蒋哲伦、杨万里编著《唐宋词书录》，第 463 页。
⑤ 夏承焘笺校《姜白石词编年笺校》，第 161、164 页。
⑥ 蒋哲伦、杨万里编著《唐宋词书录》，第 462 页。
⑦ 蒋哲伦、杨万里编著《唐宋词书录》，第 464 页。

乾隆十五年　　庚午　　1750

查氏澹宜书屋刻查为仁、厉鹗合笺《绝妙好词笺》七卷。①

乾隆十六年　　辛未　　1751

汪焴刊《山中白云词》八卷。②

乾隆十八年　　癸酉　　1753

江昱完成《山中白云词疏证》，撰《山中白云词疏证序》。③

乾隆二十一年　　丙子　　1756

姜文龙刊《白石道人集十一卷》④。是刻所据之底本，"其实即陆刻也，惟较陆多续书谱一种耳"⑤。

乾隆三十六年　　辛卯　　1771

江春以陆钟辉原版增刊《姜白石诗词合集十五卷》⑥，"为增刻集事、评论、投赠若干条"⑦。

---

① 蒋哲伦、杨万里编著《唐宋词书录》，第62页。
② 参见夏志颖《〈山中白云词〉"汪氏刊本"及"江昱疏证本"考辨》，《文献》2013年第3期，第69—72页。
③ 参见夏志颖《江昱〈山中白云词疏证〉析论》，《古典文献研究》第15辑，第565页。
④ 蒋哲伦、杨万里编著《唐宋词书录》，第463页。
⑤ 夏承焘笺校《姜白石词编年笺校》，第162页。
⑥ 蒋哲伦、杨万里编著《唐宋词书录》，第463页。
⑦ 夏承焘笺校《姜白石词编年笺校》，第161页。

乾隆五十一年　　丙午　　1786

江恂刻江昱疏证本《蘋洲渔笛谱》。①

另外，乾隆间三德堂刊《白石诗钞》一卷词钞一卷，随月读书楼刊《白石道人诗词合集》②，余集辑《绝妙好词续钞》一卷③。

嘉庆二年　　丁巳　　1797

黄丕烈、顾广圻跋《虚斋乐府》校本。④

嘉庆九年　　甲子　　1804

聚瀛堂翻印龚翔麟本《山中白云词》八卷。⑤

嘉庆十七年　　壬申　　1812

鲍廷博校《词源》。⑥ 另外，嘉庆初年鲍氏曾据陆钟辉本重刊《白石道人歌曲》。⑦

---

① 蒋哲伦、杨万里编著《唐宋词书录》，第 554 页。
② 蒋哲伦、杨万里编著《唐宋词书录》，第 462 页。
③ 蒋哲伦、杨万里编著《唐宋词书录》，第 63 页。
④ 蒋哲伦、杨万里编著《唐宋词书录》，第 510 页。
⑤ 张炎撰，吴则虞校辑《山中白云词》，第 215 页。
⑥ 邓子勉《宋金元词籍文献研究》，第 422 页。
⑦ 夏承焘笺校《姜白石词编年笺校》，第 162 页。徐无闻不认同这一说法："鲍氏重刻陆本在嘉庆初年的说法，可能只是一种推测。陆本刻于乾隆癸亥，到乾隆癸卯整整四十年这样长的时期中，鲍氏在还未反复校勘姜词以前，重翻陆本以应社会上的需求，是可能的、合理的。若到嘉庆初，鲍氏年逾七十，已校刻了上百种古书，陆本中一些错误当然更易省察，他又何至于一字不改地翻刻陆本呢？"参见徐无闻《跋鲍廷博手校张奕枢本〈白石道人歌曲〉》，《西南师范学院学报》1982 年第 3 期，第 111 页。

嘉庆十八年　　癸酉　　1813

黄丕烈校陈允平《日湖渔唱》。①

嘉庆二十五年　　庚辰　　1820

张应时重刊《白石道人歌曲》六卷别集一卷。②

道光八年　　戊子　　1828

秦恩复重刊戈载校本《词源》。③

钱塘徐楙爱日轩刻周密编、余集续钞、徐楙补续《绝妙好词笺》七卷续钞一卷续钞补录一卷。④

道光九年　　己丑　　1829

秦恩复《词学丛书》刊陈允平《日湖渔唱》一卷补遗一卷续补遗一卷。⑤

道光十五年　　乙未　　1835

张开福、秦氏覆刻明本《花外集》一卷。⑥

---

① 邓子勉《宋金元词籍文献研究》，第422页。
② 蒋哲伦、杨万里编著《唐宋词书录》，第464页。
③ 张宏生《清代词学的建构》，江苏古籍出版社，1999年，第333页。
④ 蒋哲伦、杨万里编著《唐宋词书录》，第62页。
⑤ 邓子勉《宋金元词籍文献研究》，第423页；蒋哲伦、杨万里编著《唐宋词书录》，第544页。
⑥ 蒋哲伦、杨万里编著《唐宋词书录》，第562页。

道光十七年　　丁酉　　1837

戈载辑《宋七家词选》七卷刊行。另外,戈氏曾批校《梦窗词集》不分卷。①

道光二十一年　　辛丑　　1841

范锴、金望华合刊姜夔、王沂孙、张炎三家词。②

道光二十三年　　癸卯　　1843

姜熙刊《姜尧章先生集十卷》③,"合诗词八卷,后集二卷"④。

另外,道光间仁和王氏刻《漱六编》本《乐府补题》一卷。⑤

咸丰七年　　丁巳　　1857

劳权有陈允平《西麓继周集》一卷钞校本。⑥

咸丰十一年　　辛酉　　1861

杜文澜辑刻《曼陀罗华阁丛书》本《梦窗甲乙丙丁稿》四卷补遗一卷续补遗一卷、《草窗词集》二卷补遗二卷。⑦

---

① 蒋哲伦、杨万里编著《唐宋词书录》,第524页。
② 夏承焘笺校《姜白石词编年笺校》,第164页。
③ 蒋哲伦、杨万里编著《唐宋词书录》,第463页。
④ 夏承焘笺校《姜白石词编年笺校》,第163页。
⑤ 蒋哲伦、杨万里编著《唐宋词书录》,第67页。
⑥ 蒋哲伦、杨万里编著《唐宋词书录》,第544页。
⑦ 蒋哲伦、杨万里编著《唐宋词书录》,第525、553页。

同治元年　　壬戌　　1862

张文虎跋张奕枢刻《白石道人歌曲》六卷别集一卷。①

同治十年　　辛未　　1871

倪鸿合刊诗集、诗说、歌曲、续书谱,名《白石道人四种》。②

刘履芬有陈允平《日湖渔唱》一卷本及三卷本钞本。③

同治十一年　　壬申　　1872

会稽章寿康翻刻爱日轩本《绝妙好词笺》七卷续钞一卷续钞补录一卷。④

另外,同治间陈澧刊《白石道人歌曲》四卷别集一卷。⑤

光绪七年　　辛巳　　1881

王鹏运四印斋刻《双白词》,包括姜夔《白石道人词集》和张炎《山中白云词》。⑥

光绪八年　　壬午　　1882

《榆园丛刻》本《山中白云词》开雕,后又经校改,有许增缀言、张预

---

① 夏承焘笺校《姜白石词编年笺校》,第202页。
② 夏承焘笺校《姜白石词编年笺校》,第163页。
③ 蒋哲伦、杨万里编著《唐宋词书录》,第544页。
④ 蒋哲伦、杨万里编著《唐宋词书录》,第62页。
⑤ 蒋哲伦、杨万里编著《唐宋词书录》,第463页。
⑥ 马兴荣《马兴荣词学论稿》,上海古籍出版社,2013年,第589页。

跋、张大昌序。①

光绪九年　　癸未　　1883

后知不足斋重印《山中白云词》八卷。②

光绪十年　　甲申　　1884

许增重刊陆钟辉本姜夔集入《榆园丛刻》。是刻录张奕枢序,另有陶方琦序、张预序、许增缀言。③

光绪十一年　　乙酉　　1885

曼陀罗华阁刊杜文澜校注本《宋七家词选》。

光绪十三年　　丁亥　　1887

王鹏运刻《山中白云词续补》。④

光绪十四年　　戊子　　1888

王鹏运校刻王沂孙《花外集》。⑤

钱塘汪氏覆刻《宋名家词》,包括史达祖《梅溪词》一卷、高观国《竹屋痴语》一卷、吴文英《梦窗甲乙丙丁稿》四卷、蒋捷《竹山词》一卷。⑥

---

① 张炎撰,吴则虞校辑《山中白云词》,第177—180、216页。
② 张炎撰,吴则虞校辑《山中白云词》,第216页。
③ 夏承焘笺校《姜白石词编年笺校》,第163、198—201页。
④ 马兴荣《马兴荣词学论稿》,第594页。
⑤ 马兴荣《马兴荣词学论稿》,第597页。
⑥ 蒋哲伦、杨万里编著《唐宋词书录》,第483、486、525、566页。

光绪十五年　　己丑　　1889

王鹏运四印斋校刻史达祖《梅溪词》。①

光绪十八年　　壬辰　　1892

叶德辉跋明钞本王沂孙《玉笥山人词集》一卷。②

郑文焯撰《梦窗词跋》。③

光绪二十年　　甲午　　1894

叶德辉再跋明钞本王沂孙《玉笥山人词集》一卷。④

光绪二十一年　　乙未　　1895

况周颐在京助王鹏运校《四印斋所刻词》。⑤

湖南思贤书局刊行江标辑《宋元名家词》，包括《虚斋乐府》一卷。⑥

光绪二十五年　　己亥　　1899

四印斋刻王鹏运、朱祖谋校《梦窗甲乙丙丁稿》四卷补遗一卷。⑦ 王

---

① 史达祖撰，雷履平、罗焕章校注《梅溪词》，第 5 页。
② [宋]王沂孙撰，吴则虞笺注《花外集》，上海古籍出版社，1988 年，第 142—145 页。是书《校订凡例》云："长沙叶氏所藏抄本，后跋定为文淑手写，殊无确证，今但称明抄本。"
③ 马兴荣《马兴荣词学论稿》，第 639—640 页。
④ 王沂孙撰，吴则虞笺注《花外集》，第 145—146 页。
⑤ 马兴荣《马兴荣词学论稿》，第 790 页。
⑥ 张宏生《清代词学的建构》，第 353 页。
⑦ 蒋哲伦、杨万里编著《唐宋词书录》，第 525 页。

氏撰《校刊梦窗词四稿述例》，包括正误、校异、补脱、存疑、删复。①

郑文焯获王鹏运所赠新刻《梦窗词》，撰《四印斋校刻梦窗四稿跋》《梦窗词校议序》《梦窗词校议例》《梦窗词校议跋》。②

刘毓盘始辑词，其《唐五代宋辽金元名家词集六十种辑》于民国十四年(1925)告成。③

光绪二十六年　　庚子　　1900

王鹏运与朱祖谋分别撰《草窗词跋》。④

光绪二十七年　　辛丑　　1901

吴重熹辑《吴氏石莲庵刻山左人词》本《草窗词》二卷补遗二卷刊行。⑤

光绪三十年　　甲辰　　1904

四印斋重刻《梦窗甲乙丙丁稿》四卷补遗一卷。⑥

光绪三十一年　　乙巳　　1905

郑文焯校读陈允平词集。⑦

---

① 吴文英著、吴蓓笺校《梦窗词汇校笺释集评》，第812—815页。
② 马兴荣《马兴荣词学论稿》，第643—644页。
③ 胡永启《刘毓盘年谱》(上)，《词学》第37辑，华东师范大学出版社，2017年，第283页。胡永启《刘毓盘年谱》(下)，《词学》第39辑，华东师范大学出版社，2018年，第258页。
④ 马兴荣《马兴荣词学论稿》，第620、686页。
⑤ 蒋哲伦、杨万里编著《唐宋词书录》，第553页。
⑥ 蒋哲伦、杨万里编著《唐宋词书录》，第525页。
⑦ 蒋哲伦、杨万里编著《唐宋词书录》，第547页。

光绪三十三年　　丁未　　1907

叶德辉跋《姜白石集》诗二卷歌曲四卷。①

光绪三十四年　　戊申　　1908

无著庵刻朱祖谋二校本《梦窗甲乙丙丁稿》。另,《彊村丛书》有朱氏三校本(1917),《彊村遗书》有朱氏四校定本(1932)。②

郑文焯撰《校议补录》前叙、《梦窗词校议》后叙。③

另外,光绪间郑文焯撰《绝妙好词校录》一卷④;宣古愚据陆钟辉本刊行《白石道人歌曲》四卷别集一卷⑤,钱塘汪氏覆刻《宋名家词》本《白石词》一卷⑥;吴氏双照楼有陈允平《西麓继周集》一卷钞本,吴昌绶、朱祖谋校跋。⑦

宣统元年　　己酉　　1909

吴氏双照楼有陈允平《西麓继周集》一卷钞本,朱祖谋校。⑧

宣统二年　　庚戌　　1910

沈曾植据张奕枢本刊《白石道人歌曲》六卷补遗一卷。⑨

---

① 夏承焘笺校《姜白石词编年笺校》,第205页。
② 蒋哲伦、杨万里编著《唐宋词书录》,第525页。
③ 马兴荣《马兴荣词学论稿》,第658—659页。
④ 蒋哲伦、杨万里编著《唐宋词书录》,第63页。
⑤ 夏承焘笺校《姜白石词编年笺校》,第163页。
⑥ 蒋哲伦、杨万里编著《唐宋词书录》,第462页。
⑦ 蒋哲伦、杨万里编著《唐宋词书录》,第545页。
⑧ 蒋哲伦、杨万里编著《唐宋词书录》,第545页。
⑨ 蒋哲伦、杨万里编著《唐宋词书录》,第464页。

吴氏诵芬室有陈允平《西麓继周集》一卷钞本。①

宣统三年　　辛亥　　1911

孙毓修有《梦窗词集》不分卷钞本。②

郑文焯撰《梦窗词跋》。③

北京龙文阁书庄石印本《山中白云词》八卷刊行。④

---

① 蒋哲伦、杨万里编著《唐宋词书录》，第 545 页。
② 蒋哲伦、杨万里编著《唐宋词书录》，第 524 页。
③ 马兴荣《马兴荣词学论稿》，第 667 页。
④ 蒋哲伦、杨万里编著《唐宋词书录》，第 569 页。

征引文献

B

《白雨斋词话全编》，[清]陈廷焯撰，孙克强主编，中华书局，2013年。

《白雨斋词话足本校注》，[清]陈廷焯著，屈兴国校注，齐鲁书社，1983年。

《百家词》，[明]吴讷编，天津市古籍书店据1940年商务印书馆排印本影印，1992年。

《百缘语业》，[清]朱昂撰，清乾隆刻本。

《板桥杂记》，[清]余怀撰，清康熙刻《说铃》本。

《抱山楼词录》，[清]张炳堃撰，清光绪十五年刻本。

《碧鸡漫志校正》，[宋]王灼著，岳珍校正，巴蜀书社，2000年。

《碧山词研究》，王筱芸著，南京出版社，1991年。

《博物志（外七种）》，[晋]张华等撰，王根林等校点，上海古籍出版社,2012年。

C

《餐花吟馆词钞》,[清]严骏生撰,清道光间刻本。

《陈锐词学整理与研究》,赵维江、侯卓均著,河南文艺出版社,2016年。

《陈维崧集》,[清]陈维崧著,陈振鹏标点,李学颖校补,上海古籍出版社,2010年。

《池北偶谈》,[清]王士禛撰,靳斯仁点校,中华书局,1982年。

《崇百药斋续集》,[清]陆继辂撰,清道光四年合肥学舍刻本。

《楚辞补注》,[宋]洪兴祖撰,白化文等点校,中华书局,1983年。

《创作的厚度与时代的选择——王沂孙词的后世接受与评价思路》,张宏生撰,《词学》第23辑,华东师范大学出版社,2010年。

《词话丛编补编》,葛渭君编,中华书局,2013年。

《词话丛编二编》,屈兴国编,浙江古籍出版社,2013年。

《词话丛编》,唐圭璋编,中华书局,2005年。

《词洁》,[清]先著、程洪辑,刘崇德、徐文武点校,河北大学出版社,2007年。

《词林正韵》,[清]戈载撰,清道光刻本。

《词选》,[清]张惠言辑,清道光十年宛邻书屋刻本。

《词选》,胡适选注,商务印书馆,1927年。

《词综》,[清]朱彝尊、汪森编,上海古籍出版社,2014年。

《〈词综〉与〈乐府补题〉的关系——兼论浙西词派咏物词的演变》,于翠玲撰,《西北大学学报(哲学社会科学版)》2005年第2期。

《从"高史"并称到"姜史"并称——论雍乾词坛的层级式宗尚》,李小雨撰,《文学遗产》2021年第3期。

《从静志居到茶烟阁:朱彝尊咏物词写作意旨新论》,闵丰撰,《文学遗产》2023年第5期。

D

《大鹤山人词话》,[清]郑文焯著,孙克强、杨传庆辑校,南开大学出版社,2009年。

《带经堂集》,[清]王士禛撰,清康熙五十年程哲七略书堂刻本。

《杕左堂集》,[清]孙致弥撰,清康熙刻本。

《典雅与俗艳——朱彝尊〈沁园春〉写艳诸作的时代风貌及其历史评价》,张宏生撰,《安徽大学学报(哲学社会科学版)》2012年第5期。

E

《二晏词笺注》,[宋]晏殊、晏几道著,张草纫笺注,上海古籍出版社,2008年。

F

《樊榭山房集》,[清]厉鹗著,[清]董兆熊注,陈九思标校,上海古籍出版社,1992年。

《范畴论》,汪涌豪著,复旦大学出版社,1999年。

《冯氏画识二种》,[清]冯金伯撰,陈旭东、朱莉莉、赖文婷点校,复旦大学出版社,2018年。

《复堂日记》,[清]谭献著,范旭仑、牟晓朋整理,河北教育出版社,2001年。

G

《陔馀丛考》，[清]赵翼著，栾保群、吕宗力校点，河北人民出版社，1990年。

《菰米山房文钞》，[清]蒋学沂撰，清钞本。

《古香岑草堂诗馀四集》，[明]沈际飞编，明末翁少麓刊本。

《观古堂书目丛刻》，叶德辉编，清光绪刻本。

《(光绪)南汇县志》，[清]金福曾修、张文虎纂，民国十六年重印本。

《国朝常州词录》，[清]缪荃孙校辑，清光绪刻本。

H

《〈汉书·百官公卿表〉史例发覆及史文订误》，武秀成撰，《文史》2010年第4期。

《汉书艺文志通释》，张舜徽著，湖北教育出版社，1990年。

《黑蝶斋词校笺》，[清]沈岸登著，胡愚校笺，华东师范大学出版社，2017年。

《侯鲭录》，[宋]赵令畤撰，孔凡礼点校，中华书局，2002年。

《后汉书》，[南朝宋]范晔撰，[唐]李贤等注，中华书局，1965年。

《花草粹编》，[明]陈耀文辑，龙建国等点校，河北大学出版社，2007年。

《花外集》，[宋]王沂孙撰，吴则虞笺注，上海古籍出版社，1988年。

《淮海英灵集》，[清]阮元辑，清嘉庆三年小琅嬛仙馆刻本。

《蕙风词话 广蕙风词话》，[清]况周颐原著，孙克强辑考，中州古籍出版社，2003年。

J

《集山中白云词》，[清]江昉撰，清嘉庆九年刻本。

《江昱〈山中白云词疏证〉析论》，夏志颖撰，《古典文献研究》第15辑。

《姜白石词编年笺校》，[宋]姜夔著，夏承焘笺校，上海古籍出版社，1981年。

《姜夔卒年新考》，王睿撰，《文学遗产》2010年第3期。

《校礼堂文集》，[清]凌廷堪撰，清嘉庆刻本。

《经典释文》，[唐]陆德明撰，张一弓点校，上海古籍出版社，2012年。

《静惕堂词》，[清]曹溶著，清康熙刻本。

《静志居诗话》，[清]朱彝尊著，姚祖恩编，黄君坦校点，人民文学出版社，1990年。

K

《珂雪词》，[清]曹贞吉著，清康熙刻本。

L

《历代诗话》，[清]何文焕辑，中华书局，2004年。

《历代诗馀》，[清]沈辰垣等编，上海书店，1985年。

《练溪渔唱》，[清]江昉撰，清嘉庆九年刻本。

《刘毓盘年谱》，胡永启撰，《词学》第37、39辑，华东师范大学出版社，2017、2018年。

《龙榆生全集》，龙榆生著，上海古籍出版社，2015年。

《楼俨集》，[清]楼俨撰，陈瑞峰、张涌泉点校，中华书局，2021年。

《论联句词的发展流变》，李睿撰，《中国韵文学刊》2020年第1期。

《论梅溪词在雍乾词坛的接受及其经典化过程》，曹明升撰，《文学评论》2011年第4期。

《论清代前中期咏艳词——以〈沁园春〉咏艳为中心》，李小雨撰，《中国韵文学刊》2019年第4期。

M

《马兴荣词学论稿》，马兴荣著，上海古籍出版社，2013年。

《梅边吹笛谱》，[清]凌廷堪撰，清光绪刻本。

《梅溪词》，[宋]史达祖撰，雷履平、罗焕章校注，上海古籍出版社，1988年。

《梦窗词汇校笺释集评》，[宋]吴文英著，吴蓓笺校，浙江古籍出版社，2007年。

《梦玉词》，[清]陈裴之撰，清道光四年刻本。

《明词综》，[清]王昶辑，清嘉庆七年王氏三泖渔庄刻本。

《茗柯文编》，[清]张惠言著，黄立新校点，上海古籍出版社，1984年。

N

《南宋姜吴典雅词派相关词学论题之探讨》，刘少雄著，台湾大学出版委员会，1995年。

《南宋雅词辨原》，谢桃坊撰，《文学遗产》2000年第2期。

《南宋雅词的特质与时代因素》，吴蓓撰，《浙江学刊》2003年第3期。

《南宋张炎〈词源〉"清空"论界说》，钟振振撰，《文学评论》2014年第3期。

O

《藕湖词》,[清]蒋学沂撰,民国二十五年刊本。

P

《徘徊于七宝楼台——吴文英词研究》,田玉琪著,中华书局,2004年。

《潘之恒曲话》,[明]潘之恒原著,汪效倚辑注,中国戏剧出版社,1988年。

《凭隐诗馀》,汪世隽著,清嘉庆刻本。

《曝书亭集词注》,[清]李富孙纂,清嘉庆刻本。

《曝书亭全集》,[清]朱彝尊著,王利民等校点,吉林文史出版社,2009年。

Q

《齐物论斋文集》,[清]董士锡撰,清道光二十年刻本。

《彊村丛书》,[清]朱孝臧辑校,广陵书社,2005年。

《樵风乐府》,[清]郑文焯撰,民国二年吴氏双照楼刊本。

《钦定词谱》,[清]王奕清等编,中国书店据清康熙五十四年内府刻本影印,1983年。

《钦定国朝诗别裁集》,[清]沈德潜纂评,清乾隆二十六年刻本。

《钦定四库全书总目(整理本)》,[清]纪昀等原著,四库全书研究所整理,中华书局,1997年。

《清:清代前期词学风格论的核心范畴》,曹明升、沙先一撰,《江海学刊》2017年第3期。

《清初"词史"观念的确立与建构》,张宏生撰,《南京大学学报(哲学·人文科学·社会科学)》2008年第1期。

《清初清词选本考论》,闵丰著,上海古籍出版社,2008年。

《清词史》,严迪昌著,江苏古籍出版社,1990年。

《清代词选研究》,李睿,华东师范大学博士论文,2006年。

《清代词学的建构》,张宏生著,江苏古籍出版社,1999年。

《清代词学四论》,吴宏一著,联经出版事业公司,1990年。

《清代吴中词派研究》,沙先一著,人民文学出版社,2004年。

《清代咏物词专题研究》,蔡雯,南京大学博士论文,2011年。

《清高宗御制诗文全集》,[清]弘历撰,台北故宫博物院,1976年。

《清经解 清经解续编》,[清]阮元、王先谦编,上海书店,1988年。

《清人词学视野中的宋词经典》,郁玉英、王兆鹏撰,《江海学刊》2009年第1期。

《清诗话全编·顺治康熙雍正期》,张寅彭编纂,杨焄点校,上海古籍出版社,2018年。

《清涛词》,[清]孔传铉撰,清康熙刻本。

《清真集校注》,[宋]周邦彦著,孙虹校注、薛瑞生订补,中华书局,2002年。

《全明词》,饶宗颐初纂,张璋总纂,中华书局,2004年。

《全清词·顺康卷》,南京大学中国语言文学系全清词编纂研究室编,中华书局,2002年。

《全清词·顺康卷补编》,张宏生主编,南京大学出版社,2008年。

《全清词·雍乾卷》,张宏生主编,南京大学出版社,2012年。

R

《容安诗草》,[清]胡荣撰,清康熙刻本。

《若庵集》，[清]程庭撰，清康熙刻本。

S

《山中白云词》，[南宋]张炎撰，吴则虞校辑，中华书局，1983年。

《〈山中白云词〉"汪氏刊本"及"江昱疏证本"考辨》，夏志颖撰，《文献》2013年第3期。

《珊瑚网》，[明]汪砢玉撰，清文渊阁四库全书本。

《苕溪渔隐丛话》，[宋]胡仔纂集，廖德明校点，人民文学出版社，1962年。

《诗人玉屑》，[宋]魏庆之著，王仲闻点校，中华书局，2007年。

《说文解字》，[汉]许慎撰，中华书局影印，1963年。

《司马温公集编年笺注》，[宋]司马光撰，李之亮笺注，巴蜀书社，2009年。

《四库全书简明目录》，[清]永瑢等，上海古籍出版社，1985年。

《四印斋所刻词》，[清]王鹏运辑，上海古籍出版社，1989年。

《宋词举（外三种）》，陈匪石编著，钟振振校点，江苏古籍出版社，2002年。

《宋词题材研究》，许伯卿著，中华书局，2007年。

《宋代文学论丛》，程杰著，凤凰出版社，2022年。

《宋集序跋汇编》，祝尚书编，中华书局，2010年。

《宋金元词籍文献研究》，邓子勉著，上海古籍出版社，2008年。

《宋七家词选》，[清]戈载辑，清光绪十一年曼陀罗华阁重刊本。

《岁寒咏物词》，[清]王一元著，清康熙刻本。

T

《弹指词》，[清]顾贞观撰，清光绪刻本。

《唐宋词史论》,王兆鹏著,人民文学出版社,2000年。

《唐宋词书录》,蒋哲伦、杨万里编纂,岳麓书社,2007年。

《唐宋词在明末清初的传播与接受》,陈水云等著,中国社会科学出版社,2010年。

《唐宋人选唐宋词》,上海古籍出版社编,唐圭璋、蒋哲伦、王兆鹏等校点,上海古籍出版社,2004年。

《唐五代两宋词简析 微睇室说词》,刘永济著,中华书局,2010年。

《唐五代两宋词选释》,俞陛云撰,上海古籍出版社,2011年。

《田间诗文集》,[清]钱澄之撰,清康熙刻本。

《(同治)苏州府志》,[清]冯桂芬等撰,清光绪九年刊本。

《统序观与明清词学的递嬗——从〈古今词统〉到〈词综〉》,张宏生撰,《文学遗产》2010年第1期。

《统序与轨式——张炎词史地位升降与常州词学师法门径的建构》,莫崇毅撰,《文学遗产》2019年第2期。

《蜕学斋词》,[清]董毅撰,民国铅印本。

W

《文选楼藏书记》,[清]阮元撰,清越缦堂钞本。

X

《西濠渔笛谱》,[清]徐乔林撰,清嘉庆刻本。

《西河集》,[清]毛奇龄撰,文渊阁四库全书本。

《熙朝咏物雅词》,[清]冯金伯编,天一阁博物馆藏清嘉庆十三年刻本。

《峡流词》,[清]王晫撰,《百名家词钞》本。

《闲存堂集》,[清]张永铨著,清康熙刻增修本。

《香草居集》,[清]李符撰,清康熙至乾隆刻李氏家集四种本。

《香隐盦词》,[清]潘遵璈撰,清光绪八年刻本。

《徐无闻论文集》,徐无闻著,徐立编,文物出版社,2003年。

《续词选》,[清]董毅辑,清道光十年刻本。

《续〈灵谿词说〉之一　论高观国词》,缪钺撰,《四川大学学报(哲学社会科学版)》1987年第4期。

《雪堂集》,[明]沈守正撰,明崇祯沈尤含等刻本。

Y

《〈烟草谱〉笺注》,[清]陈琮辑,黄浩然笺注,中国农业出版社,2017年。

《杨万里集笺校》,[宋]杨万里撰,辛更儒笺校,中华书局,2007年。

《瑶华集》,[清]蒋景祁辑,清康熙二十五年刻本。

《倚声初集》,[清]邹祗谟、王士禛辑,清初刻本。

《玉函山房辑佚书》,[清]马国翰辑,上海古籍出版社,1990年。

《乐府补题校注》,[元]陈恕可编,姚道生校注,凤凰出版社,2019年。

《云川阁集》,[清]杜诏撰,清雍正刻本。

《云韶集》,[清]陈廷焯选,清稿本。

Z

《张皋文手批〈山中白云词〉》,马兴荣辑,《词学》第15辑,华东师范大学出版社,2004年。

《张祥龄集》,[清]张祥龄著,宋桂梅编,巴蜀书社,2018年。

《张炎〈玉田词〉版本与成书考》,黄浩然撰,《古籍整理研究学刊》2014年第6期。

《张炎词集版本考》,郑子运撰,《古典文献研究》第8辑,2005年。

《张炎词集辨证》,谢桃坊撰,《文献》1988年第3期。

《张炎词研究》,杨海明著,齐鲁书社,1989年。

《张炎与浙西词派》,罗仲鼎撰,《杭州师范学院学报(社会科学版)》1987年第3期。

《柘西精舍词》,[清]沈皞日著,胡愚、朱刚点校,华东师范大学出版社,2015年。

《浙西六家词》,[清]龚翔麟辑,清康熙龚氏玉玲珑阁刻本。

《郑堂读书记》,[清]周中孚撰,民国《吴兴丛书》本。

《郑文焯"慢曲宋四家"词说》,杨柏岭撰,《文学遗产》2021年第1期。

《知止堂词录》,[清]朱绶撰,清道光刻本。

《中国古代文学通论·魏晋南北朝卷》,刘跃进主编,辽宁人民出版社,2016年。

《中国古佚书辑本目录解题》,孙启治、陈建华编撰,上海古籍出版社,2017年。

《中国抒情传统的转变——姜夔与南宋词》,[美]林顺夫著,张宏生译,上海古籍出版社,2005年。

《周济词集辑校》,[清]周济著,段晓华点校,华东师范大学出版社,2016年。

《周济词学论著考略》,朱惠国著,《词学》第16辑,华东师范大学出版社,2006年。

《周济词学思想的变化与常州词派理论的完善》,孙克强撰,《中国文学研究》第9辑,中国文联出版社,2007年。

《周济与南宋典雅词派》,刘少雄撰,《中国文哲研究集刊》第5期,1994年。

《周密〈效颦十解〉与南宋两浙词学思想建构》,赵惠俊撰,《暨南学报(哲学社会科学版)》2023年第2期。

《周密及其词研究》,金启华、萧鹏著,齐鲁书社,1993年。

《朱彝尊酬唱〈乐府补题〉咏物词风格成因》,张世斌撰,《武汉大学学报(人文科学版)》2006年第3期。

《朱彝尊〈词综〉研究》,于翠玲著,中华书局,2005年。

《朱彝尊〈蕃锦集〉平议——兼谈"集句"之价值》,马大勇撰,《南京师范大学文学院学报》2003年第3期。

后 记

校对完最后一页书稿，我不禁松了一口气，开始回顾起这本小书的问世过程。

2017年，在授业恩师张宏生先生、程杰先生、武秀成先生的鞭策与点拨下，在学院领导、学科同事的关心与帮助下，我和李日康、张响两位仁兄以"南宋雅词在清代的经典化研究"为选题，成功申报了国家社科基金青年项目。在课题研究的过程中，三位业师几乎每次看到我都会询问项目的最新进展，并以各自的方式不时给予学术上的指导和思想上的启迪。一直以来，他们的殷殷叮咛和谆谆教诲，令我受惠甚多。与此同时，冯乾、葛恒刚、陈瑞赞、曹明升、闵丰、邓晓东、李亭、陈昌强、苏芃、郭文仪等朋辈，或提供及时的帮助，或提供有益的思路，也令我获益匪浅。尤其是在出行不便的那几年，陈瑞赞兄协助联络宁波市天一阁博物院，复制了冯金伯《熙朝咏物雅词》的全部内容；苏芃兄协助查检各类经学文献，辨析出张惠言的"意内而言外谓之词"当源于许慎的《说文解字》。正是得益于诸位师友的助力，我才能在2022年以良好的等级顺利结项。

最近两年，我一直根据鉴定专家的宝贵意见进行相应的修改，并着手准备书稿的出版事宜。承蒙院领导、院学术委员会对青年教师的大力扶持，我有幸获得了学院提供的全额出版资助。在商讨出版环节的过程中，南京大学出版社古籍图书编辑部的李亭编辑能够想作者之所想，急作者之所急，付出了大量的精力。谢淑慧编辑做事严谨认真，多次匡我不逮，为书稿添色不少。在本书即将刊行之际，我要向各位师友表示由衷的感谢。当然，我还要感谢家人的默默付出。他们对我的理解、支持和鼓励，一路陪伴着我勉力前行。

这本小书的问世，只能代表与课题直接相关的探讨暂时告一段落。该项目所涉及的一些深层问题，仍有待于今后更进一步的研究。由于本人才疏学浅，不足之处在所难免，恳请各位专家、学者多多赐教。

黄浩然
二○二四年冬日于南京仙林湖畔

图书在版编目(CIP)数据

典范与路径:南宋雅词的清代接受史研究/黄浩然著. --南京:南京大学出版社,2024.12. --(清词研究新境域丛书/张宏生主编). -- ISBN 978-7-305-28744-2

Ⅰ. I207.23

中国国家版本馆 CIP 数据核字第 2025PV5193 号

出版发行	南京大学出版社		
社　　址	南京市汉口路 22 号	邮　编	210093

丛 书 名　清词研究新境域丛书
主　　编　张宏生
　　　　　DIANFAN YU LUJING: NANSONG YACI DE QINGDAI JIESHOUSHI YANJIU
书　　名　典范与路径:南宋雅词的清代接受史研究
著　　者　黄浩然
责任编辑　李晨远
照　　排　南京紫藤制版印务中心
印　　刷　苏州市古得堡数码印刷有限公司
开　　本　635 mm×965 mm　1/16　印张 17　字数 220 千
版　　次　2024 年 12 月第 1 版　2024 年 12 月第 1 次印刷
ISBN　978-7-305-28744-2
定　　价　80.00 元

网　　址:http://www.njupco.com
官方微博:http://weibo.com/njupco
官方微信:njupress
销售咨询热线:(025)83594756

* 版权所有,侵权必究
* 凡购买南大版图书,如有印装质量问题,请与所购图书销售部门联系调换